MW01274667

GRöLS
Verlage

„BÜCHER SIND WIE FALLSCHIRME. SIE NÜTZEN UNS NICHTS, WENN WIR SIE NICHT ÖFFNEN."

Gröls Verlag

Redaktionelle Hinweise und Impressum

Das vorliegende Werk wurde zugunsten der Authentizität sehr zurückhaltend bearbeitet. So wurden etwa ursprüngliche Rechtschreibfehler *nicht* systematisch behoben, denn kleine Unvollkommenheiten machen das Buch – wie im Übrigen den Menschen – erst authentisch. Mitunter wurden jedoch zum Beispiel Absätze behutsam neu getrennt, um den Lesefluss zu erleichtern.

Um die Texte zu rekonstruieren, werden antiquarische Bücher von Lesegeräten gescannt und dann durch eine Software lesbar gemacht. Der so entstandene Text wird von Menschen gegengelesen und korrigiert – hierbei treten auch Fehler auf. Wenn Sie ebenfalls antiquarische Texte einreichen möchten, finden Sie weitere Informationen auf www.groels.de

Viel Freude bei der Lektüre wünscht Ihnen das Team des Gröls-Verlags.

Adressen

Verleger: Sophia Gröls, Im Borngrund 26, 61440 Oberursel

Externer Dienstleister für Distribution & Herstellung: BoD, In de Tarpen 42, 22848 Norderstedt

Else Ury

Nesthäkchen im weißen Haar

Erzählung für junge Mädchen

Inhalt

1. Kapitel. Marietta

Oktobersonne blinzelte durch hohe, unverhangene Fenster. Sie malte goldene Strahlenkegel an die schlichtgetünchte Wand des Klassenraumes. Sie streichelte mit warmen Fingern junge Mädchengesichter, die sich voll Andacht und Eifer dem Katheder zuwandten. Dort stand eine Frau, die mit ernsten, warmen Worten die jungen Zuhörerinnen in Bann hielt. Eine von den Frauen, die ihre starke Persönlichkeit schon beim ersten Zusammensein offenbaren. Sie war weder jung noch alt, weder hübsch noch häßlich. Ein feingeschnittener, kluger Kopf mit ruhigen, in die Tiefe schauenden Augen. Das war Fräulein Dr. Engelhart, die Leiterin der sozialen Frauenschule.

Zum erstenmal hatte sich die unterste Fachklasse zu Beginn des neuen Lehrjahres versammelt. Herzklopfend, in seltsamer Befangenheit, wie man einst als kleine Abcschützen den ersten Schritt in das Schulleben hinein getan, so hatten die fast zwanzigjährigen Mädchen heute die soziale Frauenschule betreten. Aber bei den gütigen Begrüßungsworten der Vorsteherin wich jede Befangenheit. Heiligen Ernst, erwartungsvolle Arbeitsfreudigkeit offenbarten die jungen Gesichter der Zuhörerinnen. O ja, sie wußten es, daß es ein schweres Feld war, das es für sie zu beackern galt.

„Der soziale Beruf sollte nur von denen ergriffen werden, die der Ruf einer inneren Stimme dazu treibt, die sich im wahren Sinne des Wortes dazu berufen fühlen. Soziale Hilfsbereitschaft verlangt volle Hingabe, dienende Liebe. Sie verlangt Menschen, die ihr eigenes Selbst hintenansetzen, in der Allgemeinheit aufgehen können. Nur wer mit diesen Vorbedingungen in den sozialen Beruf eintritt, wird eine beglückende, erfüllende Aufgabe finden." So klang es ernst und verheißungsvoll von den Lippen der Sprechenden.

Fräulein Dr. Engelharts Blick, der die neuen Zöglinge prüfend überflog, blieb in der vorletzten Reihe haften. War es das goldbraune Kraushaar, über das die Oktobersonne all ihr flimmerndes Gold ausgestreut zu haben schien, das wie ein Heiligenschein ein schmales, zartes Mädchengesicht umstrahlte, was den Blick der Vorsteherin hielt? Oder waren es die großen schwarzen Augen, die in selbstvergessener Hingabe an den Lippen der Sprechenden hingen? Fräulein Dr. Engelhart, daran gewöhnt, schnell und sicher zu sondieren, empfand sofort Fäden der Sympathie und Gemeinschaft, die von dem unbekannten, neuen

Zögling sich zu ihrer eigenen Person herüberspannen. Aber auch die klaren, blaugrauen Augen der Danebensitzenden mit dem schlichten Blondscheitel, die ihren Ausführungen so verständnisvoll folgten, fesselten die Menschenkennerin.

„Es ist notwendig, meine Damen," fuhr sie in ihrer Rede fort, „daß sich jede von Ihnen sobald wie möglich, schon bei Beginn ihrer sozialen Laufbahn, klar darüber wird, zu welchem Ziele Sie der einzuschlagende Weg führen soll, welchem Sondergebiet der sozialen Fürsorge Sie sich widmen wollen. Es ist dies für die praktische Tätigkeit, die Hand in Hand mit unseren theoretischen Lehrkursen geht, unumgänglich. Wir unterscheiden drei Hauptgruppen, für die wir Wohlfahrtspflegerinnen ausbilden. Die erste ist die Gesundheitsfürsorge. Sie können auf dem Boden dieser Abteilung Beamtin an Säuglingsfürsorgestellen, städtische Armenpflegerin, Lungenfürsorgeschwester, Wohnungsinspektorin werden. Es ist ein großes Feld für soziale Tätigkeit. – Die zweite Hauptgruppe umfaßt die Jugendwohlfahrtspflege. Diese Gruppe bildet Schul-, Jugend- und Waisenpflegerinnen aus. Die dritte und letzte Gruppe ist der allgemeinen und wirtschaftlichen Wohlfahrtspflege gewidmet, insbesondere der Arbeiterinfürsorge. Fabrikpflegerinnen und Beamtinnen für Arbeiterinnenheime und Vereine gehen aus ihr hervor."

„Das ist für dich das Richtige, Marietta, – die Arbeiterfürsorge", flüsterte die Besitzerin der blaugrauen Augen da hinten auf der vorletzten Bank ihrer Nachbarin mit dem goldbraunen Heiligenschein zu.

„Wollen Sie sich irgendwie dazu äußern, Fräulein – wie war doch Ihr Name?" wandte sich Fräulein Dr. Engelhart freundlich an die Flüsternde.

„Ebert – Gerda Ebert." Das blasse Mädchengesicht überzog leichte Röte. „Ich meinte nur, Arbeiterfürsorge wäre das richtige Feld für meine Kusine Marietta Tavares. Und ich selbst möchte – –"

„Nun – nun, Fräulein Ebert, ich verlange nicht, daß Sie diese für die Zukunft schwerwiegende Frage sofort entscheiden sollen. Gut Ding will gute Weile haben. Erst müssen Sie einen Einblick in unsere verschiedenen Abteilungen mit ihren Anforderungen und Pflichten bekommen, bevor Sie einen endgültigen Entschluß fassen. Dabei muß Sie Ihre eigene Veranlagung leiten. Sie selbst müssen es fühlen, zu welcher sozialen Betätigung Sie Ihr Inneres treibt. Keiner der Wege ist leicht, jeder ist gleich schwer, das darf ich Ihnen nicht verhehlen. Nur wer sich selbst geprüft hat, wer zielbewußte Pflichttreue und volle Aufopferung dazu mitbringt, ist uns als Weggenossin im Dienste der Menschheit willkommen. So, meine Damen," – Fräulein Engelhart schlug jetzt einen sachlichen Ton an, – „nun notieren Sie bitte den Stundenplan."

Da wurde es mancher der jungen Novizen im Reiche der sozialen Hilfsgemeinschaft etwas schwül zumute. Schon bei den eindringlich mahnenden Worten der Anstaltsleiterin hatte sich diese und jene bange gefragt, ob man auch wirklich die notwendigen Vorbedingungen für den schweren sozialen Beruf mitbringe. Himmel, man war doch knapp zwanzig Jahre alt, das Leben mit all seinen Freuden lag vor einem. Man lachte gern, man belustigte sich, und man tanzte nur allzu gern. Und doch wollte man helfen, Tränen stillen, Schmerzen lindern. Aber man hatte es sich leichter gedacht. Schon der Stundenplan. Da gab es Berufskunde und soziale Literatur, Gesundheitslehre und Gesundheitsfürsorge, Pädagogik und Jugendfürsorge. Da gab es Volkswirtschaftslehre und Sozialpolitik, Worte, bei denen einem allein schon himmelangst werden konnte. Unter denen man sich vorläufig nur einen steilen Berg, den man niemals erklimmen würde, vorzustellen vermochte.

Die schwarzen Augen unter dem goldbraunen Kraushaar in der vorletzten Reihe schienen diese bange Beklommenheit besonders sprechend zum Ausdruck zu bringen. Fräulein Engelhart, die gerade „Buchführung und Verwaltungskunde" diktierte, unterbrach sich lächelnd: „Fräulein Tavares, Sie brauchen nicht solche bangen Augen zu machen. Das hört sich für den Neuling schlimmer an, als es ist. Das Labyrinth der Ihnen fremden Sozialgebiete wird Ihnen allmählich schon vertraut werden. In einem Tag ist auch Rom nicht erbaut worden. Nur guten Willen, ernstes Pflichtbewußtsein müssen Sie als Wanderstab mitbringen. Aber auch des Jugendfrohsinnes, frischen fröhlichen Muts bedarf es zu Ihrer Aufgabe, die Sie vor Verflachung schützt, Sie über persönliche Interessen hinaus Gemeinschaftszielen zum Wohle Ihrer Mitmenschen entgegenführt. Wer einen Teil seines Lebens wahrhaft hingibt, wird ungeahnte Schätze dabei heimtragen. Lassen Sie mich zum Schluß Ihnen als Weggeleit ein Wort Marie von Ebner-Eschenbachs mitgeben: ›Wenn uns auf Erden etwas mit Zins und Zinseszins zurückgezahlt wird, so ist es unsere Menschenliebe.‹" Die Leiterin der sozialen Frauenschule neigte leicht grüßend den Kopf und verließ den Klassenraum.

„Eine wundervolle Frau!" Man wußte nicht, wer es gesagt, wer das ausgesprochen, was eine jede der Schülerinnen empfand.

Die beiden aus der vorletzten Reihe schritten Arm in Arm durch das schmiedeeiserne Gittertor hinaus in den herbstelnden Vorgarten. Die eine, groß und überschlank, ging fest und sicher, die blaugrauen Augen geradeaus auf ein unsichtbares Ziel gerichtet. Die andere, fast um einen Kopf kleiner, von elfenhafter Anmut, blickte noch immer zaghaft. Sie kam sich vor wie das losgelöste Blatt zu ihren Füßen, das der Wind hierhin und dorthin wehte. Und doch hielt sie selbst jetzt ihr Schicksal in der Hand, konnte es hinsteuern, zu welchem Ziele sie wollte.

„Mit einer solchen Frau wie Fräulein Dr. Engelhart gemeinsam zu wirken, ist allein schon ein Gewinn für das Leben", unterbrach die größere der Kusinen das minutenlange Schweigen. „Ich freue mich auf die Arbeit. Je schwerer sie ist, um so größer ist der Erfolg."

Marietta blickte bewundernd zu ihrer Gefährtin auf. Wie sicher Gerda des Erfolges war, während sie selbst sich bange fragte, ob es nicht eine Anmaßung von ihr sei, sich auf solch ein schwieriges Gebiet zu begeben.

„Du bist so still, Jetta. Hat dich der erste Tag in der sozialen Frauenschule oder gar deren Leiterin enttäuscht? Es erscheint mir undenkbar."

„Nein, Gerda!" Das goldbraune Kraushaar flatterte im Winde, so lebhaft wurde der Kopf geschüttelt. „Nur von mir selbst bin ich enttäuscht. Ich fürchte, den großen Anforderungen, welche die soziale Frauenschule verlangt, nicht gewachsen zu sein." Marietta sprach ein fehlerloses Deutsch. Nur leichter, fremdländischer Anklang erinnerte daran, daß sie ein Kind ferner Zonen war.

„Du mit deinem warmen, die ganze Menschheit umfassenden Herzen? Ich wüßte nicht, wer mehr für soziale Tätigkeit geeignet wäre als du, Jetta", protestierte die andere.

„Wenn es nur mit dem Herzen zu schaffen wäre. Aber der Verstand scheint mir für unseren Stundenplan notwendiger zu sein. Ich weiß nicht, ob ich den schweren Lehrkursen werde folgen können. Ja, wenn ich so klug wäre wie du."

„Du leidest wieder mal an falscher Bescheidenheit, Jetta. Das Theoretische wirst du so gut wie jede andere bewältigen. Und für die Praxis bedarf es vor allem starker Menschenliebe und Selbstaufopferung, die du in vollstem Maße besitzt. Hat meine Mutter es nicht oft genug während deiner zweijährigen Hilfstätigkeit in ihren Kleinkinderkrippen und Jugendhorten geäußert, daß keine andere sich so ganz einsetzt wie du? Na also! Dir fehlt nur Selbstvertrauen. Du darfst nicht auf den mühevollen Weg schauen, sondern auf das Ziel, das es zu erreichen gilt. Denke nur, Jetta, wenn du die Arbeiterfürsorge bei euch drüben in Brasilien nach europäischen Mustern wirst ausbauen können, was für ein reiches, soziales Feld da vor dir liegt." Gerda Ebert sprach klug und fließend.

Marietta war stehengeblieben. Sie kämpfte augenscheinlich, ob sie das, was sie bewegte, in Worte fassen wollte. Das Blut kam und ging in ihrem zarten Gesicht.

„Nun?" fragte Gerda erstaunt. Sie blickte von der Kusine zu dem Schaufenster mit Lichten, Seifen, Waschpulvern und Bürsten, vor dem sie gerade haltgemacht. Was konnte denn die Kusine hier fesseln?

„Es ist nicht allein Mangel an Selbstvertrauen, Gerda. Es ist vor allem der Entschluß über unsere Zukunft, den Fräulein Engelhart von uns verlangt und der mich beschwert. Du glaubst nicht, wie haltlos und unsicher es mich macht, daß ich jetzt vor eine Entscheidung gestellt bin." Marietta schien erregt.

Am Gegensatz dazu stand die ruhige Verwunderung der Gefährtin. „Entscheidung? Wir sind doch beide längst entschieden, welchen sozialen Zielen wir zustreben. Schon als Backfisch hast du davon geschwärmt, euren Plantagenarbeitern in Brasilien bessere Lebensmöglichkeiten zu schaffen, eine soziale Helferin der bedrückten Arbeiterklassen in Sao Paulo zu werden."

„Ja, davon habe ich früher stets geträumt, es mir als Zukunftsideal ausgemalt. Aber jetzt, wo ich den Weg dazu einschlagen soll, da sehe ich nur, daß er mich über das große Wasser zurückführt, fort von allem, was mir in den fünf Jahren meines Aufenthaltes in Europa teuer und lieb geworden ist. Es erscheint mir geradezu als Unmöglichkeit, wieder in die Tropen zurückzugehen."

„Kindchen, du weißt ja nicht, was du willst", lachte sie die Kusine aus. „Brasilien ist doch deine Heimat, du hast deine Eltern, deine Geschwister in Sao Paulo. Und du tust, als ob du in die Fremde solltest."

„Ich bin dort fremd geworden, Gerda. Ich bin wohl niemals dort richtig daheim gewesen. Das ist mir erst zum Bewußtsein gekommen, als ich deutschen Boden betreten. Das mütterliche deutsche Blut in mir ist stärker als das väterliche. Als meine Eltern mich vor einem Jahr bei ihrem letzten europäischen Besuch wieder mit hinübernehmen wollten, habe ich sie himmelhoch gebeten, mich hier in Deutschland meine sozialen Studien vollenden zu lassen. Nur einen Aufschub wollte ich – und ich habe es ja auch durchgesetzt. Aber nun muß ich mich entscheiden. Was soll ich tun? Niemals war ich unentschlossener."

„Ich weiß immer, was ich will", sagte Gerda kopfschüttelnd. „Ich habe stets der Gesundheitsfürsorge besonderes Interesse entgegengebracht. Meine Arbeit soll der Hebung der Volksgesundheit gehören. Willst du hier in Deutschland Fabrikpflegerin oder Beamtin an einem Arbeiterheim werden, wenn du nicht nach Brasilien zurückgehst?" Alles, was Gerda sagte, war klar und sachlich.

Marietta schüttelte den Kopf. „Wenn ich hierbleibe, würde ich die Jugendfürsorge für mich als Beruf wählen. Ich habe es während der praktischen Arbeit in Gemeinschaft mit deiner Mutter erkannt, daß es besonders die Kinder sind, zu denen mich mein Herz zieht. Aber es kommt mir wie ein Verrat an unseren armen, brasilianischen Arbeitern vor."

„Ja, Kindchen," – trotzdem Gerda die jüngere war, erschien sie als die überlegenere, – „ja, das mußt du mit dir allein abmachen. In so wichtigen Lebensfragen kann einem kein Mensch raten. Was ich an deiner Stelle täte, wüßte ich. Mich würde es viel mehr reizen, drüben in Brasilien soziale Hilfstätigkeit zu organisieren, Neues zu schaffen, als hier ausgetretenen Pfaden nachzugehen. Aber da kommt meine Elektrische. Überleg' es dir, Jetta – auf Wiedersehen morgen. Und grüße den Großpapa und die Großmama."

Das Letzte klang schon von der Plattform der sich in Bewegung setzenden Elektrischen herunter.

Marietta blickte der zurückwinkenden Kusine nach. Ach, wer doch auch so sicher und unbeirrt seines Weges ginge! Warum wurde es ihr nur besonders schwer, das Rechte zu finden? Anita, ihre Zwillingsschwester, quälte sich niemals mit langen Überlegungen ab. Die tat das, was ihr gerade einfiel, und vor allem, was ihr gefiel. Und auch Kusine Gerda, mit der sie die ganzen Jahre über Freundschaft gehalten, schien nie im Zweifel zu sein über das, was sie wollte. Wer half ihr den richtigen Entschluß fassen?

Die Großmama – Gerdas letztes Wort klang ihr noch im Ohre nach. Ja, die Großmama wußte immer zu helfen, so oft eins der Enkelkinder sich in Nöten befand. Galt es bei den Eltern etwas zu erbitten oder für ein schlechtes Zeugnis ein gutes Wort einzulegen, immer war es Großmamas liebevolles Herz, an das man sich wandte. Und besonders Marietta, die im Hause der Großeltern ihre Heimat auf deutschem Boden gefunden, verband innige Zuneigung mit der stets gütigen, alten Frau. Sie hatte ihr die fernen Eltern und Geschwister ersetzt, war ihr, trotz der Schulfreundinnen, stets die beste Freundin gewesen. Warum zögerte sie nur, sich, wie sie es sonst stets getan, in ihrer Bedrängnis an die Großmama zu wenden? Sich von ihr beraten zu lassen?

Die Verbindungsbahn von Berlin nach dem Vorort Lichterfelde, die Marietta zur großväterlichen Wohnung benutzen mußte, hatte sich inzwischen schrill pfeifend in Bewegung gesetzt. Mauern mit farbenschreienden Reklamen sausten vorüber, Neubauten, herbstlich buntgefärbte Laubenkolonien. Das junge Mädchen nahm den unterbrochenen Faden seiner Gedanken wieder auf.

War es Feigheit, daß sie sich in dieser für ihre Zukunft ausschlaggebenden Frage nicht von der Großmama raten lassen wollte? Fürchtete sie, die Großmama könnte in ihrer Selbstlosigkeit Verzicht leisten, um sie nicht größeren Lebensaufgaben zu entziehen? Hatte sie doch schon öfters geäußert, ob es auch recht von ihr sei, die junge Enkelin so ganz an sich zu ketten, sie ihren Eltern und Geschwistern zu nehmen. Nein, es war nicht nur Feigheit vor dem stets ehrlich-geraden Urteil der Großmama. Sie dachte mehr dabei an die liebe alte Frau, als an sich selbst. Sie durfte sie nicht vor einen Entschluß stellen, der sie Herzblut kosten würde. Gerda Ebert hatte recht – allein mußte sie damit fertig werden.

Beinahe wäre Marietta über ihr Ziel hinausgefahren. Sie war so in ihre Überlegungen vertieft, daß sie erst im letzten Augenblick ans Aussteigen dachte. Nun schritt sie langsam die mit samtroten Blutbuchen bestandene Villenstraße entlang. In den Gärten trug Baum und Busch metallflimmerndes Herbstkleid. Oh, diese Farben! Vom zartesten Goldton bis zum leuchtendsten Kupfer. Ganz besonders liebte Marietta den deutschen Herbst mit seinem letzten Aufglühen der Natur, bevor Winterstille sie umfing. Unter Silberwolken schossen im Bogenflug blaue Schwalben. Sie sammelten sich zur Reise in ferne Sonnenländer.

Und sie selbst zog es nicht heim, in das Sonnenland ihrer Kindheit? Wo die Palmen ihre Blätterdächer vor sengendem Strahl schützend wölbten. Wo die Blumen und Früchte in ganz anderer Schönheit, Größe und Farbenpracht glühten. In das schloßartige Marmorhaus mit den schwarzen Dienern und Dienerinnen, mit all seinem Luxus, all seinem Reichtum?

Nein – Marietta schüttelte den Kopf, als habe sie irgend jemand Antwort auf die stumme Frage zu geben. Nein, das hatte sie niemals hier in Deutschland, in der schlicht bürgerlichen Häuslichkeit der Großeltern entbehrt. Die einfachen Lebensbedingungen hier entsprachen viel mehr ihrer bescheidenen Sinnesart. Freilich, nach den Eltern, vor allem nach der Mutter, war ihr im Anfang recht bange gewesen. Und Anita, ihre Zwillingsschwester, fehlte ihr auf Schritt und Tritt. Auch nach Klein-Juan erwachte öfters die Sehnsucht, besonders an den Sonntagnachmittagen, wenn sich die kleinen Vettern in Lichterfelde bei den Großeltern einfanden. Aber solche Stimmungen waren nur selten. Die wußte die Großmama stets feinfühlend durch Lektüre eines guten Buches, durch irgendeinen gemeinsamen Kunstgenuß oder auch nur durch ein liebes Wort zu zerstreuen. Nein, Marietta hatte es niemals bereut, daß sie als fünfzehnjähriges Backfischchen den Entschluß gefaßt hatte, die Eltern und Geschwister allein über das große Wasser zurückgehen zu lassen, bei den Großeltern in Deutschland zu bleiben. Das Beste in ihr hatten diese Jahre ihr gegeben, das Streben, sich innerliche Werte zu eigen zu machen. Das war ihr besonders bewußt geworden, als Anita als Siebzehnjährige zum zweiten Male nach Europa herüberkam, um ihre Violinstudien zu vervollkommnen und vor allem, wie sie lachend sagte, ihren treulosen Zwilling heimzuholen. Da hatte sie es täglich, fast stündlich, empfunden, daß sie sich bei all ihrer Liebe zu der Schwester mit dieser ganz auseinandergelebt hatte. Anita war inzwischen eine fertige junge Dame geworden, die sich ihrer Schönheit und ihrer gesellschaftlichen Stellung durchaus bewußt war. Kaum, daß sie ihre Musikstudien ernst nahm. Sie war nur darauf bedacht, Vergnügungen zu genießen und durch ihre Toilettenpracht, durch ihre sprühende Lebhaftigkeit ihre Umgebung zu blenden. Was Marietta Freude machte, ihre guten Bücher, von denen jedes ihr ein Freund war, die Berliner Galerien und Museen mit ihren Kunstschätzen, ihre armen Kinder im Hort und in der Kleinkinderkrippe, für die sie nach absolvierter Schulzeit mütterlich sorgte, das alles tat Anita mit einem geringschätzigen Achselzucken ab. „Spießbürgerlich" hatte sie das alles genannt, Mariettas einfachen, aber geschmackvollen Anzug „unmöglich". „Es wird höchste Zeit, daß du wieder nach Sao Paulo zurückkehrst, Jetta", so hatte sie sich geäußert. „Ich muß dich wieder ganz ummodeln. Sonst halten dich unsere Bekannten am Ende noch für Juans deutsche Erzieherin." Es sollte scherzhaft klingen, aber der Blick, der Mariettas schlichtes Äußere musterte, war mißbilligend. Und als Marietta ihr antwortete, daß sie besseres zu tun habe, als sich den ganzen Tag mit bunten Seidenfahnen zu behängen und in den Spiegel zu schauen, da verstand Anita sie gar nicht. Was konnte es denn besseres geben, als sich so hübsch wie möglich zu machen. Sie hatte Anita für ihre kleinen Schützlinge zu interessieren gesucht, sie mitgenommen in den Kinderhort, ihr erzählt, welch ein Segen diese Einrichtung für die arbeitenden Mütter bedeutete, wenn sie ihre Kleinen inzwischen gut versorgt wußten. Naserümpfend hatte Anita zugesehen, wie die ärmlich gekleideten Kinder freudestrahlend auf die Schwester zuliefen, sie mit zärtlichen Ärmchen zu umfangen. Sie hatte ihre eleganten Sachen zusammengerafft, daß sie nur nicht in Berührung mit den Armen kämen. Aber als Marietta all die Händchen vor dem Essen wusch und das Kleinste gar selbst auf den Schoß nahm, um es zu füttern, wurde es Anita doch zu stark. „Das ist keine Arbeit für eine Tavares! Wie kannst du deine Familie nur derart erniedrigen, Jetta. Nimm dir eine Dienerin, die derartige Arbeit macht." Als wäre es heute, hörte Marietta sich darauf antworten: „Arbeit erniedrigt nicht, Nita, noch dazu eine Arbeit im Dienste der Menschenliebe. Aber eine Gesinnung, die voll Hochmut nur sich selbst kennt, nur für Äußerliches Interesse hat, die erniedrigt. Fühlst du denn nicht, was für eine innere Befriedigung mir daraus erwächst, wenn ich diesen armen, kleinen Wesen die Mutter ersetzen kann?" Anita hatte den Kopf geschüttelt, dann aber doch etwas beschämt in die Tasche gegriffen: „Hier ist Geld. Kaufe den armen Kindern hübsche Kleider." – „Sie brauchen Notwendigeres, Nita, Wäsche und Schuhe." Aber sie hatte das Geld nicht zurückgewiesen, um die Schwester nicht zu kränken. „Anita ist nicht schlecht, nur grenzenlos verwöhnt und von ihrer eigenen Person vollständig ausgefüllt. Wir sind nicht mehr auf denselben Ton gestimmt. Unsere Interessen gehen ganz und gar auseinander." Es war eine bittere Stunde, in der Marietta diese sie schmerzende Wahrheit zum ersten Male empfunden, daß sie sich von der Genossin ihrer Kinderzeit auch innerlich weit entfernt hatte. Und mit dieser Erkenntnis kam die daraus erwachsende ihr zum Bewußtsein: Ebensowenig wie sie zu Anita paßte, war sie noch für Brasilien geeignet. Sie würde sich dort nicht mehr wohlfühlen, trotzdem es ihr Vaterland war. Das glühende Tropenklima, das die Schaffenskraft lähmte, die damit Hand in Hand gehende Verwöhnung der Frauen, der Luxus und die auf Äußerlichkeiten gestellte Geselligkeit würden sie nicht mehr befriedigen. Die Mutter hatte dort ihren Mann und ihre Kinder, sie hatte ihre Musik, die sie ausfüllte. Aber sie? – „Du hättest deine soziale Arbeit, du könntest dort für die Arbeiter eintreten und ihre menschenunwürdige Lage verbessern." Wie oft hatte sie sich das gesagt. Den Arbeitern des großen Kaffeehauses Tavares ging es nicht schlecht, dafür hatte sich ihre Mutter schon eingesetzt. Die hatten gesunde Wohnungen und ihr Auskommen. Aber auf den anderen Plantagen sah es bös aus. Durfte sie sich den Mut, die Kraft zutrauen, Fremde für ihre sozialen Bestrebungen zu gewinnen? Man kannte drüben nur das Geld. Wenn es gegen die materiellen Interessen der Besitzenden ging, war der Kampf ziemlich aussichtslos. Nein, Marietta hatte sich bisher noch nicht reif und stark genug gefühlt, um ein derartiges Werk zu unternehmen. Sie hatte die

Eltern gebeten, sie weiter in Deutschland zu lassen, um später die soziale Frauenschule zu besuchen. Vielleicht erwuchsen ihr daraus ungeahnte Kräfte. Gern war ihr die Zustimmung der Eltern nicht zuteil geworden. Der kluge Vater erkannte, daß sich die Tochter amerikanischem Wesen und heimischen Sitten entfremdete, daß sie in Deutschland Wurzel schlug. Und die Mutter? Nun, eine Mutter leidet stets, wenn sie eins ihrer Kinder entbehren muß. Trotzdem war sie es, die als Fürsprecherin für die Tochter eingetreten. Marietta war im Kern ihres Wesens deutsch, das wußte sie am besten.

An dem Gitter des großväterlichen Gartens war Marietta stehengeblieben. Dort lag das liebe Rosenhaus, jetzt seines schönsten Schmuckes entkleidet. Die Kletterrosen, die es umrankten, hatten abgeblüht. Nur hier und da auf dem großen Rasenrondell, das von Großpapas Edelrosen umsäumt wurde, hatte der warme Oktobersonnenschein noch eine Spätrose hervorgelockt. Aber die Astern und Georginen blühten dafür in übermütigster Buntheit, als wüßten sie es nicht, daß sie die letzten Grüße des scheidenden Sommers bedeuteten. In flimmerndem Goldkleid stand die Linde da – Marietta mußte an das Bäumlein denken, das andere Blätter hat gewollt. Die Großmama hatte ihr und Anita vor Jahren das Gedicht vorgelesen, damals, als sie aus Brasilien herübergekommen. Die ganze Poesie der deutschen Märchen hatte die Großmama über die aufhorchenden Kinder ausgeschüttet. Was hatte sie ihr nicht gegeben, die liebe Großmama? Alles, was schön und wertvoll in ihrem Mädchenleben gewesen, war ihr von dort gekommen. Durfte sie immer nur nehmen, mußte sie nicht auch zurückgeben?

O ja, sie wußte es, daß sie den alternden Großeltern zum Sonnenschein geworden war, der ihr Haus erhellte und erwärmte. Daß sie selbst wieder jung wurden in dem Bestreben, mit der jungen Enkelin Schritt zu halten, ihr auf all den Wegen, die eine neue Zeit erschloß, zu folgen. Und das alles wollte sie ihnen entziehen? Noch waren sie rüstig, die lieben beiden, die Großmama bei weitem mehr als der Großpapa. Aber wie der Herbst dort die Blätter von der Linde streifte, so würden auch sie mehr und mehr entblättern, ihre Kräfte allmählich hinschwinden fühlen. Es war der Lauf der Natur. Und dann wollte sie die Großeltern treulos im Stich lassen als Lohn für all ihre Liebe? Im fernen Lande fremden Menschen helfen, während ihr Herz hier in Deutschland bei den Großeltern fest verankert war?

Wer sagte ihr, wo ihre Pflicht lag?

2. Kapitel. Am Scheidewege

Großmama und Großpapa hielten ihr Nachmittagsschläfchen. Der alte Geheimrat auf dem Sofa, Frau Annemarie daneben in dem bequemen Ledersessel, wie sie es nun schon seit Jahren gewöhnt waren. Die Zeitung war der geäderten Hand des Schlafenden entfallen. Seine tiefen Atemzüge mischten sich mit dem Summen einer respektlosen Fliege.

Frau Annemarie schlief nicht. Sie blickte von der Uhr drüben an der Wand unruhig zum Fenster, das die schon schrägen Sonnenstrahlen einfing. Wo das Kind nur blieb? Mußte es nicht längst hier sein? Eine halbe Stunde Fahrt, der Weg zum Bahnhof und das letzte Stück hier draußen – wieder befragte sie mit angstvollen Augen die Uhr. Nein, wirklich, um eine halbe Stunde hatte sie sich verspätet. Wenn da nur nichts passiert war. Man las jetzt so viel von Unglücksfällen. Gut, daß ihr Mann schlief und nichts von ihrer Unruhe merkte. Rudi würde sie auslachen wie stets, wenn sie um Mariettas Ausbleiben sorgte. „Binde doch das Mädel an dein Schürzenband fest, daß es dir nicht entlaufen kann. Seitdem die Frau auf die Siebzig lossteuert, wird sie immer wunderlicher." Trotzdem Frau Annemarie knapp die Mitte der Sechziger überschritten hatte, pflegte ihr Mann sie damit aufzuziehen. Das heißt, wenn er guter Laune war. Dies war jetzt durchaus nicht immer der Fall. Frau Annemaries Blick wanderte von der unaufhaltsam weiter tickenden Uhr zu dem Gesicht des Schlafenden. Sie konnte es sich nicht verhehlen, daß er stark gealtert war seit der schweren Krankheit damals vor fünf Jahren. Die Stirn reichte fast bis zum Hinterkopf. Jahre verantwortungsvoller Arbeit hatten Falten und Fältchen um Augen und Mund eingegraben. Und immer noch gab es keinen Feierabend für den gewissenhaften Arzt. Wenn auch die Praxis allmählich abbröckelte, an Jüngere überging, der Stamm seiner Patienten war dem alten Geheimrat Hartenstein treu geblieben. Ja, es gab viele, die sich in der chirurgischen Klinik, der er noch immer vorstand, lieber den altbewährten Händen anvertrauten als den jüngeren seiner Assistenten. Wenn nur die Augen mit seiner Willenskraft gleichen Schritt gehalten hätten. Aber die ließen seit geraumer Zeit nach und machten Frau Annemarie fast noch größere Sorgen als ihrem Manne selbst. Augenblicklich aber war es die Enkelin, die all ihre Gedanken in Anspruch nahm. Denn irgend etwas zum Sorgen mußte sie immer haben, sonst wäre ihr nicht wohl, behauptete ihr Mann. Es ging auf drei – – was mochte Marietta nur passiert sein?

Geräuschlos erhob sich die alte Dame. Ganz so leichtfüßig wie früher war sie auch nicht mehr. Das linke Bein streikte, besonders wenn sie eine Weile gesessen hatte, dann mußte es erst wieder in Gang kommen. Ja, ja, man wurde eben nicht jünger. Behutsam, um den Schlafenden nicht zu wecken, begab sich Frau Annemarie zum Fenster. Und als ob sie die Enkelin mit der Kraft ihrer Gedanken magnetisch herbeigezogen hätte, ging da gerade die Gartentür. All der Sonnenglanz, den das Fenster einließ, schien sich in den noch heute leuchtend blauen Augen der alten Frau zu spiegeln.

„Da ist es, unser Kind. Ich hab's ja gewußt, daß es nichts weiter auf sich haben würde." Obgleich sie eigentlich gerade das Gegenteil angenommen hatte. Viel hätte nicht gefehlt, dann hätte Frau Annemarie temperamentvoll gegen die Scheibe geklopft, um der heimkehrenden einen Gruß zuzuwinken. Aber fünfundvierzig Ehejahre hatten sie doch zu gut erzogen. Der Schlaf ihres Mannes war ihr heilig. Warum schaute das Kind denn gar nicht auf? Es ging so in Gedanken verloren, als habe es Gott weiß was für schwere Rätsel zu lösen. War es von seiner neuen Tätigkeit nicht befriedigt?

Das steife Knie der Großmama mußte mit, ob es wollte oder nicht. Vorsichtig zur Tür – ihr Mann rührte sich nicht. So – nun war sie draußen. Ob Frau Trudchen auch alles für Marietta recht heiß gehalten hatte?

Sie steckte den Kopf zur Küche hinein, wo Frau Trudchen, die getreue Schaffnerin des geheimrätlichen Hauses, die dampfende Suppe auffüllte, während ihre Adoptivtochter, die dreizehnjährige Lotte, bereits mit dem Tablett darauf wartete.

„Nun, Trudchen, alles in Ordnung? Ist auch die Soße inzwischen nicht zu sehr eingepruzzelt? Vergessen Sie nicht, das Ei zum Spinat zu kochen. Unser Kind sieht blaß aus. Wir müssen es ein bißchen pflegen."

„Mein Jott, nu hat Frau Jeheimrat schon wieder keine Ruhe nich jehabt. Als ob Lotteken und ich Fräulein Marietta nich jut versorgen täten. Frau Jeheimrat is doch kein Jüngling mehr und braucht ihr Nachmittagsschläfchen wie jeder bejahrte Jreis." Wirklich, Frau Trudchen, die allzeit treu sorgende, war recht unzufrieden mit ihrer Herrin.

Die klopfte ihr begütigend auf die Schulter. „Nanu, was ist Ihnen denn über die Leber gelaufen, Trudchen? Ein Jüngling bin ich mein Lebtag nicht gewesen, und ein bejahrter Greis werde ich auch niemals sein." Sie lachte herzlich, daß es auch über das breite Gesicht der Dienerin wie Sonnenleuchten durch gewitterschwere Wolken ging. Lottchen aber stimmte so belustigt in das Lachen der alten Dame ein, daß auch die Suppe in dem Teller ausgelassen über den Rand schwippte. So ansteckend wirkte Frau Annemaries Lachen noch immer.

„Na, da haben wir's ja, Lotteken, kannste dich nich 'n bißchen vorsehen. Und Frau Jeheimrat braucht auch jar nich so zu lachen, wenn man's jut mit ihr meinen tut“, ereiferte sich Frau Trudchen.

„Das weiß ich ja, daß das Krakeelen nur auswendig ist, Trudchen. So, Lottchen, nun trage die Suppe rein. Ei, da bist du ja, mein Seelchen. Es ist recht spät geworden.“ Die letzten Worte waren an Marietta gerichtet, die in diesem Augenblick auf der zum oberen Stockwerk führenden Treppe auftauchte. Sie hatte oben ihr Stübchen, dasselbe, das ihre Mutter einst bewohnt, wo sie inzwischen abgelegt und sich gewaschen hatte.

„Großmuttchen, du nicht in deinem Lehnsessel? Das ist aber unrecht, daß du mir deinen Nachmittagsschlaf opferst. Das darfst du nie wieder tun. Versprich es mir.“ Liebevoll zog Marietta den Arm der Großmama durch den ihrigen und betrat mit ihr das Speisezimmer, wo Lotte und die Suppe schon auf sie warteten.

„Fängst du auch noch an, deine alte Großmutter herunterzuputzen? Frau Trudchen hat das schon zur Genüge besorgt“, scherzte die Großmama. „Schlaf du mal, wenn du in Sorge bist, daß irgend etwas passiert sei.“

„Ja, was soll denn passiert sein? Großmuttchen, du siehst am hellen Tage Gespenster.“ Marietta unterbrach Lottchen, die ihr freudestrahlend berichtete, daß sie unter dem Exerzitium, das Marietta ihr durchgesehen, „ très bien“ bekommen. „Ich kann gar nicht früher zu Hause sein. Hast du die Absicht, dich jeden Tag um mein spätes Heimkommen aufzuregen? Dann esse ich lieber im Internat der Frauenschule, Großmuttchen. Es wäre vielleicht überhaupt richtiger, daß ich Frau Trudchen nicht doppelte Mühe mache“, überlegte das junge Mädchen, zum Löffel greifend.

„Du bist wohl nicht ganz bei Troste, Kind! Willst deiner Großmama das Geld vertragen? Das ist doch wohl nicht dein Ernst. Und Frau Trudchen würde dir das sicher übelnehmen. Nun iß, Seelchen, iß und laß dir's schmecken.“ Die Großmama begleitete jeden Löffel Suppe, den Marietta an die Lippen führte, liebevoll mit ihren Blicken. Es schien ihr im Geiste besser zu munden als der Enkelin selbst.

„Von dem Spinat mußt du noch nehmen, Jetta. Er ist besonders gut. Spinat ist eisenhaltig, der geht ins Blut. Wie blaß du wieder aussiehst. Habt ihr auch gesunde, luftige Schulräume dort? Nein, nein, nicht erzählen, erst essen." Obgleich Frau Annemarie begierig war, Näheres über den ersten Tag in der sozialen Frauenschule zu hören, überwog doch ihre Fürsorge. „Ich hätte ja gern mit dem Essen auf dich gewartet. Aber du weißt ja, Großpapa ist ungemütlich, wenn es nur fünf Minuten nach halb zwei wird. Du brauchst keine Angst zu haben, wir bleiben bei unserer Tischzeit. So, Seelchen, nun iß noch das Kompott, eingelegte Kirschen von unseren Schattenmorellen draußen im Garten. Und dann erzähle!" Frau Annemarie tat der Enkelin eigenhändig die Früchte auf. Sie wartete.

Aber Marietta hatte es nicht gar so eilig mit dem Berichten. Nachdenklich schaute sie auf jeden Kirschstein, den sie an den Rand des Tellers in gleichmäßigen Abständen legte. Wie rührend die Großmama um ihr Wohl besorgt war. Durfte sie da noch schwanken?

Marietta wußte nicht, daß sie eine ganze Zeit lang den Kompottlöffel an die Lippen gehalten hatte, ohne die daraufliegende leckere Kirsche in den Mund spazieren zu lassen. Ihre Gedanken waren weit fort. Die pendelten zwischen den Arbeiter-Lehmhütten auf den brasilianischen Kaffeeplantagen und dem großelterlichen Rosenhaus hin und her. Wo brauchte man sie notwendiger?

In die Augen der alten Dame, die mit großmütterlicher Freude an der liebreizenden Enkelin hingen, trat von Sekunde zu Sekunde wachsende Unruhe. Da war etwas nicht im Lot. Dazu bedurfte es nicht erst ihres erfahrenen Blickes, um das zu erkennen. So lebhaft wie Mariettas Mutter, Frau Annemaries Ursel, einst gewesen, war deren Tochter ja nie. Anita, die Zwillingsschwester, glich darin mehr der Mutter. Marietta war von einer gleichmäßigeren, stilleren Heiterkeit. Um so mehr befremdete die Großmama ihr einsilbiges, sichtlich bedrücktes Wesen. Hatte sie in dem neuen, selbsterwählten Berufskreise Verdruß oder Enttäuschungen gehabt?

Eigentlich war Frau Annemarie überhaupt nicht so sehr für die soziale Frauenschule gewesen. Marietta war zart, die Tätigkeit, welche die soziale Ausbildung dort erforderte, war eine recht anstrengende. Sie hatte ja durchaus nichts dagegen, daß das Kind seine Zeit und Arbeit gemeinnützigen Zwecken weihte. Aber das konnte sie doch wie bisher, unter Anleitung ihrer Tochter Vronli, die in so vielen Wohlfahrtseinrichtungen ehrenamtlich tätig war, weiter fortsetzen. Wozu bedurfte es dazu erst noch jahrelanger Studien? Gerda hatte der Kusine den Floh ins Ohr gesetzt. Weil Gerda die soziale Frauenschule besuchte, mußte auch Marietta das gleiche tun. Dabei lag doch die Sache für beide ganz verschieden. Ihre Enkelin Gerda mußte darauf sehen, sich als Lehrerstochter möglichst bald auf eigene Füße zu stellen, sich vom Vater unabhängig zu machen. Sie mußte daran denken, eine Anstellung als soziale Beamtin zu erhalten. Bei Marietta war das doch nicht nötig. Die Tochter des reichen Kaffeekönigs in Brasilien konnte sich den Luxus einer unbezahlten Tätigkeit, die ihren Neigungen entsprach, gestatten. Man konnte genug Gutes tun, wenn das Herz und der Geldbeutel nur groß genug dazu waren. Dazu brauchte man nicht erst die soziale Frauenschule zu besuchen. Aber daß das Kind so wieder heim kam, so still und bedrückt, das hatte sie nicht erwartet. Das schlug dem Faß den Boden aus.

„Also so wenig begeistert bist du von deiner neuen Tätigkeit, Jetta?“ Wie stets ging Frau Annemarie grade auf ihr Ziel los. „Macht nichts, Seelchen. Besser, du siehst gleich im Anfang ein, daß es nichts für dich ist, als daß du dir die besten Jahre deines Lebens damit verdirbst. Mir ist es ganz recht, daß es so gekommen ist.“

„Wie denn?“ Ganz erstaunt ließ Marietta die Kirsche vom Löffel wieder auf den Teller zurückgleiten.

„Na, ich denke, du bist unbefriedigt von der sozialen Frauenschule. Sie entspricht gewiß nicht deinen Erwartungen. Sind dir die Lehrkräfte oder die Mitschülerinnen nicht sympathisch?“

Jetzt mußte Marietta lachen. Es klang so silberhell wie stets. „Weder das eine noch das andere, Großmuttchen. Was du für eine rege Phantasie hast. Es hat mir sehr gut in der sozialen Frauenschule gefallen. Die Vorsteherin, Fräulein Dr. Engelhart, scheint eine herrliche Frau zu sein. Wir sind alle ganz begeistert von ihrer Auffassung der sozialen Aufgabe.“

„Hm“ –, die Großmama zog die Brille hervor, die sie sonst eigentlich nur beim Lesen gebrauchte. „Hm“ – – –, aufmerksam betrachtete sie dadurch ihr junges Gegenüber.

Marietta wurde es ungemütlich unter dem prüfenden Blick der alten Dame. Die Großmama hatte so klare Augen, sie schienen auf den Grund der Seele zu lesen. Marietta setzte ihre Teller zusammen und trug sie in die Küche. „Damit Frau Trudchen nicht noch hinterherräumen muß.“

Frau Annemarie lächelte verständnisvoll. Sie lächelte über die hauswirtschaftliche Tüchtigkeit der einst als Tropenprinzeßchen in ihr Haus gekommenen Enkelin und über den wahren Grund ihres Ordnungssinnes. Nun, wenn das Kind nicht Rede stehen wollte, sie würde es nicht dazu zwingen. Über kurz oder lang kam Marietta wohl von selbst zu ihr. Sie hatte noch stets mit allem, was sie bewegte, den Weg zu ihr gefunden.

Frau Annemarie begab sich in ihr Biedermeierzimmer, ihr ureigenstes Reich. Dort war jeder Gegenstand, jedes Möbel fest mit ihr verwachsen, durch Überlieferung und Erinnerung ein Teil ihrer Persönlichkeit geworden. An dem breiten Erkerfenster standen in weißen Porzellantöpfchen Alpenveilchen in allen Farbenstufen; vom zartesten Rosa bis zum tiefsten Purpurrot. Großmamas Blumenfenster war vorbildlich. Keiner hatte solche segensreiche Hand wie sie für die Blumenpflege. Wenn der Garten draußen seine Blütenkinder Herbststürmen preisgeben mußte, dann begann es drinnen an Großmamas Erkerfenster zu treiben und zu blühen. Ihren „Wintergarten" pflegte sie ihren Erkerplatz scherzhaft zu nennen. Im Bauer über dem runden Mahagoni-Nähtisch schmetterte Mätzchen ihr seine Jubelhymne entgegen. Und ein letzter Sonnenstrahl verweilte noch einige Sekunden, um Großmamas Lieblingsplätzchen zu vergolden.

Sie ließ sich in den mit grünem Rips überzogenen Lehnstuhl nieder. Mätzchen hielt in seinen musikalischen Übungen inne und äugte erstaunt auf seine Herrin herab. Nanu? Keine Arbeit in den stets fleißigen Fingern? Still lagen die Hände ihr im Schoß. Nachdenklich suchten ihre Augen das Weite.

Großmama dachte nach. Sie überlegte, kombinierte, schüttelte den Kopf und nickte dann einige Male vor sich hin. Natürlich, so war's. Die Lösung war ganz einfach. Daß sie auch nicht gleich darauf gekommen. Sicherlich hatte es irgendeine Kabbelei mit Gerda gesetzt. Gerda war manchmal ein wenig rechthaberisch und wollte alles besser wissen. Marietta, aus weicherem Holz, war etwas empfindsam. Viel zu weich war das Mädel für das Leben, das einen doch oft recht derbe anpackte. Sie hatte sich gewiß die Unstimmigkeit mehr zu Herzen genommen, als die Angelegenheit wert war. Frau Annemarie war ordentlich froh, daß sie jetzt das Rätsel gelöst hatte. Da griffen ihre Hände auch schon nach dem Ausbesserkorb. Langes Feiern war nicht ihre Sache.

Sie hielt die schadhafte Damastserviette gegen das Licht. Eine Jagd war als kunstvolles Muster in das seidigglänzende Gewebe hineingewebt. Diese Jagd mit

Hirschen, Hunden und Jägern hatte schon ihre Begeisterung erregt, als sie noch Doktor Brauns kleines Nesthäkchen gewesen und mit ehrfürchtigen Augen vor dem mullverhangenen Wäscheschrank der eigenen Großmutter gestanden hatte. „Dieses Jagdgedeck sollst du mal bekommen, Annemarie, wenn du groß bist und dich verheiratest. Ich habe für jede Enkelin ein Damastgedeck bestimmt." Als wäre es heute, so genau erinnerte sich Frau Annemarie jener Szene aus ihrer Kinderzeit. Merkwürdig – sie lebte jetzt überhaupt viel mehr in der Vergangenheit als früher. Längst vergessene Bilder, die jahrzehntelang entschwunden, tauchten manchmal wieder auf. Das ging wohl jedem so mit zunehmendem Alter. Die Gegenwart erforderte nicht mehr volles Sicheinsetzen, die Zukunft hatte nicht mehr viel zu bringen. Was blieb da noch? Die Vergangenheit eines langen, an Freud und Leid reichen Lebens. Beinahe zärtlich streichelte die fein geäderte Hand über den alten Damast. Nein, sie sollte noch nicht ausrangiert werden, ihre Jagdserviette. War man nicht selbst auch allenthalben rissig und brüchig geworden? Emsig begann sie den Faden durch die schadhaften Stellen zu ziehen.

Droben im Stübchen grade über dem Biedermeierzimmer der Großmama saßen sich indessen Marietta und Lottchen gegenüber. Hier war jetzt Schulstunde. Lottchen, die seit einem halben Jahr von der Volksschule auf das Mädchenlyzeum umgeschult war, zeigte trotz heller Auffassungsgabe in den fremden Sprachen manche Lücke. Marietta hatte sich vorgenommen, dieselben auszufüllen. Ihr, die schon als Kind fünf verschiedene Sprachen gelernt hatte, machte das weiter keine Mühe. Sie betrachtete Lottchen immer noch als ihren kleinen Findling, für den sie verantwortlich war. Hatte sie nicht damals in Brasilien der sterbenden Mutter der Kleinen versprochen, sich ihres verwaisten Kindes anzunehmen, es nach Deutschland zu befördern, zu den in Schlesien lebenden Verwandten? Die Nachforschungen nach denselben waren erfolglos geblieben. Lottchen hatte in Lichterfelde ebenfalls eine Heimat gefunden. Frau Trudchen und ihr Mann, das Kunzesche Ehepaar, das schon über zwanzig Jahre in Haus und Klinik des Großvaters tätig war, hatten die kleine Waise an Kindes Statt angenommen. Die Großmama mit ihrem warmen Herzen betrachtete auch das fremde Kind wie eins ihrer zahlreichen Enkelkinder. Für die materiellen Anschaffungen der Kleinen, Kleidung, Schulgeld usw., aber sorgte Mariettas Vater, der reiche Plantagenbesitzer in Brasilien. Oder vielmehr seine Tochter tat es. Der Scheck, den Marietta allmonatlich vom Vater zur Verfügung gestellt bekam, bedeutete für deutsche Begriffe eine recht beträchtliche Summe. Die persönlichen Bedürfnisse des einst so eleganten Tropenprinzeßchens waren in Deutschland in dem bürgerlich-bescheidenen Heim der Großeltern ebenfalls bescheidener geworden. Trotzdem Marietta nur gewöhnt war, das Beste zu kaufen und sich vornehm elegant kleidete, entsprach Schlichtheit dem Grundzuge ihres Wesens. Den Hauptteil des väterlichen Schecks verwandte sie dazu, um anderen eine Freude zu machen. Ihre kleinen Schützlinge im Kinderhort und in der Krippe waren ihre besten Abnehmer. Sie hatte es auch angeregt, daß Lottchen in ein Lyzeum umgeschult wurde. Der Großvater stimmte nicht dafür. „Unsere Volksschulen sind so vortrefflich, daß sie eine solide, ausreichende Grundlage für den späteren Beruf geben. Wozu soll das Kind über seinen Stand hinaus? Es braucht nicht französisch und englisch zu lernen." Aber Marietta mit ihren sozialen Grundsätzen hatte ihm auseinandergesetzt, daß jedem Menschen mit guter Veranlagung die Gelegenheit geboten werden müsse, so viel wie möglich zu lernen. Der Großpapa dachte doch sonst so human – alt und jung verstanden sich darin nicht. Die Großmama mußte wieder mal vermitteln. Sie schlug sich auf Mariettas Seite. Warum sollte man dem Kinde, wenn die dazu erforderlichen Geldmittel da waren, nicht die Möglichkeit geben, sich durch gute Bildung in eine höhere Lebenssphäre hinaufzuarbeiten? Es war ganz ausgeschlossen, daß sich Lottchens Anverwandte, nach denen man jahrelang Nachforschungen angestellt, noch melden würden. Lottchen war ein liebes, bescheidenes Kind, das seinen Pflegeeltern auch dankbar bleiben würde, wenn ihr Lebensweg sie in gebildete Kreise führte. So war Lotte Lyzeumsschülerin geworden und gehörte dort zu den besten. Freilich, Marietta setzte auch ihre Ehre darein, das Kind in jeder Weise zu fördern, daß sie ihrer Fürsprache keine Schande machte.

Heute war die junge Lehrerin nicht so bei der Sache wie sonst. Und diese Gedankenabwesenheit übertrug sich auf die Schülerin. Denn ein Kind merkt es sofort, ob der Lehrende sich ganz einsetzt, oder ob seine Gedanken woanders weilen.

„ To say – said – said, to forgot – forget – forgetten – – – stimmt das, Fräulein Marietta? Ach, Sie haben ja gar nicht aufgepaßt. Hier steht's ›ich habe vergessen‹ heißt › I have forgotten‹", beschwerte sich die Schülerin über die Lehrerin, das Pauken der unregelmäßigen englischen Verben unterbrechend.

Marietta fuhr beschämt hoch. „Wirklich, Lottchen, ich habe eben nicht aufgepaßt", gab sie ehrlich zu. „Fange noch mal von vorn an." Und sie gab sich redlich Mühe, ihre Gedanken fest auf die unregelmäßigen Verben zu richten.

Aber das Herunterleiern derselben war eintönig und langweilig. Lottchen konnte sie wie am Schnürchen. Während Marietta die Blicke auf das blühende Kindergesicht richtete, mußte sie unwillkürlich daran denken, wie elend und bleich, wie mager und abgezehrt das Kind gewesen, als sie es in den Tropen in ihr Haus genommen. Freilich, daran waren die ungesunden Lebensbedingungen der Plantagenarbeiter in Brasilien schuld. Lottchens Eltern, die als deutsche Auswanderer dort drüben ihr Glück zu finden glaubten, hatten das Tropenklima und die unhygienischen Wasserverhältnisse das Leben gekostet. Sie waren einem typhösen Fieber erlegen. Wieder sah Marietta die fensterlose Lehmhütte in dem Plantagendorfe der Orlandos, einer der reichsten Familien drüben, vor sich, zu der ihr kleiner Findling sie einst geführt. Damals war zuerst der Wunsch in dem vierzehnjährigen Mädchen erwacht, soziale Hilfe zu leisten, den Armen, Bedrückten zu helfen.

„To know – knew – knewed – nein, knowd wie heißt denn ›gewußt‹, Fräulein Marietta?“ Lottchen blickte ganz verwundert auf ihre sonst so pflichteifrige Lehrerin, die schon wieder nicht aufmerksam zu sein schien.

„Known muß es heißen, Lottchen – to know – knew – known“, beeilte sich Marietta ihren Fehler wieder gutzumachen. Ihre Gedanken kehrten endgültig von den Kaffeeplantagen zu Lottchens unregelmäßigen Verben zurück. Die Stunde nahm nun ohne Störung ihren Fortgang, bis Frau Trudchen unten mit den Kaffeetassen klapperte.

Die Nachmittagskaffeestunde liebte Frau Annemarie jetzt ganz besonders. Sie war ihr die gemütlichste am Tage, da dieselbe ihre Lieben um sie vereinte. Sonst fehlte meistens einer bei den Mahlzeiten oder hetzte, um fortzukommen. Seitdem der Geheimrat nur noch vormittags in der Klinik seine Sprechstunde abhielt, war er nachmittags frei, wenn nicht gerade ausnahmsweise noch ärztliche Besuche vorlagen, oder sich ein kühner Patient erdreistete, den Nachmittagsfrieden der alten Herrschaften durch unerwünschtes Klingeln zu unterbrechen. Das heißt unerwünscht nur bei Frau Annemarie. Sie wollte, daß ihr Mann sich allmählich zur Ruhe setzen sollte, daß er mit seinen Kräften haushielt. Er hatte lange genug, Tag und Nacht bei Wind und Wetter seine Pflicht getan. Aber der alte Herr knurrte, daß man ihn jetzt zum alten Eisen warf. Er war überhaupt in seiner Stimmung nicht mehr so gleichmäßig wie früher. Es war für Frau Annemarie oft gar nicht leicht, heiter und geduldig zu bleiben. Wenn Marietta daheim war, hob sich sein Stimmungsbarometer erstaunlich.

„Ich werde auf meine alten Tage noch eifersüchtig werden“, drohte die Großmama oft.

Heute war Großpapa guter Laune. Sein Nachmittagsschläfchen hatte ihn erfrischt, das Kind, sein „Mariele“, wie er Marietta auf gut deutsch nannte, schenkte ihm den Kaffee ein, und derselbe war so heiß, daß man sich den Mund daran verbrannte und ihn beim besten Willen Frau Trudchen nicht zurückschicken konnte, weil er nicht heiß genug sei.

„Echt Tavaressches Gewächs – ja, ja, ein Familienprodukt mundet doch ganz anders. Das hat halt unser Ursele mit besonderer Liebe drüben geerntet.“ Der Geheimrat pflegte diesen Witz seit einundzwanzig Jahren zu machen, seitdem seine Jüngste Milton Tavares, dem Kaffeekönig von Santos, übers Meer gefolgt war. Seitdem die großen überseeischen Sendungen regelmäßig eintrafen. Man trank in Lichterfelde gar keinen anderen Kaffee. Aber Frau Annemarie tat ihrem Manne den Gefallen, seinen Witz, wie stets, pflichtgemäß zu belachen.

„Nun erzähl' halt, Kind, wie's in deiner neuen Zwangsanstalt gewesen ist“, begann der alte Herr, sich gemütlich in die Sofaecke zurücklehnend, nachdem die Enkelin ihm die übliche Nachmittagszigarre, Aschbecher und Streichhölzer hingesetzt hatte. Er ließ sich gar zu gern von Marietta verwöhnen.

„Ja, da ist noch nicht viel zu berichten, Großpapa. Die Leiterin der sozialen Frauenschule, Fräulein Dr. Engelhart – – –“

„Fräulein Dr. Engelhart, wahrscheinlich mehr hart als Engel. Ein arg verschrobenes, bebrilltes Frauenzimmer, gelt?“

„Das ist Fräulein Doktor Engelhart ganz und gar nicht, Großpapa. Sehr gescheit und lieb ist sie. Aber freilich große Anforderungen scheint sie an uns zu stellen.“ Marietta sah ein wenig sorgenvoll drein.

„Bist wohl noch nit blaßschnäbelig genug – ich hätt' meine Einwilligung nimmer zu dem Unfug geben sollen“, knurrte der alte Herr.

„Unfug – wenn man seinen notleidenden Mitmenschen helfen will“, verteidigte das junge Mädchen eifrig seine sozialberuflichen Pläne. „Du hast den Unfug doch fünfzig Jahre mitgemacht, Großpapa. Der Arzt – und noch dazu einer, der seinen Beruf so auffaßt wie du – ist doch genau solch ein sozialer Arbeiter.“

„Hm – na ja – gegen die praktische Arbeit habe ich auch nix einzuwenden.“ Marietta hatte den Großpapa schon wieder besänftigt.

„Ja, hast du denn nicht zum Examen studieren müssen? Denke nur, was wir alles wissen sollen: Hygiene und Psychologie, Sozialethik und Sozialpädagogik, Volkswirtschaftslehre und – – –“

„Hör' auf, hör' auf, Seelchen, mir wird ganz schwindlig dabei.“ Die Großmama blickte von der bunten Häkelarbeit – einer Schlummerrolle, mit der sie den Großpapa zum Geburtstag zu überraschen gedachte – ganz erschreckt hoch.

„Du hast recht, Großmuttchen, mir ist auch etwas schwül zumute geworden. Für Gerda ist das natürlich nur alles Kinderspiel.“

Aha – die Großmama machte sich einen Knoten in ihr Gedächtnis. Da mußte sie einhaken. Da lag sicher der Grund zu Mariettas Verstimmung heute mittag.

„Und wenn du all das Zeug in deinen Kopf 'neingetrichtert hast, was kannst dann werden, Mädle? Städtischer Nachtwächter oder gar Frau Wirtin im Asyl für Obdachlose?“ zog sie der alte Herr gutgelaunt auf.

„Unsere Jetta bleibt bei ihrer kleinen Garde, die wird ihren Hort- und Krippenkindern nicht untreu“, kam Großmama ihrem Liebling zu Hilfe.

„Das ist noch gar nicht so sicher, Großmuttchen. Ich kann ebensogut die Arbeiterwohlfahrt zum Spezialgebiet wählen. Nur muß ich mich entscheiden, ob Jugendfürsorge oder – – –.“ Marietta brach jäh ab und wurde rot bis an die Wurzeln des goldbraunen Haares. Da hatte sie sich aufs Glatteis begeben und mehr gesagt, als sie eigentlich beabsichtigte.

Großmamas leuchtende Augen sahen über die Brille hinweg angelegentlich hinüber. Was hatte das Kind nur? Warum wurde es so verlegen? Frau Annemarie machte sich den zweiten Knoten in ihr Gedächtnis.

Der Großpapa aber, dem nichts aufgefallen, drängte, nun endlich den Nachmittagsspaziergang zu machen. Sonst würde es stichdunkel. Dabei war er soeben erst mit seiner Zigarre fertig geworden, dem regelmäßigen Signal zum Aufbruch. „Die Nachmittagssprechstunde war wieder mal nit zu bewältigen“, stellte er, sich selbst ironisierend, fest und griff nach dem breitkrempigen, weichen Filzhut. Den „Doktorhut“ nannte ihn seine Frau. Einen Überzieher bei diesem warmen Spätsommerwetter? Ausgeschlossen. Bis es kalt wurde, sah man den alten Geheimrat Hartenstein in seinem schwarzen Gehrock laufen. Da nützten alle Bitten und Vorstellungen seiner Frau nichts.

Die Großmama hatte sich in Mariettas Arm eingehängt. Allzuoft hatte sie jetzt nicht die Freude, mit der Enkeltochter wochentags spazieren gehen zu können.

Marietta hatte ihre Arbeit im Kinderhort höchst ernst und gewissenhaft genommen. War diese doch Vorbedingung für ihre Aufnahme in der sozialen Frauenschule. Nur selten hatte sie einen Nachmittag frei.

Aus den Nachbarvillen folgten den dreien wohlwollende Blicke. Aha – Geheimrats machten ihren Spaziergang. Dann war's grade ein viertel sechs. Man konnte die Uhr danach stellen. Der alte Herr, welcher als Vorreiter stets fünf Schritte voraus zu sein pflegte, war von einer pedantischen Pünktlichkeit. Die alten Leutchen, die als junges Paar einst ihr Nest hier draußen gebaut hatten, gehörten zu dem Straßenbild, wie die Linden und Blutbuchen, welche den Fußsteig besäumten, wie der Kirchturm, den man am Ende der Straße sah. Ein jedes Kind kannte sie. Fast jedem der Käufer war der beliebte Arzt ein treuer Helfer gewesen. Und seine anmutige Frau hatte sich, ob man sie nun persönlich kannte oder nur vom Sehen, von Anfang an die Herzen der Nachbarn erobert. Man hatte die Kinder heranwachsen und davonfliegen sehen, man hatte die Enkelschar in Geheimrats Rosengarten toben gehört. Die Ankunft der exotischen Enkelinnen hatte viel Staub aufgewirbelt. An allem, was Hartensteins betraf, nahm die Straße regen Anteil. Hier zog man nicht alle paar Jahre ein und aus, hier war man seßhaft. Fast jeder bewohnte sein eigen Haus. Hier draußen lebte man, wie in einer kleinen Stadt für sich.

Es war ein anmutiges Bild, die alte Dame mit dem im Laufe der Zeit schneeweiß gewordenen Haar am Arm der jungen Enkelin, die wie eine zarte, fremdländische Blüte ausschaute. Ein wenig behäbig, ein wenig schwerfällig war die Großmama schon, aber das Antlitz noch immer rosig, kaum von einer Falte durchfurcht. Mehr noch aber fesselte die liebe, gütige Art, die aus Blick und Wort der alten Dame sprach.

Sie hielt es jetzt an der Zeit, mal ein wenig bei der Enkelin auf den Busch zu klopfen.

„Man darf es der Gerda nicht übelnehmen, wenn sie manchmal ein wenig selbstherrlich und geistig überhebend erscheint. Sie meint es nicht so, daran ist nur die Schulmeisterei, die sie vom Vater geerbt hat, schuld."

„Mir gegenüber ist Gerda niemals überhebend. Wir verstehen uns sehr gut." Mariettas Antwort befriedigte die Großmama nicht recht. Also damit war's nichts.

Der Großpapa, wieder fünf Schritte voraus, blieb an einer der Querstraßen wie immer stehen. „Links oder rechts?" fragte er, wartete die Antwort aber gar nicht ab, sondern bog gleich links ab, wo der baumbestandene Weg über die Bahnüberführung hinaus ins Freie führte. Das heißt, bis man ins Freie kam, dauerte es noch eine ganze Weile. Nicht nur Geheimrats Kinder und Enkel waren herangewachsen, auch Berlin hatte seine Steinglieder gestreckt. Hohe Mietskasernen hatten das Gartenland und die grünen Wiesen hier draußen in Lichterfelde verschlungen. Aber schließlich hörten sie doch auf, die sonne- und luftversperrenden Steinkästen, und man war draußen. Es gehörte der bescheidene Natursinn des märkischen Bewohners dazu, um sich an diesem „draußen" zu freuen. Da war zuerst ein Abladeplatz für Schutt und leere Konservenbüchsen. Darauf folgte Baugelände, von Zäunen umschlossen. Nun kamen die kleinen Laubengärten mit ihrem letzten Herbstschmuck. Und dann hörte der staubige Weg auf; man hatte richtiges, wenn auch schon etwas bräunliches Wiesengelände unter den Füßen, auf dem die Jungen ihre buntschweifigen Drachen steigen ließen. Silberne Dämmerung umschleierte dieses freie Land bis zu dem schwarzblauen Kieferngürtel des Grunewalds am Horizont. Der Wind trug auf seinen Flügeln den herben Duft von welkenden Blättern. Der alte Geheimrat liebte dieses Stückchen märkischer Poesie; es war sein Lieblingsspaziergang. Er blieb stehen und wartete auf seine Damen. „Schön hier draußen, gelt? Aber ihr kriecht ja im Schneckentempo. Dazu hast die Stütze deines Alters am Arm, Fraule?"

„Die Stütze deines Alters" – es gab Marietta einen Stich durchs Herz. Ihr war in der frischen Herbstluft so leicht und frei zumute geworden; alles Beschwerende war von ihr abgefallen. Aber jetzt war es plötzlich wieder da.

„Du darfst auch an der Stütze unseres Alters teilhaben, Rudi", ging Frau Annemarie auf den Scherz ein. „Wenn du nur nicht immer als Schnelläufer vorangaloppieren möchtest."

„Komm, Großpapa, ich habe noch einen Arm frei", meldete sich nun auch Marietta.

„Nein, nein, ich stütze mich lieber auf meinen Stock. Auf euch junges Volk ist kein Verlaß. Eines schönen Tages geht ihr auf und davon, und wir Alten haben das Nachsehen", neckte der Großpapa.

„Unsere Jetta geht nicht auf und davon, die bleibt bei uns", sagte die Großmama zuversichtlich und drückte liebevoll den Arm der Enkelin.

„Und wenn sie uns irgendeiner fortkapert, wie dann, Fraule? Alles schon mal dagewesen."

„Ja dann – wenn's der richtige ist – dann hätte ich ganz gewiß nichts dagegen einzuwenden“, bekräftigte die Großmama.

„Mich kapert keiner fort – höchstens meine Arbeit.“ Wie dumm – Marietta biß sich auf die Lippen, durch die sich gegen ihren Willen ein schwerer Seufzer Bahn gebrochen.

Großmamas Ohr war zwar nicht mehr so fein wie früher, aber sie verstand dafür mit dem Herzen zu hören. Sie blieb atemschöpfend stehen und ließ ihrem Mann wieder ›seine fünf Schritt‹ Vortrab.

„Jetta, Seelchen, was ist es mit deiner Arbeit? Irgend etwas ist da nicht in Ordnung. Du bist verstimmt und bedrückt. Willst du dich nicht wie sonst aussprechen? Zu zweien trägt man jede Last leichter.“

„Ich darf dich nicht damit beschweren, Großmuttchen.“ Marietta war zu ehrlich, um Ausflüchte zu machen.

„Hat mein Kind kein Vertrauen mehr zu seiner alten Großmutter?“ Es klang traurig.

Dagegen war die weichherzige Marietta nicht gewappnet. Noch einen Augenblick schwankte sie, dann brach es sich Bahn. „Ich wollte dich damit verschonen, Großmuttchen, aber wenn du es denn wissen willst – ich muß mich entscheiden, ob ich in die Tropen zurückgehe oder hier bleibe.“ Mariettas Stimme klang vor Erregung belegt.

Lachen – innerlich befreites Lachen antwortete. Was – die Großmama konnte darüber lachen – sie nahm es nicht ernst? Nun, um so besser.

„Seelchen, weiter ist es nichts – – – nun, darüber brauchen wir uns doch heute noch nicht den Kopf zu zerbrechen. Kommt Zeit, kommt Rat.“

„Heute nicht – aber doch in nächster Zeit. Es handelt sich um die praktische soziale Tätigkeit. Wir müssen uns für ein Spezialgebiet entschließen. Wenn ich mich für die Arbeiterfürsorge entscheide, tue ich es nur, um in Brasilien den Plantagenarbeitern gesündere und menschenwürdigere Lebensbedingungen zu erringen. Aber dann müßte ich euch verlassen, euch und Deutschland – ich fürchte mich davor, wieder in den Tropen zu leben. Ich stehe am Scheidewege und weiß nicht, wo meine Pflicht liegt, bei euch oder drüben.“ So, nun war's heraus.

Frau Annemarie lachte nicht mehr. Kein selbstsüchtiger Gedanke kam ihr. Sie sah nur, daß Marietta in einem seelischen Zwiespalt war, daß ihr Liebling darunter litt. Es dauerte eine ganze Weile, bis sie wieder sprach.

„Wo deine Pflicht liegt, Kind? Uns, dem Großpapa und mir gegenüber hast du keine Pflicht, höchstens Herzenspflichten. Wir beide sind alt, wir werden nicht ewig leben. Du darfst dein Leben nicht mit Rücksicht auf uns gestalten. Aber auch drüben bei den brasilianischen Arbeitern liegt deine Pflicht nicht. Du bist nicht der Mensch, um den Kampf gegen eingewurzelte soziale Mißverhältnisse aufzunehmen und durchzuführen. Du bist körperlich und seelisch viel zu zart. Dazu bedarf es robusterer Nerven, amerikanischer Rücksichtslosigkeit, um sich dort drüben durchzusetzen. Du würdest bald flügellahm werden. Ganz abgesehen davon, daß du dich niemals bei der lähmenden Tropenhitze wohl gefühlt hast und sicher nicht imstande wärst, dabei ernsthaft zu arbeiten. Hast du mir nicht selbst erzählt, wie ihr in den heißen Monaten bei verdunkelten, gegen die Sonne fest versperrten Jalousien, matt und zu jeder Tätigkeit unlustig, vegetiert habt? Wie ihr euch um den ein wenig Kühlung spendenden Rieseneisschrank geschart habt und nur nachts ins Freie konntet? Glaubst du, dabei etwas schaffen zu können? Nein, Seelchen, du hast nur eine Pflicht, die, welche jeder Mensch hat, gegen sich selbst. Du bist für die Tropen ungeeignet. Auch deine Eltern sind bereits zu dieser Erkenntnis gekommen. Der Hauptzug deines Wesens ist deine Liebe und Fürsorge für die Kinder. Denen gehört deine Arbeit. Deine Pflicht ist es, für den Kreis zu wirken, für den du berufen bist, den du auszufüllen vermagst. Ob das nun in Amerika oder in Europa geschieht – wo du etwas leistest, wo du Gutes schaffst, da liegt deine Pflicht.“

Still war's, nachdem die Großmama gesprochen. Der warme, eindringliche Ton ihrer Worte schwang noch lange durch den verdämmernden Tagesglanz. Lange hing er Marietta noch im Ohr. Sie vermochte nicht gleich zu antworten. Immer dichter wurden die dunklen Schleier, welche Strauchwerk, Bäume und Häuser umwanden. Hier und da blitzten am Bahnkörper gelblich blinzelnde Lichter auf. Vom Grunewald her kam es feucht herangekrochen. Schon kam man wieder in bewohnte Gegend.

Da blieb Marietta stehen und schmiegte ihr Gesicht fest an den lieben, weißhaarigen Kopf der Großmama. „Heute hast du mir das Beste für mein Leben gegeben, Großmuttchen. Deine Worte sollen mir ein Wegweiser sein.“

3. Kapitel. Kinderhort

Kleine Näschen drückten sich gegen die regenbespritzten Fensterscheiben. Sieben an der Zahl. Die dazu gehörenden Kleinen, Mädel und Jungen zwischen drei und sechs Jahren, standen auf Kinderstühlchen und Bänken und spähten angelegentlich hinaus. Da gab's eigentlich wenig zu sehen in dem grauen, verregneten Hofgarten. Ein entlaubter Kastanienbaum, der seine triefenden Zweige schüttelte, ein nasser Fliederbusch. Drüben am Gesims des roten Backsteingebäudes ein paar frierende Spatzen, zu einem nassen Federknäuel zusammengerollt.

„Tante Jetta kommt noch immer nicht", stellte ein kleines Mädchen mit einem gelben, in semmelblonde Zöpfchen eingeflochtenen Zigarrenbändchen seufzend fest.

„Tante Jetta soll aber nu endlich kommen und mit uns spielen", verlangte ein kleiner Hosenmatz energisch.

„Nee, lieber wieder von'n Weihnachtsmann erzählen, das is viel scheener", rief Paulchen mit dem ständigen Schmutznäschen.

„Und zu Weihnachten wünsch' ich ma von'n Weihnachtsmann 'ne Puppe, so' ne jroße –", rief das niedliche Käthchen. „Nee, lieber für Vatern 'n Paar neue Stiebel. Er hat jesagt, er kiekt schon mit de Hühneraugen aus seine alten raus." Das war der etwas ältere, schon verständigere Bruder.

„Weihnachten is nich – wir haben kein Jeld für sowas. Weihnachten is man bloß was für die reichen Leute, hat meine Mutter jesagt", meinte Ingeborg mit dem spitzen, altklugen Gesicht. Sie war die Älteste der Abteilung, schon neun Jahre alt, und beteiligte sich nicht an dem Hinausspähen. Sie saß auf einer Bank und strickte an einem Strumpf wie eine Alte.

„Haach – is ja gar nicht wahr. Tante Jetta hat uns erzählt, der Weihnachtsmann bringt allen Kindern was, wenn sie artig sind. Nicht bloß den reichen. Und meine Muttel sagt das auch", rief Lenchen mit dem gelben Zigarrenzopfband.

„Die wissen das ja gar nicht – – –"

„Was – die Muttel und Tante Jetta wissen alles. Die Tante Jetta ist so klug und so gut ach, wenn sie doch bloß erst käme!" rief ihre eifrigste kleine Verehrerin.

„Wenn sie doch bloß erst käme!“ echote der Kinderchor sehnsüchtig hinterdrein und preßte aufs neue die Näschen gegen das Fensterglas, bis Tante Martha mit den Frühstücksbechern erschien.

Die kleine Gesellschaft mußte heute noch recht lange auf die von allen besonders geliebte Tante Jetta warten.

Die saß noch drüben in dem roten Backsteingebäude und bemühte sich eifrig, den sozialpädagogischen Ausführungen von Fräulein Dr. Engelhart zu folgen. Das waren Mariettas liebste Stunden bei der bedeutenden Leiterin der Anstalt. Es war nicht nur die geistvolle, anregende Art, mit der Fräulein Doktor auch das nüchternste Ding behandelte, es war vor allem die Wärme, die sie in alles zu legen wußte, das völlige Aufgehen in ihrem Vortrag. Das schaffte einen unsichtbaren Zusammenhang mit den Schülerinnen und riß selbst die gleichgültigeren mit fort. Oh, es war nicht immer so ganz einfach zu folgen. Es erforderte strenge Gedankenkonzentration, ernst logische Folgerung. Hatte man mal auch nur sekundenlang an etwas anderes gedacht – schon hatte man den Faden verloren und irrte wie in einem geistigen Labyrinth umher. Ebenso wie Fräulein Dr. Engelhart an sich selbst die höchsten Anforderungen stellte, so verlangte sie das gleiche auch von ihren Schülerinnen. Sie waren keine Schulkinder mehr, sie waren erwachsene Menschen, die wissen mußten, worauf es ankam. Sie mußten reif genug sein, um den Ernst der Arbeit zu erfassen. Bei den meisten traf das auch zu. Aber einige gab es doch darunter, denen entweder die Fähigkeit des scharfen logischen Denkens abging, oder andere, die es gar nicht wollten, denen es zu unbequem war. Es war fabelhaft, wie die Vortragende diese aus ihrer Stumpfheit aufzurütteln verstand und zur Teilnahme heranzuziehen wußte. Der Faden der Sympathie, der sich gleich am ersten Tage von Fräulein Dr. Engelhart zu Marietta Tavares hingesponnen, hatte sich befestigt. Marietta war eine der Eifrigsten und Lernbegierigsten und verehrte die Vorsteherin ganz besonders. Und auch diese hatte die strebsame Schülerin von allen am meisten in ihr Herz geschlossen. Die großen, schwarzen Augen, die so sprechend jede Empfindung ihrer Besitzerin wiedergaben, Mariettas zarter Liebreiz, verbunden mit ihrer Bescheidenheit, hatten es Fräulein Dr. Engelhart angetan. Heute winkte sie ihr nach Beendigung der Unterrichtsstunde.

„Fräulein Tavares, bitte, noch einen Augenblick.“ Und als Marietta nach vorn getreten war, fuhr sie fort: „Sie sind jetzt sechs Wochen drüben im Kinderhort praktisch tätig. Gefällt Ihnen Ihre Arbeit dort?“

„Oh, sehr gut“, kam es aus vollem Herzen.

„Man ist auch dort recht zufrieden mit Ihnen. Nur meinte die Hortleiterin“ – Mariettas schwarze Augen wurden ein wenig bange –, „daß Sie dort nicht mehr viel zu lernen haben. Sie beherrschen die Horttätigkeit besser als die jungen Damen, die schon länger dort arbeiten.“

„Ich bin früher schon in verschiedenen Krippen, Horten und Kinderheimen tätig gewesen“, wehrte Marietta bescheiden das Lob, obgleich es ihr große Freude bereitete, ab.

„Dann haben Sie gewiß den Wunsch, an einer anderen Stelle praktisch zu lernen. Ich dachte mir, vielleicht in der Waisen- oder in der Schulpflege. Auch in einer Jugendlesehalle könnten Sie sich betätigen. Ich komme dabei gern Ihren persönlichen Wünschen entgegen.“

Mariettas Gesicht, von dem zarten Ton der Teerose, ward rosig überhaucht. Ein Zeichen dafür, daß sie erregt war.

„Dürfte ich nicht noch einige Zeit drüben im Hort bleiben?“ bat sie, allen Mut zusammenraffend. „Ich habe meine Arbeit und vor allem meine kleinen Schutzbefohlenen dort lieb gewonnen. Es würde mir schwer werden, sie so schnell zu verlassen. Die Kinder freuen sich schon darauf, mit mir Weihnachten zu feiern, und ich möchte sie nicht enttäuschen.“

Fräulein Doktor schüttelte ihr herzlich die Hand. „Brav, Fräulein Tavares. So soll es sein, daß man seine Arbeit lieb gewinnt und sich schwer davon trennt. Ich habe nichts dagegen, wenn Sie noch einige Zeit drüben bleiben wollen. Freilich müssen wir auch daran denken, daß Ihre weitere Ausbildung nicht darunter leidet.“ Damit war die Unterredung beendet. Es erfüllte Marietta mit freudiger Genugtuung, daß Fräulein Dr. Engelhart mit ihr zufrieden war.

Ja, ihre kleinen Freunde drüben mußten sich heute noch recht lange gedulden, bis Tante Marietta kam. Für die gab's noch eine Stunde Volkswirtschaftslehre und Sozialpolitik. Das waren ziemlich fremde, schwierige Begriffe, die man sich zu eigen machen mußte. Die Vortragende, ein Fräulein Regierungsrat, war eine bedeutende Frau, die ihr Feld vorzüglich beherrschte. Sie war auch sicher eine gute Pädagogin und doch – die Begeisterung, die Marietta in den Stunden bei der Leiterin der Anstalt empfand, blieb dabei aus. Sie lernte aus Pflichtgefühl, und das erschwerte ihr die Arbeit.

In diesen Stunden glänzte besonders Gerda Ebert. Sie hatte eine schärfere Auffassungsgabe als ihre Kusine Marietta, und war daran gewöhnt, sachlich klar zu denken. Wenn Marietta irgend etwas nicht verstanden hatte, Gerda wußte es ihr stets zu erklären.

Heute gab es eine Meinungsverschiedenheit zwischen den Kusinen. Gerda war gar nicht damit einverstanden, daß Marietta noch im Kinderhort blieb, wo ihr die Möglichkeit geboten worden war, so schnell schon an eine andere Stelle versetzt zu werden. Das bedeutete eine Auszeichnung. Und vor allem galt es doch, immer weiter zu streben, immer Neues zu lernen. „Man muß seine Arbeit als Ganzes lieben, aber sich nicht an einzelne Teile derselben hängen. Sonst verliert man darüber das Ziel aus den Augen." Das war Gerdas Auffassung.

„Du magst recht haben, Gerda", gab Marietta zu, als sie Arm in Arm mit ihr durch den nadelfeinen Regen dem Internat der gegenüberliegenden hauswirtschaftlichen Frauenschule zuschritt. Dort nahmen sie an den Tagen, an denen sie des Nachmittags praktisch tätig waren, das Mittagessen ein. „Recht hast du schon, aber – wir sind eben verschieden. Ich arbeite mehr mit dem Herzen, du mit dem Verstande."

„Mit dem Herzen allein wirst du viele Enttäuschungen erleben. Glaube mir, Kind," – Gerda tat, als ob sie zehn Jahre älter wäre, – „auch auf sozialem Gebiete muß das Herz vom Verstand regiert werden."

„Puh!" – Marietta schüttelte ihr goldbraunes Kraushaar, an dem die Regentropfen wie lauter Brillanten blitzten. „Weißt du, Gerda, das Regenwetter hier draußen ist gerade nicht dazu geeignet, beim Promenieren tiefsinnige Dinge zu erörtern. Komm rasch", sie schauerte zusammen, „wir sind ganz durchnäßt."

„Das macht nichts, ich bin in meinem Lodenmantel zweckmäßig gekleidet. Dein Gummimantel hält nicht so warm. Wenn wir später unsere Recherchen in den notleidenden Familien machen müssen, dürfen wir auch nicht nach dem Regen fragen. Das wird dir vielleicht manchmal recht schwer werden, Jetta, bei Wind und Wetter, von Straße zu Straße, treppauf, treppab. Du, Tropenkind, brauchst ja noch mal soviel Wärme und Sonne wie wir. Solchen Regen kennt man bei euch im Sonnenlande sicher nicht."

„Sage das nicht, Gerda. Wenn es mal bei uns in den Tropen regnet, dann gießt es Bäche vom Himmel herunter, wie man es hier gar nicht kennt. Dann gibt es große Überschwemmungen. Das Vieh auf den Weiden ertrinkt. Die Häuser stehen unter Wasser, und die Leute fahren mit Kähnen in den Straßen.

Merkwürdigerweise ist der Himmel dabei oft ganz blau, es regnet aus blauem Himmel. Das könnt ihr euch kaum vorstellen, nicht wahr? Ich erinnere mich, wie Anita und ich eines Tages in Sao Paulo mit der Miß shopping waren. Bei herrlichstem Wetter waren wir fortgefahren. Plötzlich strömender Regen, ihr nennt es einen Wolkenbruch. Das Wasser stand alsbald so hoch, daß unser Auto nicht einmal durchkam. In unseren leichten Kleidern mußten wir durch Bindfadenregen mit einem Boot heimfahren."

Gerda hatte interessiert zugehört. Sie liebte es, wenn Marietta aus dem Tropenlande berichtete. Die beiden jungen Mädchen waren inzwischen durch Gänge, Treppen und Korridore der hauswirtschaftlichen Frauenschule geschritten. Wie in einem Ameisenstaat kribbelte es dort von fleißigen Mädchen. Und weise, wie in einem wohlorganisierten Ameisenstaat, zog jedes die ihm vorgeschriebene Bahn. Mit großen Wirtschaftsschürzen angetan, erfüllte ein jedes seine Pflicht auf dem ihm angewiesenen Platze. Unten im Souterrain, in der weißgekachelten Waschküche, standen sie in kurzärmeligen Kleidern am dampfenden Waschfaß und Spülzober und spritzten sich, trotz emsiger Arbeit, übermütig das Seifenwasser ins Gesicht. In dem Raum daneben wurde die schon getrocknete Wäsche sorgfältig von den jungen Hausgeistern gelegt und gemangelt. Wieder eine Abteilung weiter, da fuhren die blanken, elektrisch geheizten Eisen geschickt und unbeholfen über weißes Leinen. Die große Küche mit dem Herd in der Mitte bildete den Haupttummelplatz der jungen Welt. Da wurde gequirlt und gerührt, gekocht, gebacken, gebraten und geschmort; Geschirr gespült, Töpfe gescheuert. Ein Stockwerk höher surrten Nähmaschinen; Scheuerbürsten dämmten Wasserfluten. Überall war emsiges Treiben.

Für die junge Brasilianerin war diese planmäßige hauswirtschaftliche Ausbildung der deutschen Mädchen immer wieder eine Quelle der Bewunderung. Wie notwendig derartige praktische Kenntnisse waren, hatte Marietta inzwischen oft genug eingesehen. Ihr selbst hatte nach absolvierter Schulzeit das Studienjahr auf der allgemeinen Frauenschule nicht nur eine Vertiefung und Erweiterung auf wissenschaftlichem Gebiet gegeben. Sie hatte sich auch hauswirtschaftlich dort betätigt. Das Tropenprinzeßchen mit den zarten Fingern hatte sich vor keiner Arbeit gescheut. Sie war tüchtig und umsichtig dabei geworden. Das kam ihr jetzt bei ihrer sozialen Hilfsarbeit sehr zustatten.

Der geräumige Eßsaal lag im obersten Stockwerk. Gerda und Marietta entledigten sich draußen ihrer nassen Überkleider und betraten den hell getünchten Raum, dem selbst der graue Regentag, der griesgrämlich durch die Fenster hereinschaute, nichts von seiner anheimelnden Freundlichkeit nehmen konnte. An langen Tafeln mit blendend weißem Tischzeug, von Zöglingen zierlich gedeckt, saßen bereits etwa fünfzig junge Mädchen, die meisten zwischen sechzehn und zwanzig Jahren. Die Schülerinnen der sozialen Frauenschule gehörten schon zu den älteren und hatten daher Vorzugsplätze an dem Lehrerinnentisch. Der größere Teil der jungen Mädchen wohnte im Internat. Aber auch die Schülerinnen der verschiedenen Abteilungen der Frauenschule und der angegliederten Horte, deren Heimweg für die Mittagspause zu weit war, erhielten hier eine wohlschmeckende Mahlzeit. Marietta und Gerda nahmen grüßend an dem Tische, dem die Leiterin des Internats vorstand, Platz. Verschiedene Schülerinnen von der sozialen Schule waren bereits anwesend. Die beiden Kusinen wurden mit freudigen Zurufen empfangen. Sie waren beide recht beliebt bei den Kolleginnen. Die eine wegen ihres klugen, ernsten Könnens, die andere wegen ihres lieben Wesens. Muntere Gespräche waren im Gange, junges Lachen erklang hier und da. Es ging ungezwungen bei dem gemeinsamen Mittagstisch zu. Junge Zöglinge mit zierlichen Servierschürzen boten die Schüsseln an, wechselten geräuschlos die Teller. Man hätte die Empfindung gehabt, zu einer Festlichkeit geladen zu sein, wenn nicht hin und wieder mal ein mahnendes „Fräulein Lotte, nicht die Fleischplatte von rechts reichen, da kann sich kein Mensch bedienen“, oder auch „aber Fräulein Hilde, ein herabgefallener Löffel wird zur Seite gelegt, nicht auf die Schüssel zurück“, erklungen wäre.

Mit dem letzten Bissen schwirrte alles wieder auseinander, ein jedes zu seiner Pflicht. Auch die Wege der beiden Kusinen trennten sich. Gerda Ebert arbeitete in einem unweit gelegenen Säuglingsheim, um dort die Säuglingshygiene zu studieren. Marietta eilte nun endlich in das gegenüberliegende Gebäude zu ihren Hortkindern.

Die hatten die Hoffnung auf Tante Jettas Kommen schon aufgegeben. Kindern geht ja jeder Zeitbegriff ab. Tante Martha, eine erst siebzehnjährige Hortlerin, die noch das Abc der Kinderfürsorge erlernte, wußte nicht viel mit ihnen anzufangen. Sie hatte jedem etwas zu spielen gegeben und verlangte nun, daß sich die kleinen Jungen und Mädchen möglichst leise mit ihrem Baukasten, Püppchen oder Hottepferdchen beschäftigen sollten, um die großen, schulpflichtigen Kinder, die am Nachmittag hier ihre Schularbeiten machten, nicht zu stören. Im Grunde aber wollte sie selbst nicht gestört sein. Sie hatte eine Weihnachtsarbeit, eine bunte Wollhäkelei, bei der man zählen mußte, vorgenommen. Jede Frage der ihr anvertrauten Küken kam ihr störend in die Quere und wurde dementsprechend nicht gerade freundlich beantwortet. Die Kinder, des sich Alleinbeschäftigens überdrüssig, suchten daher ihr Vergnügen auf eigene Faust. Paulchen nahm dem Zeter schreienden Käthchen die Puppe fort und sprang damit johlend im Zimmer umher. Gustel warf dafür Paulchens schön gebauten Turm mit lautem Krach um, so daß sich jetzt eine lebhafte Prügelei zwischen dem kleinen Puppenräuber und dem Turmzerstörer ergab. Lenchen, mit dem gelben Zigarrenzopfband, wollte den Frieden vermitteln, geriet aber dabei mit in den Tumult hinein. Und die übrigen beteiligten sich aus Freude am Lärmen, und weil sie sonst auch nicht gerade Besseres zu tun hatten, ebenfalls an dem Radau. Tante Martha, die ihre Zählerei nun doch aufgeben mußte, rief vergebens dazwischen: „Kinder, wollt ihr wohl gleich ruhig sein!“ Eher kann man einem Wasserfall befehlen, innezuhalten, als einer losgelassenen Kinderschar. Die Großen wurden natürlich auch nicht länger von ihren Schularbeiten gefesselt, sondern nahmen ebenfalls Partei und rauften lustig mit. Ein ohrenzerreißender Lärm empfing die gerade in diesem Moment eintretende Marietta.

Die stand zuerst starr. Dann aber griff sie auf gut Glück eins aus der wilden Horde heraus – es war Paulchen mit dem Schmutznäschen – und wischte ihm mit ihrem eigenen Batisttuch Tränen und Näschen ab. „Ja, Kinder, was habt ihr denn heute? Ihr seid doch sonst so lieb“, sagte sie mit ihrer weichen, fremdklingenden Stimme. Dieselbe ging in den Wogen der allgemeinen Zügellosigkeit ebenso unter wie Tante Marthas verzweifelte Drohungen. Aber plötzlich ein Jubellaut, mitten aus dem wüsten Getobe – wie ein verirrter Vogelton bei Gewitter – „Tante Jetta – Tante Jetta ist da!“ Man hatte sie entdeckt. Im Augenblick war das Bild ein anderes. Die kleinen Raufbolde ließen voneinander ab und umstrickten die endlich Erschienene zärtlich mit ihren Ärmchen. Lenchen mit dem Zigarrenbändchen kletterte sogar auf den Stuhl, um heranzukommen.

Marietta strich beruhigend über die erhitzten Kindergesichter. „So, nun setzt euch mal erst brav auf eure Plätze und dann erzählt mir, warum ihr eben so unartig wart.“

„Die olle Käthe brüllt immer jleich“ – „nee, der Paul hat“ – – – „und der Gustel hat mir meinen schönen Turm janz“ – – „und Karle hat mir so doll jeschubbst – – –“ so ging das wieder durcheinander.

„Aber Friedel, so heißt es doch nicht, wie heißt es?“ Marietta war der deutschen Sprache jetzt so mächtig, daß ihrem Ohr das falsche Sprechen mancher Kinder weh tat.

„Der Karle hat mir so doll jestoßen“, verbesserte sich der kleine Blondkopf.

„Lenchen, sag' du unserem Friedelchen, wie es richtig heißt.“

„Karl hat mich so doll gestoßen.“ Trotz des gelben Zigarrenbändchens im Zopf sprach Lenchen ein gutes Deutsch. Sie war von besserem Herkommen. Der Vater war Buchhalter gewesen, früh gestorben und die Mutter in kümmerlichen Verhältnissen zurückgeblieben.

„Mit den Gören ist heute kein Auskommen, Fräulein Jetta, sie müßten alle eine Stunde in die Ecke gestellt werden“, beklagte sich Tante Martha empört.

Marietta warf einen verständnisvollen Blick auf die bunte Häkelei der jungen Dame. Ehe sie noch antworten konnte, rief aber einer von den großen Jungen: „Pfui, Tante Martha, weißte, was du bist? 'ne olle Pfennigklatsche!“

„Tante Martha ist eine Pfennigklatsche – Tante Martha is 'ne olle Petze!“ Aufs neue schien das Gejohle losgehen zu wollen.

Stillschweigend, ohne ein Wort zu sagen, griff Marietta nach ihrem Lederhütchen.

„Nich gehen! – Tante Jetta soll mit uns spielen!“ Selbst die ärgsten Schreihälse wurden sofort zahm und verlegten sich aufs Betteln.

„Ihr seid mir heute zu unartig, Kinder“, sagte diese traurig.

„Wir wollen ganz artig sein! Liebe, liebe Tante Jetta, bleibe doch bei uns!“ Das war Lenchen.

Mariettas weiches Herz vermochte all den zärtlich bittenden Stimmen nicht standzuhalten. Sie hängte den Hut wieder an den Nagel, verlangte aber als gute Pädagogin: „Fritz, entschuldige dich erst bei Tante Martha wegen des häßlichen Wortes.“ Dies geschah zur geheimen Belustigung der beiden jungen Damen, indem Fritz Tante Martha treuherzig die tintenbeschmierte Hand reichte und dabei die ehrenvolle Erklärung abgab: „Tante Martha, du bist keine Pfennigklatsche nich!“

Nun saßen sie alle, die Kleinen, mit gefalteten Händchen so brav auf ihren Plätzen, als ob sie niemals wie eine wilde Horde getobt hätten, und blickten erwartungsvoll auf Marietta.

„Kleben wir wieder bunte Ketten für den Weihnachtsbaum, Tante Jetta?“

„Au ja – und Goldkörbchen flechten wir wieder und Silber-Netze – – –“

Aber Tante Marietta schüttelte ernst den Kopf. „Nein, Kinder, heute habt ihr es nicht verdient, daß wir Weihnachtsarbeiten machen. Das ist eine Belohnung für artige Kinder. Ketten und Körbe von unartigen Kindern hängt der Weihnachtsmann gar nicht an den Tannenbaum an. Wir werden heute an unserer Puppenwohnung weiter arbeiten.“

„Och, die olle Puppenwohnung“, wollte Ingeborg wieder Einwendungen machen, aber ein ernster Blick von Tante Jetta ließ sie sofort verstummen. „So, Kinder, nun räumt erst euer Spielzeug ein und legt es wieder ordentlich in den Schrank, ehe wir was Neues vornehmen. Ihr Großen arbeitet fleißig, damit ihr nachher auch mitspielen könnt. Nun, Kläre, wieviel Fehler waren im Diktat? Oh, so viele? Da werde ich dir nachher ein paar Sätze diktieren, so schlechte Arbeiten dürfen meine Kinder nicht schreiben. Wie geht's dem Vater, Lorchen? Haben ihn die Früchte erquickt, ja? Nun schreibe mal besonders schön, damit der kranke Vater sich freuen kann und schnell gesund wird.“ So schritt Marietta von einem ihrer kleinen Schützlinge zum andern, jeden mit einem freundlichen Wort ermunternd.

Woran lag es bloß, daß die Kinder bei Fräulein Marietta stets brav und lieb waren und sie selbst immer Ärger mit ihnen hatte? fragte sich Fräulein Martha. Kinder waren sicher auch ungerecht, genau wie Große. Sie mochten sie wohl nicht so gut leiden. Daß sie selbst dazu die Veranlassung gab, indem sie ihre Pflichten nicht ernst genug nahm und sich nicht voll dabei einsetzte, das sagte sich das junge Mädchen nicht.

Wirklich, es war merkwürdig, wie die Kinder jetzt alle voll Eifer dabei waren, an der Puppenwohnung zu helfen. Je nach Alter und Geschicklichkeit wurden sie dabei beschäftigt. Die Puppenwohnung selbst, aus Pappe, durch Pappwände in Zimmer und Küche, ja sogar in zwei Stockwerke abgeteilt, stand bereits im Rohbau. Jetzt galt es Tapeten zu malen. Lenchen und Ingeborg bekamen das

Wohnzimmer zugewiesen. Auf die Rückseite von mattem Goldpapier durften sie leichte Ornamente, die Tante Jetta ihnen vorzeichnete, malen, ausschneiden und auf dunkelgrünes Glanzpapier kleben. Das gab eine herrliche Tapete. Zwei kleinere, Gustel und Käthchen, hatten die Schlafzimmertapete zu liefern. Diese war einfacher. Weiße Streifen wurden in regelmäßigen Abständen auf himmelblaues Papier geklebt. Die drei kleinsten flochten bunte Papierteppiche für die Zimmer. Paulchen malte das Pappdach mit ziegelroten Steinen an und Karlchen tuschte braune Türen. Die Großen arbeiteten voll Eifer, ihre Schularbeiten zu vollenden, um ebenfalls helfen zu können. Die Jungen machten aus Zigarrenkisten mit dem Laubsägekasten allerlei nettes Mobiliar, Tisch, Stühle, Bettstellen. Während die größeren Mädel auf Kongreßstoff Gardinen, Tischdecke und Bettdecken stickten. Voll emsiger Geschäftigkeit waren sie alle dabei, die Kleinen, mit feuerroten Bäckchen arbeiteten sie. Nichts durfte zu dem Puppenhaus gekauft werden, alles wurde selbst fabriziert. Ein Lob von Tante Jetta, ein anerkennendes Streicheln der blonden und dunklen Köpfchen war der schönste Lohn.

„So, Fräulein Martha, jetzt ist ja alles hier eifrig bei der Arbeit, nun werde ich mich mal erst zu meinen Krippenkindern begeben“, wandte sich Marietta an die junge Helferin. „Ich komme bald wieder zu euch, Kinder, wer inzwischen am schönsten gearbeitet hat, bekommt eine Belohnung.“ Damit verließ Marietta den Raum.

Die Laufkrippe in dem Zimmer gegenüber gehörte ebenfalls zu ihrem Reiche. Hier waren die Ein- und Zweijährigen, die zum Teil schon auf eigenen Füßchen einhertrappelten, aber der eigentlichen Säuglingskrippe bereits entwachsen waren. Als Schülerin der sozialen Frauenschule hatte sich Marietta in allen Abteilungen des Hortes auszubilden. Aber da sie älter war als die jungen Hortlerinnen, und da dieselben alsbald merkten, daß sie die Sache besser beherrschte als sie selbst, räumten sie ihr eine leitende Stellung ein. Marietta in ihrer Bescheidenheit machte niemals einen falschen Gebrauch davon. Sie übernahm nicht die Rechte, sondern nur die Pflichten und die Verantwortung einer Leiterin.

Auch in dem großen, saalartigen Zimmer, der Laufkrippe, wurde Mariettas Erscheinen jubelnd begrüßt. „Tatta Setta – Tatta Setta!“ – aus dem großen Laufgitter, das die Mitte des Raumes einnahm, tappelte es auf unsicheren Beinchen, kroch es auf allen vieren, angelte es mit den Ärmchen jauchzend der Eintretenden entgegen. Die ergriff eins der zappelnden kleinen Dinger und schwenkte es zur allgemeinen Erheiterung in der Luft umher. Dann gaben alle Kleinen Patschhändchen und sagten guten Tag, wobei manche schon einen richtigen Knicks machten, ganz gleich, ob Junge oder Mädel. Die meisten der kleinen Gesellschaft trieben die Höflichkeit so weit, daß sie sich gleich dabei wieder auf die Erde setzten.

Ein etwas größerer Junge saß abseits von den anderen in einer Ecke. Er hatte sich nicht an den allgemeinen Empfangsfeierlichkeiten beteiligt. Er hatte einen auffallend großen Kopf und sah ziemlich verständnislos drein. Aber als Marietta jetzt zu ihm trat, ihm über die Haare fuhr und liebevoll fragte: „Ottchen, wer bin ich?“ Da ging es über das teilnahmslose Gesichtchen wie aufzuckendes Verständnis. „Sette“, sagte er mühsam. Es war das einzige Wort, das der bereits Vierjährige bisher gelernt hatte. Er gebrauchte es sowohl für Marietta als auch für die Kinderserviette, die man ihm zu den Mahlzeiten umband. Beides war ihm gleich wichtig, die einzigen Lichtpunkte in seinem Dämmerleben. Ottchen war geistig zurückgeblieben und daher noch in der Laufkrippe, der er seinen Jahren nach schon entwachsen war. „Unser kleiner Idiotenjüngling“ nannten ihn die jungen Helferinnen oder auch „unser Wasserköpfchen“. Marietta aber mochte das nicht hören. Ihrem warmen Herzen tat das arme Kind, das nur zum Vegetieren auf der Welt war, leid. Unermüdlich versuchte sie, die schlummernden Geisteskräfte in ihm zu wecken, mit dem Erfolg, daß er jetzt das erste Wort „Sette“ sprach. Augenblicklich hatte Ottchen die Entrüstung seiner Pflegerinnen erregt. Er war noch nicht stubenrein und mußte wieder frisch behost werden.

Krampfartiges Husten aus dem Laufgitter ließ Marietta in ihrer Sorge um Ottchen innehalten. Ja, was war denn mit Mausi? Mausi hatte zwar neulich schon etwas gehustet, aber so arg ...

„Fräulein Erna, hat Dr. Ritter Mausi heute gesehen?“ erkundigte sie sich erschreckt. Der Arzt kam täglich in den Kinderhort, um die Kinder zu beobachten.

Diese zuckte gleichmütig die Achsel. Fräulein Hilde aber meinte: „Die Kleine hustet ja bloß ein bißchen. Dr. Ritter hat ihr vor einigen Tagen Brechwurzelsaft verschrieben. Den nehmen wir pünktlich ein, nicht wahr, Mausichen?“

Mausichen konnte nicht antworten, denn der Husten würgte sie. Die Tränen traten dem Kind dabei in die Augen, puterrot wurde das Gesichtchen von dem Anfall.

„Mausi muß sofort isoliert werden – das Kind hat bestimmt Keuchhusten“, ordnete Marietta erregt an. Sie kannte diesen krampfartigen Küsten von ihrer früheren Tätigkeit her. „Wir müssen den Arzt und Fräulein Dr. Jungmann“ – das war die Hortleiterin – „sofort benachrichtigen. Hier muß desinfiziert werden. Hoffentlich ist noch keins von den anderen Kindern angesteckt.“

Mausi wurde mit Gummiquietschpuppe und einer abwaschbaren Zelluloidkatze in die Isolierbaracke, einem Nebenzimmer, eingeliefert. Fräulein Erna, die sie dort betreuen sollte, behauptete, den Keuchhusten noch nicht gehabt zu haben und für Ansteckung besonders empfänglich zu sein. Fräulein Hilde fand, sie sei bei den anderen Kindern unentbehrlich. So wanderte Marietta mit Mausi, Gummiquietschpuppe und Zelluloidkatze in den Isolierraum.

Vergebens warteten die Hortkinder nach Fertigstellung ihrer Tapeten, Teppiche und sonstiger Einrichtungsgegenstände für das Puppenhaus auf Tante Jetta und die versprochene Belohnung. Zum erstenmal hielt Tante Jetta heute nicht Wort. Sie kam nicht wieder zum Vorschein. Gewissenhaft hielt sie sich von den andern Kindern fern und versuchte der armen Mausi jede nur mögliche Erleichterung zu verschaffen.

Die enttäuschten Kinder, die vergeblich warteten, begannen wieder Unfug zu treiben. Sie verdarben sich gegenseitig die mühsam verfertigten, netten Sachen und fingen, da Tante Martha grade in der Küche die Schüsselchen mit Grießbrei füllte, wiederum an zu johlen und sich wie junge Katzen zu balgen.

Der Lärm lockte Fräulein Dr. Jungmann herbei. „Ja, Kinder, was soll denn das heißen? Schämt ihr euch nicht, euch so ungezogen zu benehmen?“ donnerte sie in den Tumult hinein. Vor Tante Jungmann hatten sie alle Respekt, die Kleinen sowohl wie die Großen. Eingeschüchtert ließen sie voneinander ab.

„Wo ist Tante Marietta?“ forschte die Leiterin ärgerlich. An den Tagen, an denen Marietta im Hort arbeitete, pflegten derartige Radauszenen nicht vorzukommen.

Ingeborg erstattete Bericht, daß Tante Jetta zu den Kleinen gegangen und nicht wiedergekehrt sei. In der Laufkrippe erfuhr Fräulein Dr. Jungmann, was sich zugetragen, und gab sofort die notwendigen Anweisungen zum Desinfizieren.

„Sie haben verständig und umsichtig gehandelt, Fräulein Tavares“, sagte darauf die Hortleiterin, den Isolierraum betretend. „Aber Sie hätten irgendein anderes junges Mädchen bei dem Keuchhustenkind lassen sollen. Ihre Unterstützung ist mir bei der Gesamtheit von größerem Wert."

Kein Wort kam über Mariettas Lippen, daß die anderen sich der Pflicht entzogen hatten.

Die Türglocke begann jetzt ihre Stimme zu erheben, in kleinen Zwischenräumen, als könne sie sich gar nicht beruhigen. Das waren die von der Arbeit kommenden Mütter, die ihre Grießbrei löffelnden Kleinen aus dem Kinderhort heimholten. Wie leuchteten die Augen in den blassen, verarbeiteten Gesichtern beim Anblick des den ganzen Tag entbehrten Lieblings. Wie sprangen die Kleinen der Mutter in die Arme. „In'n Hort is scheen, aber bei Muttern is's noch ville scheener!"rief Paulchen mit strahlenden Gesicht.

Mausis Mutter wurde davon verständigt, daß sie ihre Kleine mit Rücksicht auf die andern Kinder für einige Wochen zu Hause behalten müßte. „Ach Jotte doch, ach Jotte doch, nu hatte ich jrade so'n scheenen Verdienst, und nu muß ich wieder mit der Arbeit aufhören. Wo soll ich denn Mausichen bloß lassen? Die Nachbarin hat selbst sechse, die wird sich hüten und Mausichen auch noch nehmen. Noch dazu mit'n Keuchhusten. Den hat se sich doch sicher bei Ihnen hier jeholt, und nu, wo se'n weghat, wird se an die Luft jesetzt."

„Hören Sie mal, liebe Frau Adumat, wenn Sie für all die Liebe, die Ihr Kind hier genießt, sich noch undankbar und ungehörig benehmen, brauchen Sie die Kleine überhaupt nicht mehr herzubringen", bedeutete ihr Fräulein Dr. Jungmann energisch.

„Jotte doch, so war's doch nich jemeint. Ich weiß doch man bloß nich, wo ich mit das Wurm hin soll. Man braucht doch jetzt die paar Jroschen so notwendig", entschuldigte sich Mausis Mutter. Marietta wandte sich bittend an die Leiterin. „Würde ein Kinderkrankenhaus die Kleine nicht aufnehmen?" fragte sie leise. Die soziale Not griff ihr ans Herz.

„Nee, in 'n Krankenhaus jeb' ich mein Mausichen jar nich. Da krieg ich ihr nich lebendig wieder raus. Lieber hungern wir."

„Sie sollen nicht hungern, Frau Adumat", versprach Marietta eifrig.

Unten auf der Straße im Regengeriesel des frühen Dezemberabends, durch den die Mutter sorgenvoll mit ihrem Kinde heimschritt, fühlte die Frau plötzlich einen Papierschein sich zwischen ihre erklammten Hände schieben.

„Das ist für Mausis Pflege und recht gute Besserung!" sagte eine liebe Stimme.

Es war doch schön, Geld zu haben – wenn man andern damit helfen konnte.

4. Kapitel. Radio

Der Weihnachtsmonat hatte diesmal nicht den von der Jugend ersehnten Schnee gebracht. Graue Regentücher spannten sich über Berlin, hingen sich triefend an die Dächer und hohen Mäste der elektrischen Bogenlampen und hüllten auch draußen in Lichterfelde Villen und Gärten in feuchtgraue Gaze. Ungemütlich war's da draußen. Regen von morgens bis abends, vom Abend bis zum Morgen. Die Wege aufgeweicht, das Strauchwerk wüst auseinandergerissen. Geheimrats farbenfreudiges Rosenhaus stand seines Schmuckes beraubt, griesgrämig, schemenhaft in all dem Grau.

Drinnen war's um so gemütlicher. Bei der grünverhangenen Lampe saßen die beiden alten Herrschaften in ihrer Sofaecke traulich am Teetisch. Die Spiritusflamme unter dem Messingsamowar flackerte. Das Wasser in dem blitzblanken Kessel begann schon unternehmungslustig zu brodeln. Ein mattrosa Alpenveilchen, Frau Annemaries besonderer Liebling, hauchte ganz feinen, zarten Duft aus, als wäre Farbe Duft geworden.

Frau Annemarie hatte, wie meist des Abends, die Radiohörer an den Ohren. Sie sah damit, den Worten ihres Mannes zufolge, wie ein Karnickel würdigeren Jahrgangs aus. Lächelnd ließ sich Frau Annemarie diese scherzhafte Bezeichnung gefallen. Sie meinte nur: „Ich wünschte, ich könnte noch wie ein Karnickel springen."

Der Radio spielte jetzt eine große Rolle bei Geheimrats. Nur selten mochten sie noch abends ausgehen. Allenfalls mal zu den Kindern. Zu ihrem Sohn Hans, dem Fabrikbesitzer in Zehlendorf, oder, was noch seltener geschah, zu ihrer ältesten Tochter Vronli, zu Professor Eberts. Wohnten diese doch, um mit Frau Annemarie zu sprechen, nicht viel näher als ihre Ursel in Brasilien. Nur an Geburtstagen wurde die umständliche Landpartie nach dem Norden unternommen. Und da Eberts weiter keine Kinder als Gerda hatten, kam das nicht öfter als dreimal im Jahre vor. „Die Kinder müssen jetzt zu uns kommen. Die Eltern sind lange genug für sie gelaufen", bestimmte der Geheimrat. Aber nicht nur die Kinder, auch Theater und Konzerte, in die man früher so gern gegangen, ließen die alten Leutchen jetzt zu sich herauskommen. Der Rundfunk vermittelte ihnen all diese Genüsse auf das beste, ohne daß man einen Fuß vor die Tür zu setzen brauchte. Man saß gemütlich in seiner Sofaecke, trank seinen Tee, rauchte seine Abendzigarre, strickte oder häkelte und genoß dabei die „Fledermaus“, den „Barbier“ oder auch den „Troubadour“, Orchesterkonzerte, Solisten und Vorträge. Man war mit der Welt verbunden, ohne die Unbequemlichkeiten dabei in den Kauf nehmen zu müssen.

„Der Radio macht einen vor der Zeit alt“, pflegte Frau Annemarie zu bemerken, ließ sich aber nichtsdestoweniger die damit verbundene Bequemlichkeit recht gern gefallen. Nur selten begleitete sie jetzt Marietta in Konzerte und Theater. Und dann eigentlich auch nur aus Besorgnis, daß das „Kind“ im Dunkeln nicht so spät allein nach Hause kommen sollte. Sie war dankbar und glücklich, wenn sie abends mit ihren „Karnickelohren“ in ihrer Sofaecke saß.

Anders der alte Herr. Der hatte jetzt ja öfters was zu nörgeln und auszusetzen. Natürlich auch an dem Radio. Na ja, es war ja eine wunderbare Sache damit gewesen, als er vor Jahren aufkam. Ein kolossaler Fortschritt auf dem Wege der Technik. Aber er ließ trotz mancher Verbesserung inzwischen doch noch immer zu wünschen übrig. Der Röhrenapparat, den er selbst mit seinem Faktotum Kunze angelegt hatte, funktionierte tadellos, wenn – der alte Herr nicht daran herumbastelte. Das war aber eigentlich nur der Fall, wenn er nicht zu Hause war. Bald spielte er zu leise – der alte Geheimrat hörte schon etwas schwer – und mußte verstärkt werden. Mit dem Erfolge, daß es schnarrte und knatterte, daß einem das Trommelfell platzte. Oder das Piano in dem Violinsolo war unbedingt zu scharf – er verstand sich doch darauf, das mußte ganz zart herauskommen – und es ward so pianissimo, daß überhaupt nichts mehr zu hören war. Aber fünfundvierzig Jahre hatten Geheimrats nun schon in der harmonischsten, liebevollsten Ehe gelebt, aber jetzt kam es öfters zu Kabbeleien zwischen ihnen. Und nur wegen des Rundfunks. Wenn Frau Annemarie gerade im Lied an den Abendstern schwelgte – bums – da war er erloschen. Lauschte sie andächtig Schuberts Frauenliebe und Leben, so verwandelten sich die zarten Lieder plötzlich in einen ohrenbetäubenden Soldatenmarsch. War es da ein Wunder, daß sie selbst ihre Frauenliebe vergaß, daß sie selbst Funken sprühte? Beim Rundfunk versagte Frau Annemaries Abgeklärtheit und Ruhe, da kam ihr Jugendtemperament wieder zum Vorschein. Himmelhoch beschwor sie ihren Mann, doch bloß die Hände von dem Apparat zu lassen. Kunze verstand das tausendmal besser.

Nun, ehrgeizig war Rudolf Hartenstein sein Leben lang nicht gewesen. Auszeichnungen wie der Professor- und später der Geheimratstitel hatten ihn wohl gefreut, aber er legte ihnen weiter kein Gewicht bei. Jetzt auf seine alten Tage wurde er ehrgeizig. Er nahm es seiner Frau ernstlich übel, daß sie Kunze, seinen Diener, der erst durch ihn in allem angelernt worden war, mehr zutraute als ihm selbst.

Die auswärtigen Stationen wiederum ärgerten Frau Annemarie. Ihr genügte es, von der Berliner Sendstation gute Musik zu empfangen. Wozu brauchte sie aus Rom schlecht zu hören. Dem Geheimrat machte es Spaß, zu experimentieren und auf auswärtige Wellen einzustellen. Hatte seine Frau, die Karnickelohren im Rhythmus wiegend, noch eben das Deutschlandlied mitgesummt, da saß sie mit einemmal auf dem Eifelturm, von dem man natürlich so gut wie nichts verstand. Oder mitten in einem bunten Abend, der ihr viel Vergnügen bereitete, gondelte sie auf einer Welle plötzlich nach London. Ja, wenn es noch nach Brasilien und Sao Paulo gewesen wäre.

Tatsächlich, der Radio untergrub das Familienglück. Wollte Frau Annemarie hören, so hatte ihr Mann sicher gerade Lust zum Plaudern. „Den ganzen Tag hast du deinen Mann nimmer, und abends bist halt jetzt auch nit mehr für ihn da." Dabei hatten sie meistens den Nachmittag gemeinsam verbracht. Wollte der Geheimrat aber mal irgend etwas, was ihn besonders interessierte, am Rundfunk hören, so kam sicher gerade Marietta nach Hause. Dann riß die Großmama die Karnickelohren herunter und war nur noch Ohr für die Enkelin. Ja, dann hieß es natürlich: „Diese Weibsleut mit ihrem Geschwätz – nit einen Augenblick können's den Mund halten."

Heute herrschte eitel Friede in dem grünverhangenen Zimmer. Frau Annemarie häkelte an ihrer Schlummerrolle und wackelte dabei ab und zu im Takt mit den Karnickelohren. Der Geheimrat las seine medizinische Zeitung und dachte nicht daran, seine Frau auf irgendeiner Welle davonschwimmen zu lassen.

„Rudi, das mußt du hören, das ist etwas für dich. Ein Piano hat die Sopranistin – sie erinnert mich an unser Urselchen", rief Frau Annemarie plötzlich mit erhobener Stimme. Denn wenn man die Hörer an den Ohren hat, pflegt man stets mit den anderen zu schreien, weil man sein eigenes Wort nicht versteht.

Der Geheimrat brummte etwas von „keinen Augenblick nit Ruh", griff aber doch pflichtschuldigst nach dem Hörer. „Viel zu leise – – –"

„Herrgott, Rudi, das Knattern ist ja gar nicht auszuhalten. Es klang doch so schön", beschwerte sich Frau Annemarie.

„Geduld – es kommt halt noch viel schöner" – – –

„Rudi, stell' anders ein, Maschinengewehrfeuer ist dagegen Sphärenmusik. Um jeden Genuß bringst du mich durch das unnütze Herumgebastele. Kunze soll kommen – – –"

„Ja, was versteht denn Kunze davon? Ich werd doch wohl meinen Apparat selber richten können. Halt – gleich hab' ich's –"

„Aber das ist ja ganz was anderes – – –"

„Sehr interessant!" Der Geheimrat wiegte erfreut den zwischen den Hörern eingeklemmten Kopf, der sich mit seiner bis zum Hinterkopf reichenden Stirn etwa wie eine Tortenplatte mit Nickelgriffen ausnahm. „Wirklich, sehr interessant – das muß Frankfurt sein."

„Ja, was geht mich denn Frankfurt an! Die Zerlinchen-Arie aus dem Don Juan wollte ich hören – – –"

„Dann hättst du mich nit stören sollen. Ich hab' ruhig meine Medizinische gelesen und an nix Böses gedacht."

„Ob du einen wohl mal etwas zu Ende hören läßt. Man verliert wirklich die Lust", begehrte Frau Annemarie ärgerlich auf.

Helles Lachen von der Tür her unterbrach diese eheliche Auseinandersetzung der beiden alten Herrschaften. Da stand Marietta und schaute belustigt auf die Großeltern. Sie hatten ihren Eintritt bei der lebhaften Debatte überhört.

„Schon wieder der Radio? Wohin hat der Großpapa dich denn eben wieder transportiert, Großmuttchen?" erkundigte sich die Enkelin, noch immer lachend. Die Radioszenen der sonst so friedliebenden Großeltern machten ihr ungeheuren Spaß.

„Nach Frankfurt, mitten aus dem Don Juan heraus." Auch die Großmama lachte schon wieder und nahm ihren Kopfputz ab. Wenn Marietta heimkam, dann ließ sie Radio Radio sein.

Großpapa aber brummte und bastelte noch immer herum. „Hast du dich auch nicht erkältet, Seelchen? Ein Hundewetter draußen. Sieh erst nach, ob du auch keine nassen Füße hast. Und dann trinke gleich erst eine Tasse heißen Tee, der beugt dem Schnupfen vor. Spät ist's heut' wieder geworden. Hast du heut' mittag auch was Vernünftiges zu essen bekommen, ja? Frau Trudchen hat dir ein

Kalbsteak aufgehoben. Sie meint, was die jungen Dinger da in der Frauenschule zusammenkochen, ist ja doch nur Fraß."

„Es schmeckt uns stets recht gut. Aber Hunger habe ich schon. Ah, da ist ja schon Frau Trudchen. Und unser Lottchen auch noch auf? Wie ihr mich alle verwöhnt!" In dankbarem Behagen ließ sich Marietta das liebevolle Umsorgen gefallen.

„Liebling, tu' mir den Gefallen und sieh erst nach, ob die Strümpfe auch nicht naß sind", erinnerte die Großmama.

„Ich habe bereits das Schuhzeug gewechselt. Ach, ist das gemütlich hier bei euch!" Marietta ließ den Blick durch das mit altmodischem Behagen ausgestattete Zimmer wandern, in dem die Großmama den Mittelpunkt aller Gemütlichkeit bildete.

„Gelt, Mariele? Darum läufst auch den ganzen Tag davon." Der Großpapa war inzwischen aus Frankfurt zurückgekehrt und hatte Lottchen, die eigentlich ins Bett gehen sollte, mit den Radiohörern beglückt. „Was meinst, Fraule, ob der Radio wohl ein Scheidungsgrund ist?"

„Freilich, du Brummbär!" Und dann gaben sie sich lachend einen Kuß, die beiden Alten, und waren wieder ein Herz und eine Seele.

„Na, wie schaut's im Kinderhort aus, Jetta? Hat Mausi auch kein anderes deiner Küchlein angesteckt?" Großmama hatte für alles, was Jettas Arbeit betraf, volles Interesse.

„Und Otto der Faule, wie geht's dem? Hat er seinen deutschen Sprachschatz schon um ein weiteres Wort vermehrt?" erkundigte sich der Großvater neckend.

„Ottchen hat leider dran glauben müssen. Der einzige von all den Kindern, der sich angesteckt hat. Ich habe ihn soeben besucht, den armen, kleinen Kerl. Darum ist es später geworden. Es sind traurige Verhältnisse. Eine ungesunde Kellerwohnung – jammervoll! Der Mann ist Invalide, zieht mit dem Leierkasten auf den Höfen herum. Und die Frau, daß Gott erbarm. Sieben Kinder haben sie – es ist ein Elend." Marietta legte Messer und Gabel hin und sah sich in dem mit behaglichem Komfort ausgestatteten Raum vergleichend um. Der Gegensatz war zu kraß.

„Die Armut kannst nimmer aus der Welt schaffen, Kind. Aber wenn du halt alles so tragisch nimmst, reibst du dich selber auf bei deinem sozialen Beruf. Jetzt ißt du erst einmal dein Essen auf", verlangte der Großpapa.

Marietta gehorchte mechanisch. Aber ihre Gedanken waren woanders. „Ganz aus der Welt schaffen kann man die Armut freilich nicht“, knüpfte sie an des Großvaters Worte wieder an. „Aber lindern kann man sie schon. Wenn man nur immer wüßte, welches der richtige Weg dazu ist. Solch eine junge Anfängerin im sozialen Dienst, wie ich, macht noch gar so viel falsch. Wenn der Wille auch noch so gut ist. Oder gerade dadurch. Man läßt sich von seinem Herzen zu schnell hinreißen und wird nachher enttäuscht. Da hab' ich der Mutter von der kleinen Mausi neulich Geld gegeben, weil sie ihre Arbeit niederlegen mußte, um das Kind pflegen zu können. Was tut sie? Kauft von dem Geld für das Kind ein Sonntagskleid und eine große Puppe zu Weihnachten. Fräulein Engelhart hat schon recht: Verständige Überlegung ist ein ebenso wichtiger Faktor beim Geben wie das Herz. Eins ohne das andere hat keinen Wert.“

„Hast du noch mehr solche Enttäuschungen bei deiner Arbeit, Seelchen?“ Das Großmutterherz war an diesem Wort hängen geblieben.

„Nein, nein, sonst machen sie mir viele Freude, meine Kinder. Heute haben wir Weihnachtslieder zusammen gesungen. Ihr glaubt nicht, was das für ein entzückendes Bild war, all die Kleinen mit den vor Eifer roten Bäckchen und den reinen, strahlenden Kinderaugen. Gustel hat sich heute wieder einen Witz geleistet. Der kleine Kerl ist der gründlichste von allen. Als ich von Knecht Ruprecht erzählte, wie der mit seinem silbernen Schlitten, auf dem der große Sack aufgeladen wird, vom Himmel herunterkommt, meinte er ungläubig: „Bei so'n Regenwetter? Vater sagt, man kann nur, wenn's schneit, Schlitten fahren.“

„Ein frühzeitiger kleiner Skeptiker“, lachte der Großvater.

„Natürlich muß ich nun für alle Fälle – denn wer weiß, ob wir bis Weihnachten überhaupt noch Schnee kriegen – Knecht Ruprecht bei Regenwetter mit dem Sack auf dem Rücken zu Fuß kommen lassen. Aber auch damit war Gustel nicht einverstanden. „Wie soll er denn da bloß seinen Regenschirm halten, wenn er den großen Sack festhalten muß. Und überhaupt, wenn er so'n weiten Weg vom Himmel runter hat, verliert er ja die Hälfte unterwegs aus seinem Sack.“ Mariettas silbernes Lachen mischte sich mit dem der Großeltern. Die Großmama lachte so herzlich, daß ihr die Tränen über die Wangen liefen. Und der Großvater dachte nicht mehr daran, daß es in seinem linken Zeh zwickte, daß er wieder ein wenig Druck in der Herzgegend verspürte, und daß die Augen gar nicht mehr so wollten. Sobald Marietta nach Hause kam, wurden sie alle beide jung und vergnügt, die Großeltern.

„Noch immer kein Brief?“ fragte Marietta, den Blick zu Großmamas Schlüsselkörbchen wandern lassend, in dem stets der neueste überseeische Brief zu liegen pflegte. „Was das nur bedeutet? Seit vierzehn Tagen ist Mamis Brief fällig. Es sind Schiffe aus Südamerika inzwischen eingetroffen. Und daß auch Anita gar nicht schreibt.“

Diesmal war es die Großmama, die beruhigte, trotzdem sie selber sich schon Gedanken machte. „Sie sind jetzt sicher schon wieder draußen auf der Fazenda, Seelchen. Die Übersiedlung in ihr Sommerhaus nimmt sie gewiß in Anspruch.“

„Ach, dabei haben unsere Damen nichts zu tun. Das machen alles die farbigen Diener. Herrgott, wenn ich denke, wie abhängig von andern man mal gewesen ist. Ich schäme mich noch in der Erinnerung. Anita hat genug Zeit zum Schreiben, wenn sie nur will.“

„Wer weiß auch,“ – die Großmama machte ein merkwürdig verschmitztes Gesicht dabei – „vielleicht halten sie andere Pflichten davon ab.“

„Andere Pflichten – nun ja, ihr Violinspiel, der Sport und ihre gesellschaftlichen Verpflichtungen, aber – – –“

„Nein, Kind, verstehst du mich denn nicht? Mal muß die Sache doch da drüben nun endlich zum Klappen kommen. Aber ein Jahr ist der Horst nun schon in Sao Paulo. Wie Mutter schreibt, hat er sich gut in den Kaffee-Export eingearbeitet. Dein Vater ist außerordentlich zufrieden mit dem strebsamen – – –“

„Freilich, deutscher Fleiß und deutsche Pflichttreue, der Artikel ist selbst in Amerika begehrt, made in Germany“, knurrte der Geheimrat dazwischen. Er konnte es nicht verwinden, daß sein Neffe Horst Braun dem Vaterlande untreu geworden war.

„Daß er der Anita gut war, das sah ja ein Blinder ohne Laterne“, fuhr die Großmama schnell fort, um dem Gespräch eine andere Richtung zu geben. „Beinahe jeden zweiten Sonntag kam er damals aus Hamburg nach Berlin herüber, als Anita hier Violine studierte. Und es sind doch immer über drei Stunden Fahrt von Hamburg hierher. Ich glaubte, sie wären damals schon miteinander einig. Und als er dann wirklich hinüber ging, da war's doch nur noch eine Frage der Zeit. Ich weiß nicht, worauf sie noch warten. Anita ist zwanzig Jahre alt. Drüben bei euch heiraten die Mädchen im allgemeinen früher. Vielleicht gibt's zu Weihnachten eine Verlobung.“ Die Großmama war so lebhaft geworden, daß sie es gar nicht beachtete, daß Marietta sehr still, sehr bleich ihren Worten gefolgt war.

„Wenn Anita ihn nur ebenfalls lieb hat“, sagte sie leise, als spräche sie zu sich selbst.

„Na, erlaube mal, mein Herz, solch einem Prachtmenschen, solchem ernsten, gewissenhaften Menschen mit einem wahren Kindergemüt, dem muß man doch gut sein“, ereiferte sich die Großmama.

„Viel zu schade ist er halt fürs Annele“, brummte der Geheimrat wieder dazwischen.

„Ich weiß nicht, ob Anita seinen Wert voll erfaßt hat. Es schmeichelt ihr wohl, daß er nur Augen für sie hat. Aber die Janqueiros und die Orlandos spielen in ihren Briefen mindestens die gleiche Rolle. Ja, vielleicht noch eine wichtigere, weil sie tüchtigere Sportsleute sind. Ob sie seine Neigung wirklich ernsthaft erwidert ...“

„Da sieht man halt wieder die Weibsleut. Schwätzen und schwätzen um des Kaisers Bart. Das werden die zwei schon ohne euch miteinander ausmachen. Mir ist's halt jetzt wichtiger, die neuesten Pressenachrichten zu hören.“ Der Geheimrat griff wieder zu den Radiohörern. „Natürlich zu spät, bereits vorüber. Jetzt kommt die Zeitansage, stellt eure Uhren, Kinderle. Zehn Uhr einundzwanzig, vier, fünf, sechs Sekunden. Gute Nacht – vergessen Sie nicht, Ihre Antenne zu erden. Ist bereits geschehen. Und nun ist halt Schlafenszeit.“ Die Aufforderung der Berliner Funkstunde an ihre Rundfunkteilnehmer, die Antenne zu erden, bedeutete gleichzeitig für Geheimrats das Signal zum Schlafengehen. Den „Zapfenstreich“ nannte Frau Annemarie es humoristisch.

Bald schloß das Haus seine hellen Fensteraugen. Auch drunten im Erdgeschoß, in dem die Großeltern ihre Schlafzimmer hatten, schlossen sich alsbald die alten Augen. Zwar pflegte der Großpapa zu behaupten, gar nicht einschlafen zu können, die halbe Nacht munter zu liegen. Die Großmama dagegen beklagte sich, daß sie vor seinem Schnarchkonzert keine Ruhe finden könne. Meistens aber schliefen sie beide recht gut.

Droben pladderte der Regen auf den Balkon. Wie ausgeschüttete Erbsen sprangen die Tropfen gegen die Glastür. Es hörte sich eigentlich recht behaglich an, wenn man im Bette lag. Es schlief sich gut dabei. Wieso fand Marietta nur heute keinen Schlummer? Ihre Gedanken wanderten ruhelos. Jetzt irrten sie um den elenden Keller, in dem der kleine Otto sein trauriges Dasein lebte. Und nun waren sie auch schon jenseits des Äquators, auf der andern Halbkugel der Erde. Wie hatte die Großmama Vetter Horst charakterisiert? Ein ernster Mensch mit einem Kindergemüt – ja, das war er. Sie konnte mit dem zukünftigen Schwager zufrieden sein. Warum zögerte er bloß, sich mit der Schwester zu verloben? Das Klima und das Leben in den Tropen hatte ihm im Anfang wenig behagt. Aber aus den letzten Briefen ging hervor, daß er sich jetzt besser dort eingelebt hatte. Sicher würde er drüben festen Fuß fassen. Der Vater hatte mit ihm eine tüchtige Kraft für sein weitverzweigtes Kaffee-Exporthaus gewonnen. Und Anita würde glücklich mit ihm werden. Aber würde sie auch glücklich machen? Bei aller Liebe zu der Zwillingsschwester, Marietta war nicht blind gegen deren Fehler. Anita war liebenswürdig und gutherzig, aber oberflächlich und gefallsüchtig, sie ging in Sport und Luxus auf. Nur die Musik vertiefte ihr Wesen. War sie imstande, Horst für immer die Heimat zu ersetzen? So lag Marietta, sann, grübelte und lauschte dem Rauschen des Regens. Bis das Fluten da draußen leiser und sanfter wurde, bis die Flut ihrer Gedanken allmählich abebbte und auch ihre Augen sich schlossen.

5. Kapitel. Aus den Tropen

Ist das schön, wenn man morgens aufwacht und noch halb schlafbefangen sich zu dem Bewußtsein durchringt: Heute ist Sonntag. Du brauchst heute keinen erschreckten Blick auf die Uhr zu werfen, nicht ohne jeden sanfteren Übergang mit beiden Beinen aus dem Bett zu springen; nicht nach dem im geradezu rasenden Tempo weiterrückenden Zeiger in demselben rasenden Tempo deine Toilette zu vervollständigen; nicht mit dem letzten Frühstücksbissen zur Station zu stürzen, damit dir der Zug nicht vor der Nase davondampft. Es ist Sonntag! Du bist heute ein freier, von der Uhr unabhängiger Mensch!

Auch die Natur schien sich zu diesem sonntäglichen Bewußtsein durchgerungen zu haben. Das geschäftige Tropfen und Pladdern, das die ganze Woche unausgesetzt am Werk gewesen, ruhte. Es hatte aufgehört, zu regnen. Als wüßte der Himmel, was man einem sogenannten silbernen Sonntag in Berlin, dem vorletzten vor dem Weihnachtsfeste, an dem die Geschäfte offen bleiben, schuldig wäre. Es war noch immer kein schönes Wetter – o nein, dazu fehlte noch viel. Aber in den Mehlsuppenhimmel, der tagelang, ohne sich zu verschieben, wie dicker Kleister über dem Häusermeer geklebt hatte, war doch wenigstens Bewegung gekommen. Wenn die Wolken auch noch grau und geschwollen waren, sie verschoben sich doch wenigstens. Es war doch immerhin möglich, daß, wenn auch nicht heute, so doch vielleicht morgen oder spätestens übermorgen wieder ein Fetzen Himmelsblau sichtbar werden oder gar die Sonne eine kurze Gastrolle geben konnte.

Geheimrats machten ihren Sonntagvormittagsspaziergang. Eigentlich hatte Frau Annemarie gemeint, daß der Erdboden noch zu feucht sei und daß es jeden Augenblick wieder lospladdern könne. Früher hatte sie ja eigentlich nie danach gefragt. Aber wenn man schließlich nicht mehr allzu weit von den Siebenzig hält, fängt man doch nachgerade an, Rücksicht auf seine Sachen zu nehmen. Keine alte Dame regnet gern ein. Und dann war doch Marietta nur immer den einen Sonntag zu Hause – mitgehen mochte sie nicht, hatte noch zu arbeiten und wollte auch mal wieder ein bißchen Gesang üben. Und nachmittags kamen die Kinder, Professors und auch die Zehlendorfer. Der Sonntagnachmittag war seit vielen Jahren Familientag in Lichterfelde. Aber ihren Mann allein den Sonntagsspaziergang machen zu lassen, das brachte Frau Annemarie nicht fertig. Sie gehörte zu ihm wie sein Schatten. Und da der alte Herr mit pedantischer Pünktlichkeit, ohne Rücksicht auf Wind und Wetter seine Promenade zu unternehmen pflegte, mußte Frau Annemarie mit, ob sie wollte oder nicht.

Vater Kunze und Lottchen waren ebenfalls ausgeflogen. Sie waren in die Stadt gefahren, um die Weihnachtsschaufenster zu bewundern und um Einkäufe für Muttern, für Geheimrats und Fräulein Marietta zu machen. Denn das ließen sich Kunzes nicht nehmen, daß sie ebenso für Geheimrats unter ihrem kleinen Tannenbaum aufbauten, wie diese für sie unter dem großen.

Frau Trudchen war mit dem Sonntagsbraten angelegentlich beschäftigt. Marietta saß am Flügel und feierte Sonntag. Sie hatte sich diese Feierstunde durch eine ziemlich schwierige sozialethische Abhandlung, die Fräulein Dr. Engelhart von ihnen verlangte, verdient.

Sie sang Schubert und Schumann, die Lieder, die ihre Mutter einst hier gesungen. Ihre Stimme war nicht so voll wie die Frau Ursels, aber sie hatte dieselbe schöne Tonfarbe von weichem Silber. An ihren Gesangsstudien hielt Marietta trotz ihrer sie reichlich ausfüllenden sozialen Tätigkeit fest.

„Am Brunnen vor dem Tore, da steht ein Lindenbaum“ ... Marietta erinnerte sich des Tages, da sie als Kind im Tropenlande dieses Lied zum ersten Male von der Mutter gehört hatte. „Ein Lindenbaum, was ist das? Ist das eine Palme?" hatte sie gefragt. Und die Mutter hatte ihr erzählt, daß ein Lindenbaum etwas viel, viel Schöneres sei als die herrlichste Palme. Daß er im Frühling goldene Blüten wie Sonnenlicht trüge und goldene Blätter im Herbst. Marietta schaute durch die Scheiben. Da stand er, der Lindenbaum, kahl und nackt. Seine dürren Zweig, arme streckte er zitternd in den grauen Dezemberhimmel. Wie mochte es jetzt drüben im Sonnenlande ausschauen?

Die Gartentürschelle schlug an. Den Kiesweg entlang stampfte der Briefträger dem Hause zu. Nanu – heute am Sonntag? Marietta flog ihm entgegen. Und da hielt sie auch schon den dicken, überseeischen Brief, dessen feinen, fremdländischen Duft selbst die lange Überfahrt nicht hatte ganz tilgen können, in Händen. Er trug die Schriftzüge der Mutter und war, wie stets, an den Großvater adressiert.

Aber bei Heimatsbriefen fiel das Briefgeheimnis fort. Briefe aus Brasilien durften aufgemacht werden, das war stillschweigende Übereinkunft. Knisternd fiel die Briefhülle. Marietta griff zuerst nach dem Brief ihrer Mutter. Anitas in portugiesischer Sprache geschriebene Riesenbuchstaben hatten noch bis nachher Zeit.

„Meine geliebten Eltern! Meine Jetta!" las sie. „Ich falle gleich mit der Tür ins Haus: Unsere Anita ist Braut!"

Der Brief, der so sehnlichst erwartete, sank herab. Also doch! Ja, was war denn das? Was griff ihr denn so eiskalt ans Herz? Marietta preßte mechanisch ihre beiden Hände darauf. Es war doch gar nichts Überraschendes. Sie hatten es doch erwartet. Schon damals, als Anita das letztemal in Europa gewesen. Horst hatte nur Augen für die schöne Anita gehabt. Und als er ihr dann übers Meer folgte, ja – da war's doch schon entschieden. Was wollte das dumme Herz denn eigentlich? Es hatte sich doch nur mit der Schwester zu freuen. Mochten die beiden recht glücklich werden! –

Mariettas zitternde Hand griff aufs neue nach dem Brief. Aber die Buchstaben verschwammen ihr vor den Augen. Es dauerte eine Weile, bis sie weiter lesen konnte.

„Gestern hat sie sich mit dem jungen Ricardo Orlando verlobt – – –"

„Was?" – Marietta mußte zwei-, dreimal lesen, ehe sie ganz begriff. Ricardo Orlando – nicht Horst Braun? Noch schmerzhafter empfand Marietta das wie ein aufgescheuchter Vogel flatternde Herz – unsagbares Mitgefühl mit Horst erfüllte sie. Der Ärmste – wie mochte er unter der Enttäuschung leiden. Das Blut flutete ihr wieder zum Herzen zurück. Rot der Empörung stieg ihr in die erblaßten Wangen. Wie konnte Anita mit einem solchen Manne nur ihr Spiel treiben? –

„Ihr werdet sicher ebenso erstaunt darüber sein, meine Lieben, wie wir es waren. Milton und ich hatten etwas anderes erwartet. Aber Horst hat zu lange gezögert, sich als gründlicher Deutscher zu lange besonnen. Da ist ihm Ricardo zuvorgekommen. Der Deutsche überlegt – der Amerikaner handelt. Und unsere Anita ist, wie ihr ja selber wißt, so durch und durch Amerikanerin, daß ihr die tatkräftige, energisch rasche Art des jungen Orlandos mehr zusagt. Ich sehe es, sowohl für Anita wie für Horst, für ein Glück an, daß es so gekommen ist. Das hätte niemals einen harmonischen Zusammenklang gegeben. Horst hat die ganze Zeit hier unter Anitas Art gelitten. Wenn sie ihn eben noch durch ihre Schönheit und durch ihre sprühende Liebenswürdigkeit entzückt hatte, stieß sie ihn im nächsten Augenblick durch irgendeine oberflächliche oder praktisch kühle Bemerkung zurück. Eine Mutter sieht doch scharf. Milton ist beinahe ebenso enttäuscht, wie Horst. Er hatte gehofft, ihn in seiner Firma aufnehmen zu können. Aber wir fürchten, er wird jetzt nicht mehr in den Tropen aushalten. Übrigens können wir mit unserem Schwiegersohn – Muzi, was sagst du nur dazu, deine Ursel Schwiegermutter! – ja, wir können mit unserem Schwiegersohn durchaus zufrieden sein. Ricardo Orlando ist ein liebenswürdiger, sehr eleganter und auch tüchtiger junger Mann, durch und durch Gentleman. Die Orlandos sind eine reiche, vornehme Familie, sie besitzen große Zuckerplantagen. Anita wird von ihrem Verlobten und seinen Angehörigen vergöttert – das ist das Richtige für sie. Sie ist glücklich, und ich hoffe zuversichtlich, daß es so bleibt. Sie wird euch ja noch selbst schreiben. Dem Horst sagt sie fast täglich, wie dankbar er ihr sein müsse, daß sie ihn davor bewahrt habe, mit ihr unglücklich zu werden. Sie sieht nun mal die Dinge nüchtern und klar an. Vielleicht hat sie recht, und nicht wir mit unserem deutschen, leider etwas sentimentalen Gefühl. Du, meine Jetta, wirst jetzt sicher mit all deinen Gedanken bei uns weilen. Ist es nicht auch in Wirklichkeit zu ermöglichen? Ich kann mir gar nicht vorstellen, daß du der Hochzeit deiner Zwillingsschwester fernbleiben könntest. Ihr zwei gehörtet doch immer zusammen."

„Nein, – nein – nein!" – sagte Marietta laut in die Lektüre ihres Briefes hinein und erschrak vor ihrer Stimme. Sie vermochte jetzt noch viel weniger nach Amerika zurückzukehren, ganz abgesehen von ihrer Arbeit. Was schrieb die

Mutter weiter? Wie gut sich Juan entwickelte. Er lernte fleißig. Aber der Vater legte beinahe noch mehr Wert darauf, daß er bereits mit seinen elf Jahren ein vorzüglicher Reiter war und jeden Sportpreis in der Schule gewann. Ja, der kleine Bruder. Nach dem war Marietta öfters bange. Nach ihm und nach der Mutter. Merkwürdig, sie hatte ihren schönen Vater doch auch lieb. Aber Heimweh, wie nach der Mutter, empfand sie nicht nach ihm. Und Anita, ihr ehemals zweites Ich? Hatte sie sich wirklich so mit ihr auseinander gelebt, daß sie gar keine Freude über ihre Verlobung aufbringen konnte?

Sie griff nach dem großen Bogen mit den Riesenbuchstaben. Anita schrieb stets portugiesisch an Marietta.

„Liebe, kleine Jetta! Was sagst Du dazu? Deine Nita ist Braut. Es war auch Zeit, sonst hätte ich am Ende noch graue Haare bekommen. Du mußt ja Ricardo noch aus unserer Kindertanzstunde kennen. Er ist noch ebenso hübsch, nein, eigentlich noch viel rassiger als damals. Auch so galant ist er noch heute und noch genau so verschossen in mich. Wirklich ein lieber Kerl. Von Musik versteht er leider nicht viel. Er weiß nicht, was er mir alles an den Augen absehen soll. Jeden Tag schenkt er mir etwas anderes, die herrlichsten Schmucksachen, ein schneeweißes Reitpferd, ja sogar ein reizendes, kleines Auto für meinen persönlichen Gebrauch. Auch die Eltern und Geschwister meines Verlobten verwöhnen mich sehr. Die Orlandos sind ja so reich. Sie wissen gar nicht, was sie mit ihrem Gelde anfangen sollen.“ –

„Ich wüßte es schon“, murmelte Marietta vor sich hin, und sie dachte an die jammervollen Lehmhütten in dem Arbeiterdorf. Schrieb Anita denn gar nichts von Horst? Konnte sie wirklich so herzlos sein, nur von sich und ihrem Glück zu sprechen?

„Ricardos Brüder sind auch sehr schick. Besonders Rodrigo, der ist noch zu haben. Wie wär's, Jetta? Eigentlich doch ganz lustig, wenn wir Zwillinge zwei Brüder heirateten. Wir ziehen zusammen in ein Haus und führen ein fideles Leben miteinander. Du kommst doch bestimmt zu meiner Hochzeit? Dann können wir gleich Eure Verlobung feiern. Rodrigo wird Dir sicher gefallen. Er ist ein Gentleman. Oder aber tröste Horst. Der dumme Kerl ist, scheint mir, böse auf mich. Als ob ich was dafür kann, daß wir nicht zueinander passen. Er ist sicher ein guter Mensch. Aber mir ist er zu gut. Zuviel Gefühlsduselei, und von mir verlangte er dasselbe. Er vergaß ganz, daß ich Amerikanerin bin. Ständig hatte er an mir irgend etwas auszusetzen. Und Du weißt, Jetta, das kann ich nicht vertragen. Ricardo liebt mich so, wie ich bin, und will mich nicht ummodeln wie Horst, mit seiner pedantischen Schulmeisterei. Aber zu Dir würde er schon eher passen. Überleg' es Dir – Rodrigo oder Horst. Wer von beiden gewinnt den Preis? Bei Deinen Armeleutekindern darfst Du nicht alt werden. Das gehört sich nicht für eine Tavares. Ricardo läßt seine Schwägerin grüßen. Er schreibt noch selber. Dich küßt tausendmal Deine Nita."

Der Brief fiel zur Erde. Marietta achtete dessen nicht. Sie sah nicht die Kinderhandschrift des kleinen Juan noch die markanten Schriftzüge des Vaters. So war Anita. Sie sah sie leibhaftig vor sich, die schöne Schwester, lachend ihre schwarzen Locken schüttelnd, unbekümmert in ihrem Glück darum, daß sie einem andern wehe tat. Ebenso wie sie selbst ihre Ehe schloß, auf Äußerlichkeiten aufgebaut, ohne innere Zusammengehörigkeit, so gedachte sie auch Mariettas Zukunft zu gestalten. Ein bitteres Lächeln ging über das bleiche Mädchengesicht. Rodrigo oder Horst? Wer gewann den Preis? Ein Rennen, eine Sportssache war es für Anita – mehr nicht. Und daran mußte solch ein Prachtmensch wie Horst Braun zugrunde gehen.

Nein – Marietta schüttelte den Kopf, – ein Mensch wie Horst ging nicht an solcher Enttäuschung zugrunde. Der hatte zuviel Rückgrat, zuviel Wertvolleres dafür einzusetzen. Aber weh, bitter weh mochte sie ihm getan haben. Das Bild der Schwester zerfloß. Ein anderes Bild gestaltete sich vor Mariettas geistigem Blick. Sie sah ihn unter den Palmen ihrer Tropenheimat, den großen, hellblonden Mann von der deutschen Waterkant, ein seltsamer Gegensatz zu den dunklen Bewohnern des Landes. Die hellen Brauen über den blauen Kinderaugen waren finster zusammengezogen, seine Lippen fest aufeinander gepreßt. Armer, armer Horst! Aus Mariettas schwarzen Augen rieselten glänzende Tropfen ganz leise, ganz still, sickerten, ohne daß sie sich dessen bewußt wurde, ihr die Wange entlang. So saß sie, losgelöst von ihrer Umgebung, zeitlos. So saß sie noch, als das erste winzige Zipfelchen Himmelsblau sich für Sekunden herauswagte, als graue Wolkenungetüme es längst wieder gefressen. Als Frau Trudchens Sonntagsbraten in seiner ganzen braunknusprigen Schönheit fix und fertig durch das Haus duftete, und die Großeltern, der Großvater wie stets fünf Schritt voraus, von ihrem Spaziergang heimkehrten.

Erst als die Schlüssel im Schloß rasselten, fuhr Marietta aus ihrer Versunkenheit empor, bückte sich instinktiv nach den auf dem Teppich verstreuten Briefblättern und versuchte mit ihrem Tüchlein die Tränenspuren zu tilgen. Da erklang schon der Großmama liebe Stimme: „Jetta, Seelchen, wo steckst du denn? Du hättest doch mitkommen sollen, Kind. Großpapa hat recht, man wird draußen frischer und elastischer. Man darf sich nicht vom Wetter abhängig" – da unterbrach sich die ins Zimmer Tretende. „Ein Brief – Nachricht aus Brasilien – Kind, was ist passiert? Du siehst ja totenblaß aus – – –." Aufgeregt griff die Großmama nach dem Brief.

„Nichts, Großmuttchen, sie sind alle gesund. Nur" –Marietta zwang ihre Lippen zu einem Lächeln – „Anita hat sich verlobt!"

„Gratuliere!" klang es laut zur Tür herein aus dem Nebenzimmer – „hat er halt doch dran glauben müssen, der arme Junge!"

Die Großmama aber sprach kein Wort. Sie vergaß, den langersehnten Brief ihrer Ursel zu lesen. Sie vergaß, Hut und Mantel abzulegen. Ihre klaren Augen forschten besorgt in dem bleichen Gesicht der Enkelin, das deutlich den Stempel des Schmerzes trug. Jähe Erkenntnis durchzuckte die alte Frau: Marietta litt unter der freudigen Botschaft.

„Kind – Seelchen –", die Großmama griff nach der kalten Mädchenhand, „das haben wir doch kommen sehen. Das haben wir doch gewußt. Das darf uns doch jetzt nicht überraschend sein! Wenn er sogar die Heimat um ihretwillen aufgeben konnte, – – – und Anita wird Horst gewiß eine gute Frau werden. Die Liebe wird veredelnd auf sie einwirken. Ich glaube, Seelchen, wir dürfen uns nur mit den beiden freuen." Sie zog die schlanke Gestalt in ihre Arme. Oh, ihr Herzblut hätte sie hingeben mögen, wenn sie damit ihrem Liebling diese bittere Stunde hätte ersparen können.

„Anita hat sich mit Ricardo Orlando verlobt." Mariettas Stimme klang leer.

„Wie – was? Mit wem?" Großmama traute ihren Ohren nicht. Mit dem jungen Orlando? Oh, dann war ja alles gut. Dann hatte sie sich geirrt, Gespenster gesehen. Marietta war lediglich durch die überraschende Nachricht mitgenommen. Wie Zentnergewicht wälzte es sich von Frau Annemaries Brust: Gott sei Dank, daß sie sich geirrt hatte!

Sie schob Marietta ein Endchen von sich ab. „Seelchen, was bist du sensibel. Wie kann dich die freudige Botschaft nur so angreifen. Nun ja, es ist deine Zwillingsschwester, und es ist wohl verständlich, daß du einen für sie so wichtigen Schritt mit der gleichen Erregung aufnimmst, als wärst du es selbst. Aber du mußt widerstandsfähiger werden – – –"

„Und an Horst denkst du gar nicht, Großmama?“ kam es vorwurfsvoll von Mariettas Lippen.

„Ich denke schon an ihn, Kind. Aber ich betrachte es nicht als ein Unglück, wie es gekommen. Anitas Schönheit hat es ihm angetan, vielleicht auch ihr kluges, sprühendes Wesen. Aber von einer Seelengemeinschaft kann doch niemals die Rede gewesen sein. Darum wird Horst die Anita schneller vergessen, als man denkt. Sicherlich ist er jetzt durch ihre Verlobung gekränkt, aber glaube mir, Kind, verletzter Stolz wird dabei keine geringere Rolle spielen als das Herz. So, und nun wollen wir endlich den Brief lesen.“ Die Großmama ging damit ins Nebenzimmer zu ihrem Mann. Den Brief ihrer Ursel, den mußten sie stets gemeinsam studieren.

Marietta stand allein am Fenster. „Bravo!“ hörte sie den Großvater nebenan ausrufen, „das hat das Annele mal gescheit gemacht. Die Dollarprinzessin paßt für den einfachen Horst, wie halt ein Hindumädchen zu mir. Bravo, das freut mich!“

Marietta starrte in den kahlen Garten hinaus. Noch nie war sie sich so verlassen hier in Deutschland vorgekommen. Die Großmama versagte heute, sie konnte sich nicht in ihr Empfinden hineinfühlen. Sie schritt den Weg der verständigen Überlegung, der Vernunft, wo sie selbst bis ins Innerste ihres Herzens erschüttert war.

Frau Trudchens Sonntagsbraten, so wohlgeraten er auch war, wollte heute bei Marietta gar nicht munden. Großpapa polterte, daß sie sich mit ihrer sozialen Arbeit ganz kaputt mache. Die Großmama nickte ihr aufmunternd zu. Aber weder Poltern, weder Aufmuntern noch die Mißbilligung Frau Trudchens: „Jotte doch, man weiß doch schon jar nich mehr, wozu man kocht!“ machten auf Marietta Eindruck.

Wie jeden Sonntag deckte sie nach Tisch in Gemeinschaft mit Lottchen den Tisch für die Kaffeegäste. Sie stellte Frau Trudchens großen Mohnkuchen in die Mitte und dachte daran, daß der Vetter Horst denselben besonders gern gemocht hatte.

„Fräulein Marietta,“ – Lottchen sah die Schweigsame fragend an – „sind Sie böse, weil ich gestern drei Fehler im Extemporale hatte?“

„Nein, Lottchen, ich bin dir nicht böse, aber das nächstemal nimmst du dich mehr zusammen, nicht wahr!“ Marietta hatte dabei die beschämende

Empfindung, daß sie selbst sich mehr zusammennehmen müsse. Sie stimmte erleichtert zu, als Lottchen sie bat, mit nach oben in ihr Zimmer kommen zu dürfen, um an ihrer Weihnachtsstickerei für Mutter Trudchen ungestört zu arbeiten. Nur nicht allein sein, nicht denken.

Zu dieser Tätigkeit kam Marietta wirklich heute nachmittag kaum. Es ging an den Familiensonntagen immer recht lebhaft zu. Da war der Onkel Hans und die Tante Ruth mit ihrem lustigen Quartett. Die Älteste, Lilli, ein frischgebackener Backfisch von vierzehn Jahren und sieben Wochen. Das mußte Großmama natürlich mit Schlagsahne feiern. Evchen, die um zwei Jahre jüngere, zählte heute schon Monate und Wochen bis zu ihrem eigenen Backfischtage, da der Backfisch den Hauptanteil an der Schlagsahne bekam. Die kleineren Brüder Edchen und Heinz empfanden es als Zurücksetzung, daß Jungen keine Backfische werden konnten. Da kam der Onkel Georg Ebert, Tante Vronli und Gerda, mit denen es so viel aus der sozialen Frauenschule, aus den Horten und Heimen zu besprechen gab, daß man wirklich nicht zum Nachdenken kam.

Anitas Verlobung erregte natürlich allgemeines Erstaunen. Aber darin war man sich einig, daß Horst Braun zu schade für Anita sei. Onkel Hans, der seine erwachsene Nichte noch heute genau so neckte wie früher den Backfisch, meinte sogar zwinkernd: „Ei, Marietta, wie ist es denn mit dir? Vielleicht tröstest du den armen Jungen?“

„Dazu bin ich wieder zu schade“, sagte Marietta schroff abweisend und den Kopf stolz zurückwerfend, wie es sonst gar nicht ihre Art war.

„Stolz lieb' ich den Spanier – warum nicht auch den Portugiesen?“ lachte Onkel Hans, auf Mariettas Abstammung väterlicherseits anspielend.

„Nun – nun. Seelchen, du verstehst doch sonst Spaß“, begütigte die Großmama und fuhr ablenkend fort: „Was habt ihr uns denn für Riesenpakete mitgebracht, Ruth? Es ist doch noch nicht Weihnachten.“

„Aber bald. Marietta hat um abgelegte Sachen und Spielzeug für ihre Hortkinder gebeten. Da bringen wir den ganzen Krempel gleich mit.“

„Wie nett von euch, Tante Ruth.“ Marietta tat ihre Abweisung schon wieder leid.

„Das größte Paket habe ich geschleppt, was bekomme ich denn dafür?“ wandte sich Onkel Hans wieder an seine Nichte.

„Einen schönen Dank.“ Die großen, schwarzen Augen sahen ihn wieder freundlich an.

„Damit ist's nicht getan – unter einem Kuß mache ich's nicht. Oder ist Donna Tavares auch dazu zu schade?“

„Nein, Onkel Hans.“ Und sie gab ihm einen herzlichen Versöhnungskuß.

Die Kinder hatten nun aber wirklich ihr Möglichstes beim Vertilgen des Mohnkuchens geleistet. „Jetzt wollen wir spielen“, hieß es.

„Erst die Arbeit, dann das Vergnügen. Bringt die Pakete herein, Kinder“, ordnete Tante Vronli an. „Wir wollen durchsehen, was davon brauchbar ist. Ich habe auch Bedarf für meine armen Kinder.“

„Och, das ist ja langweilig“, meinte der Backfisch Lilli und verfügte sich an den Radio, wo gerade die Funkprinzessin Märchen erzählte.

„Ich werde ihn einstellen, das verstehen Mädels nicht.“ Edchen, der bedeutend Jüngere, war Fachmann. Er hatte zu Hause eine Anlage mit Dachantenne selbständig angelegt.

„Der Junge muß mal Ingenieur werden.“ Professor Ebert sah ihm anerkennend zu.

„Nee, ich werde Geheimrat und Professor wie mein Großpapa“, rief Edchen.

„Nimm dir's nur gut vor, Büble. Aber du mußt halt nicht von hinten anfangen. Erst kommt der Doktor“, lachte der alte Geheimrat, der bisher etwas mißtrauisch auf Edchens Ingenieurkünste geblickt hatte. „Schau, Hansi,“ wandte er sich an den Sohn, „am End' bekomm' ich doch noch mal einen Nachfolger in deinem Jungen.“ Es war für den bedeutenden Arzt eine große Enttäuschung gewesen, daß sein Sohn nicht in seine Fußtapfen getreten.

„Edchen wird sich's noch überlegen. Aber wie ist's denn, spielen wir denn nun heute oder nicht?“ Hans Hartenstein mischte die Skatkarten.

Die Damen hatten inzwischen die umfangreichen Pakete einer eingehenden Musterung unterzogen, Wäsche, Kleider, Spielzeug und Bücher gesondert. Hartensteins konnten es sich leisten, manches noch recht brauchbare Stück zur Armenbescherung zuzusteuern. Und Tante Ruth hatte ein warmes Herz.

„Diese feinen Leinenhemden könnte ich gut als Erstlingshemdchen für meine Säuglinge gebrauchen. Wenn man sie zuschneidet und näht, gibt es mehrere Dutzende“, überlegte Gerda praktisch.

„Hier wäre ein hübsches Sonntagskleid für unser Lenchen im Kinderhort. Etwas zu lang ist es sicher noch. Aber das läßt sich umnähen“, meinte Marietta erfreut.

„Sieh nur mal, Jetta, die netten Schürzen“, rief die Großmama dazwischen. „Schade, daß die schwarze Schulschürze einen Riß hat.“

„Da setzen wir bunte Borte drauf.“ Tante Vronli war daran gewöhnt, jedes Stück gut zu verwerten.

„Das blaue Schurzfell bekommt Ottchen, und den Kaufmannsladen muß Gustel haben. Leider ist er schon etwas baufällig.“ „Wie wär's denn, wenn wir uns gleich an die Arbeit machten? Besser könnten wir den Sonntag doch gar nicht zubringen“, schlug Tante Vronli vor.

„Nee, och nee, wir wollen lieber spielen“, lehnten sich die jungen Herrschaften auf.

„Das können wir ein andermal. Kommt nur her, ihr müßt alle helfen. Wenn man jemand eine Freude machen will, muß man alles in gutem Zustande verschenken. Am Tisch ist das Schneideratelier. Ihr Mädel, auch Lottchen, könnt euch dabei beteiligen. Seht mal, hier sind Babyjäckchen, die müssen frisch behäkelt werden. Wer will das übernehmen?“ Marietta zeigte ihre Befähigung zur Jugendleiterin.

„Ich“ – „nein ich!“ Lotte und Evchen überschrien sich.

„Also Evchen darf die Babyjacken umhäkeln. Für Lottchen findet sich noch Arbeit, die Evchen noch nicht versteht. Du kannst doch schon Strümpfe stopfen, Lottchen. Komm her, hier gibt's genug Löcher.“ Marietta wies auf einen großen Berg Kinderstrümpfe.

Lotte zog ein Gesicht. „Stopfen ist ja mopsig – – –“

„Wenn man seine eigenen Strümpfe stopfen muß, mag es vielleicht manchmal etwas langweilig sein“, stimmte Frau Geheimrat lächelnd zu. „Aber wenn man es für arme Kinder tut, die sonst frieren müssen, macht es sicher Freude.“

Da griff Lottchen beschämt zu den Strümpfen. Wenn „Tante Geheimrat“, wie Lotte die alte Dame nannte, etwas wünschte, folgte sie sofort.

Gerdas Schere fuhr bereits in den Leinenhemden herum. Frau Vronli als Meisterin richtete die Näharbeiten ein und übergab sie dann zur Verarbeitung ihren Gesellen, zu denen sich auch die Großmama zählte. Da kam auch Lilli von ihrem Radio, wenn auch noch zögernd, herbei und ließ sich Beschäftigung anweisen. Das gute Beispiel wirkte.

Die Jungen mochten nun aber auch nicht müßig dabeisitzen.

„Wir wollen auch nähen helfen“, rief Heinz, der kleinste.

„Dann mußt du auf den Tisch, Heini, ein Schneider sitzt immer auf dem Tisch“, lachte ihn seine Mutter aus.

Heinz erschien es ganz vergnüglich, oben aus dem Tisch zu thronen, und er begann seine Besteigung.

„Junge, willst du wohl mit den Füßen von meinen Lederstühlen herunter“, erhob die Großmama energisch Einspruch.

Marietta kam ihr zu Hilfe. „Kommt her, Edchen und Heini, hier gibt's Jungenarbeit. Wir bringen den Kaufmannsladen wieder in Ordnung und kleben die zerrissenen Bilderbücher. Herr Kunze hat Leim und Kleister, bittet ihn darum.“

„Unser Tropenprinzeßchen will sich nur selber vom Nähen drücken“, zog sie Gerda lachend auf. „Stimmt's, Jetta?“

„Freilich.“ Marietta lachte mit den andern mit. „Fürs Nähen kann ich mich noch immer nicht begeistern, trotzdem ich doch eigentlich vor keiner Arbeit zurückschrecke. Aber ihr macht das tausendmal besser als ich.“

„Und wir brauchen Jetta überhaupt notwendig.“ Die Jungen zogen die große Kusine zu ihrer Werkstatt.

Alles arbeitete emsig. Scherzworte flogen hin und her. Was schadete es, daß Lilli einen Ärmel oben zunähte, und Heini dem Kaufmann, dem er ein Bein anleimen sollte, auch noch den Kopf abriß? Das ließ sich wieder gutmachen und gab nur Stoff zum Lachen. Man wußte nicht, wo die Zeit heute blieb. Als Frau Trudchen mit den Abendbrottellern erschien, war man empört, schon so früh gestört zu werden.

„Nächsten Sonntag weiter“, tröstete Tante Vronli die Kinder. „Seht nur mal, was wir schon alles geschafft haben.“

„Ja, arbeitet nur nächsten Sonntag alle wieder, so ungestört haben wir noch nie unsere Skatpartie machen können wie heute“, stellte einer der Skatspieler frohlockend fest.

„Ich lade euch zur Belohnung für euren Fleiß zur Weihnachtsbescherung in den Kinderhort ein“, versprach Marietta den Kusinen und kleinen Vettern. „Ihr müßt doch sehen, wie sich meine Kinder über eure Gaben freuen.“

„Au ja – au ja!“ Sie kannten sie bereits aus Mariettas Erzählungen, den drolligen Gustel, das Lenchen mit dem Zigarrenbändchen, Paulchen mit dem Schmutznäschen, das niedliche Käthchen und wie sie alle hießen.

„Mich nehmen Sie auch mit, Fräulein Marietta, ja?“ bat Lotte.

„Aber freilich, Lottchen, du hast ja so fleißig Kinderstrümpfchen gestopft.“

Am Sonntag, wenn die Kinder da waren, durfte Lottchen ebenfalls an der allgemeinen Tafel teilnehmen. Sie hatte allerdings in Gemeinschaft mit Lilli dabei auch Pflichten. Den mit eingemachten Früchten garnierten Heringssalat – das feststehende Sonntagabendmenü – und die Berge von belegten Brötchen herumzureichen. Aber man machte ihnen das nicht allzu schwer. Es war fabelhaft, mit welchem Eifer man dabei war, ihnen die schweren Schüsseln zu erleichtern. Und heute hatte man ganz besonderen Appetit, wohl von der eifrigen Arbeit.

Onkel Hans schlug ans Glas und brachte einen Toast auf das brasilianische Brautpaar aus. Da durchzuckte es Marietta wieder. Bei der befriedigenden Arbeit für andere hatte sie kaum mehr daran gedacht, daß jenseits des Äquators in ihrem Elternhause Freude und Leid so dicht beieinander waren. „Und nun leere ich mein Glas auf eine baldige Nachfolge unserer jungen Damen.“ Onkel Hans trank seinen Nichten Gerda und Marietta blinzelnd zu. Aber die beiden schüttelten den Kopf: „Wir haben gar keine Zeit dazu, unsere soziale Arbeit nimmt uns vollständig in Anspruch“, protestierte Gerda. Marietta stimmte ein. Nur Lilli, der frisch gebackene Backfisch, stieß mit dem Vater auf baldige Nachfolge an.

„Und ich trink' halt auf die baldige Heimkehr des Jungen. Der Horst ist nimmer für Amerika geschaffen, der gehört heim ins deutsche Vaterland!“ rief der alte Geheimrat. Wieder klangen die Gläser zusammen, nur die Großmama sah, daß Marietta sich nicht daran beteiligte. Was hatte das Kind denn nur?

Ja, was hatte sie? Das wußte Marietta selbst nicht. Lange stand sie, nachdem die munteren Gäste heimgezogen, nachdem es still im Hause geworden, im Dunkeln droben an ihrem Fenster.

6. Kapitel. Weihnachtslichter

Frühe Dämmerung schritt durch die Straßen der Großstadt. Die Handvoll Schneeflocken, die der Heiligabend pflichtschuldigst über Berlin ausgestäubt hatte, waren von Tausenden von eiligen Füßen schon längst wieder zu einem bräunlichen Brei verwandelt. Nur an den Häuservorsprüngen, an den Balkonbrüstungen, an Steingesimsen, Gittern und Laternen hielten sich die leichten Silberflocken noch krampfhaft fest, als wüßten sie, daß es galt, der grauen Stadt der Arbeit ein Festgewand zu geben.

Auch die Luft hatte etwas Weihnachtliches. Der Wald war nach Berlin gekommen. Tausende von Tannen waren dem Heimatsboden untreu geworden, um dem müden Großstädter ein Stückchen Waldespoesie vorzuzaubern. Da standen sie an den Straßenecken und Plätzen und hauchten ihren harzigen Duft in die dicke, qualmige Stadtluft. Die großen, hohen Tannen waren fast alle schon in die reichen Häuser, in große Festsäle gewandert. Nur die kleinen Bäumchen standen noch bescheiden da, bis sie, mit eben ausgezahltem Wochenlohn erstanden, den jubelnden Kindern ins Stübchen getragen wurden.

Erwartungsvolle Kinderherzen allenthalben. Erwartung lag auch über den Gesichtern der Großen, vom Alltag Heimwärtshastenden. Das ist ja der Zauber des Weihnachtsfestes, daß es die Großen zu Kindern macht. Auch in dem verknöchertsten, poesielosesten Herzen weiß es irgendein Licht zu entzünden. Hier eins der Erinnerung, dort eins der Dankbarkeit. Und ist es auch nur das freudige Aufleuchten in den Augen der armen Aufwartefrau, welcher der einsame Junggeselle den pflichtschuldigen Taler in die Hand drückt – es ist ein Weihnachtslicht.

Draußen vor den Toren der Stadt, wo weniger Verkehr herrschte, war der Schnee seßhafter. Mit festlichem, schlohweißem Tafeltuch deckte er das Land. Niedliche, silberüberpuderte Tannenbäume, Zuckerhäuschen aus Hänsel und Gretel standen auf des Herrgotts Weihnachtstafel.

Kleine Mädchenfüße zeichneten schmale Umrisse in den weichen Schneeteppich. Kinderfüße, breiter und plumper, verwischten das zarte Muster. Sie hatten es eilig, weiterzukommen, die Mädchenfüße, aber trotzdem, ihre Besitzerin blieb ab und zu stehen. Waren die schweren Pakete, die sie sowohl wie ihre kleine Begleiterin trug, daran schuld? Mit großen, schwarzen Augen schaute sie still in den Schnee.

„Weiter, Fräulein Jetta, wir müssen weiter. Die Kinder im Hort sind sicher schon alle da. Und nachher warten Tante Geheimrat und Mutter Trudchen zu Hause mit dem Aufbau." Lottchen drängte vorwärts.

„Hier draußen, das ist heute wirklich Weihnachten. So rein alles, so licht, als gäbe es gar nichts Häßliches auf der Welt. Weißt du noch, Lottchen, wie wir das erstemal beide im Tropenlande Weihnachten miteinander feierten? Da glühten die Rosen, und sengende Sonne brannte auf Palmen und Kakteen. Damals konnte ich es mir nicht vorstellen, das verschneite Häuschen der deutschen Großeltern – und immer ist es mir noch wie ein Wunder, der erste Schnee." Marietta sprach mehr zu sich selbst als zu ihrer Begleiterin.

„Ja, ich weiß noch, Fräulein Marietta. Sie waren so gut zu mir. Es war nach Muttels Tode." Lottes rundes Gesicht war ernst geworden. „Jedes Kind hat heute seine Mutter oder wenigstens eine Großmutter, die es lieb hat und ihm den Weihnachtsbaum anzündet. Nur ich nicht!" Selten nur kam es vor, daß Lottchen sich verwaist fühlte und dem Ausdruck verlieh.

„Du hast doch uns, Lottchen, und vor allem Kunzes. Deine eigene Mutter könnte dich nicht lieber haben als Mutter Trudchen. Und was stellt Vater Kunze alles mit dir auf. Du genießt so viel Liebe, mehr als manches Kind, das seine Eltern hat." Marietta dachte an den kleinen Otto, der jedem im Wege war. „Nicht undankbar sein, Lottchen!"

„Ich bin nicht undankbar, nur ..." Lottchen schwieg. Sie konnte es wohl nicht in Worte fassen, jenes Gefühl der Familienzusammengehörigkeit, das der Weihnachtsabend ganz besonders auslöst.

Mariettas feines Empfinden verstand das Kind. Und sie fragte sich, ob ihr selbst denn gar nicht heute dieses sich Heimsehnen käme? Fühlte sie sich denn gar nicht mehr zugehörig zu dem weißen Marmorhause unter hohen Palmen? O doch, wenn auch ihres Wesens Heimat hier bei der gütigen alten Frau war, sie empfand es heute, wie die Mutter in die Tropennacht hinaus ihr deutsches Weihnachtslied sang, wie sie sich mit ihren alten Eltern, ihrem fernen Kinde über Länder und Meere hinweg verbunden fühlte. Weihnachten überbrückt jede Entfernung. Sie sah einen blonden Mann unter glühender Tropensonne an das verschneite Gutshaus an der Waterkant denken, sah schwarze Diener ihm Eisfrüchte darbieten, die sich unter seinem der Heimat zugewandten Blick in Weihnachtskarpfen und Rosinenstolle verwandelten. In dem kaum merklichen Wiegen der Palmen hörte er das Rauschen der Ostsee und – – – – –

„Fräulein Jetta, schnell, ganz flink, der Zug wird gleich abgehen.“ Lottchens aufgeregte Stimme zerriß das Bild.

Wie eine feurige Schlange saust der Zug durch das weiße Land. Er rattert so laut, daß man den Flügelschlag des herannahenden Heiligabends gar nicht mehr merkt. Aber die Stadt selbst hat trotz ihres Hastens und Treibens heute etwas Feiertägliches. Jedes Schaufenster, auch das kleinste, bescheidenste, hat sich mit Tannengrün bekränzt. Lichter strahlen auf, blendende Helle flutet auf die Straße hinaus. Und da singt es hoch vom Turm, übertönt mit erzenen Zungen den Lärm der Großstadt – Weihnachtsglocken.

Im Kinderhort hatte man schon alles zur Bescherung vorbereitet. An dem großen, bis zur Zimmerdecke reichenden Baum wuchsen all die Silber- und Goldnetze, die roten, blauen und grünen Papierketten, all die vergoldeten Nüsse und zierlichen Sächelchen, an denen fleißige Kinderhände sich wochenlang gemüht. Auf der langen Tafel lagen für jedes die Gaben ausgebreitet, nützliche Sachen, zum Wärmen, aber auch ein Spielzeug fürs Herz. Überall verständige Auswahl, für jedes Kind das Richtige. Auch die Mütter, die ihre Kleinen begleiteten, durften nicht leer ausgehen. Kaffee, Zucker und Mehl, eine Wurst und eine Weihnachtsstolle war für jede vorgesehen. Und auf jedem Platz ein kleiner, niedlicher Weihnachtsbaum.

Lottchen hatte recht. Sie waren schon alle versammelt, die Hortkinder. Frisch gewaschen, mit glatt gekämmtem Haar und reinen Schürzen. Den Finger verlegen im Munde, verkrochen sie sich hinter der Mutter. Es war heute so ganz anders im Kinderhort, so fremd und feierlich. Ordentlich etwas Bedrückendes hatte es für die sonst so laut hier lärmende, kleine Gesellschaft. Das machte, daß der Weihnachtsmann bereits dagewesen war. Daß er die Tische und Bänkchen hatte herausräumen lassen. Hier hatte er einen glitzernden Lamettafaden verloren, dort sogar eine Pfeffernuß, die rasch in einem der kleinen Münder verschwand. Ja, wenn Knecht Ruprecht nebenan ist, sind selbst die wildesten brav.

Aber als Marietta erschien, vergaßen sie ihre Schüchternheit. Da waren sie mit einem Male alle wieder höchst mobil, hingen sich ihr an den Arm und quälten: „Tante Jetta, geht's noch immer nich los?"

Marietta hatte den ganzen Vormittag bereits beim Aufbau geholfen. Dann war sie schnell nach Lichterfelde hinausgefahren, um Lottchen und den Rest der Pakete zu holen. So, dies Buch hier für Ingeborg, den Kaufmannsladen, mit allerlei guten Sachen gefüllt, für den dicken Gustel. Wie würde sich Lenchen über das hübsche rote Kleid von Evchen freuen. Da waren sie ja auch schon, die Kusinen und Vettern. Sie hatten Mariettas Einladung nicht vergessen, kamen gerade recht zum Aufbau. Und Tante Ruth hatte verheißungsvolle Tüten im Arm mit Pfefferkuchen und Marzipan zur Verteilung für die Kleinen.

Still – klinglinglingling – eine Klingel ertönt – – – – „jetzt kommt Knecht Ruprecht auf seinem Schlitten an" – Käthchen flüstert es scheu dem größeren Bruder Martin zu.

„Quatsch!" sagt der sehr von oben herab. Aber was ist das? Selbst Martin ist es nicht recht geheuer zumute. Da steht ja leibhaftig der Knecht Ruprecht in seinem Pelz, mit langem, weißem Bart, in dem noch Eiszapfen hängen. Einen großen Sack hat er auf dem Rücken und – o Schrecken! – eine Weihnachtsrute mit bunten Papierfähnchen in der Hand. Hermännchen findet, daß sie große Ähnlichkeit hat mit der, die er selbst neulich geklebt.

„Sind die Kinder hier brav?" fragt Knecht Ruprecht mit Baßstimme, die einen fremdländischen Anklang hat. Aber das ist ja gar nicht weiter zu verwundern, da er doch aus dem Wolkenlande stammt.

Keine Antwort. Ängstlich verkriechen sich auch die mutigsten hinter dem schützenden Rock der Mutter.

„Die meisten sind brav. Aber manche sind auch öfters unartig," – pfui, Tante Martha petzt schon wieder! Fritz ballt die Hände. Er fühlt sich getroffen. Sie ist doch eine alte Pfennigklatsche.

O weh – Knecht Ruprecht macht kehrt. „Ja, wenn die Kinder hier nicht brav sind, dann gehe ich ein Haus weiter – – –"

„Nein – nein – hierbleiben – wir wollen ja ganz artig sein", klingt es höchst jämmerlich.

Knecht Ruprecht muß ein weiches Herz haben. Er bleibt sofort stehen. „Könnt ihr auch ein Weihnachtsgedicht hersagen?“ fragt er wieder mit seinem tiefsten Baß.

Stumm bleibt alles. Eins schiebt das andere nach vorn. Keines traut sich heraus.

„Ja, dann muß ich wohl weitergehen – – –.“ Da fühlt sich der kehrtmachende Weihnachtsmann an seinem Pelz fest – ganz fest gehalten. Viele kleine Hände sind es, die an seinem Rock zerren und im Chor klingt es jetzt laut:

„Ist das heut' ein Gebimmel
Beim lieben Gott im Himmel.
Knecht Ruprecht steht am Telephon,
Den ganzen Tag seit morgens schon.“

Ach Gott – ach Gott – wie geht's denn nur weiter? Keiner weiß, wie's weitergeht. Alle haben sie vor Aufregung das Gedicht, das Tante Jetta so schön mit ihnen gelernt, vergessen. Aber, was ist das? Knecht Ruprecht tut den Mund auf, er hilft selber weiter:

„Denn von der Erde klingeln an
Die Kinder bei dem Weihnachtsmann.“

Gar nicht mehr so tief gebrummt klingt's, ganz hell, eigentlich beinahe so, als ob Tante Jetta spricht und – „Knecht Ruprecht ist ja überhaupt Tante Jetta!“ Gustel, der gründliche, hat bereits den Pelz auseinandergerissen – da kommt ein blaues Damenkleid zum Vorschein. Jubelnd umdrängen die Kinder plötzlich den Weihnachtsmann. Aber der schüttelt seine Rute: “Wer sein Gedicht nicht kann, kriegt nichts aus meinem Sack!“ Da können sie mit einem Male alle weiter, es geht wie geschmiert und nun – ein Regen von Äpfeln, Nüssen und Pfefferkuchen ergießt sich aus Knecht Ruprechts Sack über die jauchzenden Kinder. Und kaum hat man aufgerafft, soviel man nur fassen kann, da geht's zum zweitenmal „klinglinglingling“. Die Tür zum Nebenzimmer, in dem sonst die Kleinen in ihrem Laufgitter herumkrabbeln, tut sich auf – das ist doch nicht das bekannte Zimmer – das ist bestimmt das Weihnachtsland, von dem Tante Jetta erzählt hat. Tannengrün mit lauter Silber beglitzert, wohin man blickt. Auf jedem Platz brennt ein kleiner Tannenbaum. Ein ganzer Lichterwald. Und der riesengroße

Weihnachtsbaum, der mit so vielen Lichtern brennt – es sind sicher hundert oder gar tausend – daß man gar nicht recht die Augen aufmachen kann. Aber die Ketten und Körbchen, die daran wachsen, die kennt man, und „das scheene Silbernetz da oben hab' ich janz alleine jeflechtet!" schreit Paulchen, heute zu Ehren des Weihnachtsabends mit schön geputztem Näschen, selig dazwischen. Man hat Zeit, um die Augen an all die Herrlichkeit zu gewöhnen. Musik erklingt – singen die Englein oben im Himmel? Nein, es ist nur Tante Hildes Geige, und da fallen sie alle ein, die Kleinen, in den Weihnachtssang „Ihr Kinderlein kommet."

Und nun war endlich Bescherung. Auf jedem Platz war ein Schild mit dem Namen des glücklichen Besitzers. Die Damen mußten sich fast vervierfachen, um jedes Kind zu seinem Platz zu führen. Tante Ruth, die Kusinen und Lottchen halfen ebenfalls. Jubelnde Kinderstimmen erklangen aus dem Lichterwald wie süßer Vogellaut.

„Tante Jetta, Tante Jetta, ich habe 'nen Baukasten" – „und ich 'n Märchenbuch, aber 'n feines" – „und kiek bloß mal die scheenen Schuhe, die kosten ville Jeld" – „Tante Jetta, mein Kaufmannsladen, das ist das allerscheenste, da kann Mutter immer kaufen kommen, wenn se mal kein Jeld hat", überschrie der dicke Gustel selig die andern.

Mariettas Kusinen und Vettern hatten ebenso glückliche Augen wie die beschenkten Kleinen. Die Kinder aus reichem Hause hätten nie gedacht, daß ihre abgelegten Sachen und das ausrangierte Spielzeug noch solche Freude verursachen könnten. Wie gut, daß man alles so schön instand gesetzt hatte. Es machte beinahe mehr Freude, das Glück all der armen Kinder zu sehen, als selbst etwas geschenkt zu bekommen. Hell brannten die Weihnachtslichter in ihren Herzen.

Lottchen stand neben Lenchen, die heute ein richtiges Haarband im Zöpfchen trug. Sie hielt ihr Evchens rotes Kleid an. „Freust du dich über das schöne Kleid?" fragte sie freundlich. Sie hatte das Gefühl, als spräche sie zu einem Schwesterchen, das sie niemals besessen.

Lenchen nickte nur stumm. Sie konnte vor Seligkeit nicht sprechen. Mit scheuer Liebkosung strich sie über das feine Kleid, streichelte auch mit den Augen das rote Haarband und die schöne Schulmappe. Aber Lenchens Mutter, eine trotz der einfachen Kleidung nett aussehende Frau, meinte dankbar: „Wie gut von Ihnen, daß Sie meinem Lenchen solche Freude machen."

Lotte wurde rot, daß man sie mit „Sie" anredete. „Ich kann ja gar nichts dafür", wehrte sie bescheiden ab, sich zu Lenchens Mutter wendend. Da wich ihr alle Farbe aus den Wangen. Mit weitaufgerissenen Augen starrte sie die freundliche Frau an. Das Blut drängte ihr zum Herzen, Tränen stiegen ihr heiß in die Augen. Kam die Mutter wieder am Weihnachtsabend? So – gerade so hatte die Muttel ihr Lottchen angeschaut, bevor sie in der jämmerlichen Hütte drüben in Amerika krank geworden. So hatte sie ausgesehen – nein, doch nicht. Muttels Haar war heller gewesen, die Frau hier hatte ja braunes Haar. Und auch die Augenfarbe war eine andere, und doch etwas Bekanntes grüßte das Mädchen aus den Augen der fremden Frau. Es war wohl das Mütterliche, das warm daraus blickte.

„Muttel, sieh nur mal, die schöne Schulmappe." Wie drollig, Lenchen nannte ihre Mutter auch Muttel, gerade so, wie Lottchen es einst getan. Kein anderes Kind hier sagte so. „Ob der Weihnachtsmann gewußt hat, daß ich deine alte Einkaufstasche Ostern als Schulmappe nehmen sollte?"

Drüben bei Paulchen und Hermännchen stand Marietta. Probierte Paulchen das Schurzfell um, stülpte Hermännchen die Rodelmütze auf den Krauskopf und band ihm den warmen Wollschal um den Hals. Sie blickte zu dem andern Ende der Tafel – wie merkwürdig! Lottchen bückte sich gerade zu Lenchen herab, um ihr die Schulmappe umzuschnallen. Nein, wirklich merkwürdig, wie die Natur manchmal Ähnliches schafft. Dieselben breitgezeichneten Augenbrauen bei beiden Kindern, dasselbe Regennäschen und auch das Haar beinahe von der gleichen semmelblonden Farbe. Marietta hatte keine Zeit, länger Physiognomiestudien zu machen, denn Käthchen zerrte an ihrem Rock: „Tante Jetta, meine süße neue Puppe soll so wie du heißen."

Und nun waren all die herrlichen Gaben in Mutters umfangreichen Korb gewandert. Das schönste Stück aber gaben sie nicht her, die Kleinen. Das behielt jedes liebevoll im Arm. Nun waren all die „danke auch vielmals" – „scheenen Dank auch" – „Karlchen, haste dir auch scheen bedankt?" verklungen. Tante Ruths umfangreiche Tüten waren mit erstaunenswerter Schnelligkeit noch zum Schluß gestürmt worden. Und nun schurrten sie alle ab, die vielen Kinderfüße, so eilig, wie sie gekommen, um daheim dem Vater oder auch der Großmutter ihr Glück zu weisen.

Lenchens Mutter trat an Marietta heran und reichte ihr die Hand. „Der liebe Gott lohn' es Ihnen, liebes Fräulein, was Sie unsern Kindern Gutes tun. Lenchen ist ja ganz glücklich, wenn sie in den Hort zu Tante Jetta darf."

Marietta blickte in das blasse Gesicht der Frau, auf dem Sorge und Entbehrung deutlich ihre Zeichen geschrieben. Und doch – Marietta hatte es ja gleich herausgefühlt, daß Lenchen von besserem Herkommen war, als die meisten der Hortkinder.

„Haben Sie auskömmliche Arbeit, Frau Neumann?“ erkundigte sie sich teilnehmend.

„Es ist augenblicklich mit Schürzennähen nicht viel zu verdienen, Fräulein. Noch dazu mit Heimarbeit. Die meisten Geschäfte haben eigene Fabrikation. Ich bin eigentlich Schneiderin. Früher ging's ganz gut. Aber jetzt kaufen die Leute alles billiger in den Warenhäusern. Und fort von Hause kann ich nicht. Unsere Großmuttel, die seit dem Tode meines Mannes zu uns gezogen, ist auf einem Bein gelähmt und kann die Wirtschaft nicht mehr versehen.“ Die Frau seufzte kaum merklich.

Es zuckte Marietta in der Hand, in die Tasche zu greifen und der Not auf ein Weilchen zu steuern. Was hätte das dem Tavaresschen Reichtum für Abbruch getan. Aber sie hatte inzwischen gelernt, sich nicht gleich vom ersten Impuls hinreißen zu lassen. Auch den Verstand, nicht nur das Herz, beim Wohltun zu Rate zu ziehen.

„Ich will zusehen, ob ich Ihnen durch unsere soziale Arbeiterhilfe nicht lohnendere Beschäftigung verschaffen kann, Frau Neumann“, versprach sie bereitwillig. „Inzwischen nehmen Sie dies hier zu einem Weihnachtsbraten.“ Nein, ganz vermochte Marietta doch noch nicht auf die Stimme der Vernunft zu hören. Noch dazu am Heiligabend, wo in jedem Herzen ein Weihnachtslicht brennt.

In den Dank der erfreuten Frau mischten sich Stimmen.

„Marietta, wo bleibst du? Das Auto wartet. Wenn du mitfahren willst, komm schnell“, rief man von unten herauf. Es waren Hartensteins. Der Vater hatte ihnen das Fabrikauto zur Verfügung gestellt, damit sie pünktlich zur eigenen Bescherung wieder daheim wären.

Marietta schwankte. Lottchen und sie hätten bequem mitfahren können, es war nur ein kleiner Umweg für die Zehlendorfer, wenn man sie an der Berliner Straße absetzte. Und die Großeltern würden sich freuen, wenn es nicht so spät würde. Aber nein – da stand noch ein einsames kleines Bäumchen. Gaben lagen darunter. Ein Kind hatte seinen Weihnachten noch nicht bekommen. Es war Ottchen.

„Fahrt nur allein, ich habe noch einen Weg. Frohe Weihnacht und auf Wiedersehen am ersten Feiertag!“ rief Marietta zurück.

„Ach, wir gehen noch weiter?“ meinte Lottchen enttäuscht. Sie wäre zu gern Auto gefahren. „Tante Geheimrat und Mutter Trudchen warten gewiß schon mit dem Aufbau.“

„Wenn du mit Hartensteins fahren willst, ich habe nichts dagegen, Lottchen. Ich will noch zu einem armen Kinde gehen, das sonst gewiß kein Weihnachtslicht sieht.“

Nur einen Augenblick schwankte Lotte. Dann schmiegte sie sich an Marietta. „Ich gehe mit Ihnen, Fräulein Jetta.“ Das gute Beispiel wirkte.

Lottchen bewaffnete sich mit dem Bäumchen. Marietta packte Ottchens blaues Schurzfell, den Wintermantel von Heinz, warme Handschuhe und eine Trompete zusammen. Dazu Pfefferkuchen und Äpfel, die Lebensmittel für die Mutter, denen Marietta auf eigene Faust, da sie die Not der Familie kannte, noch so manches beigefügt hatte. Auch an Ottos Geschwister hatte sie gedacht. Keins ging leer aus. Es waren schwere Pakete, welche Marietta und Lotte durch den auf feuchten Nebelfittichen sich herabsenkenden Weihnachtsabend trugen. Aber wenn man einen Weg der Menschenliebe geht, zieht keine Last herab, sondern hinauf in reinere Sphären.

Lottchen konnte sogar noch all die Weihnachtsbäume, die aus Erkern und Fenstern mit goldenen Strahlenaugen in das Nebelgrau hinausblinzelten, zählen. „Siebenundvierzig, achtundvierzig – Fräulein Jetta, heute bei der Bescherung habe ich so an meine Muttel denken müssen, und da habe ich wirklich geglaubt, sie stände wieder vor mir. Dabei war's nur Lenchens Mutter, Frau Neumann – neunundvierzig – – –.“

„Sieht sie wirklich deiner Mutter ähnlich, Lotte?“ forschte Marietta. Wie seltsam, daß auch ihr eine Ähnlichkeit zwischen den Kindern aufgefallen.

„Nee, eigentlich sieht sie ganz anders aus. Es war bloß einen Augenblick lang – fünfzig. Hurra – fünfzig Weihnachtsbäume!“ Lotte legte der Sache weiter kein Gewicht bei.

Auch Marietta versuchte den Gedanken, der sie plötzlich durchzuckte, zurückzudrängen. Was war denn auch da Seltsames dabei, daß Lotte bei der

Bescherung, wo jedes Kind neben seiner Mutter stand, an die eigene, verstorbene intensiv hatte denken müssen und dann eine der Mütter dafür angesehen hatte. Nein, das war gar nichts Besonderes. Und auch die beiden Kinder – eine Laune, ein Spiel der Natur war's, wie es tausendfach vorkommt. Nur nicht wieder eine Hoffnung entzünden, die noch jedesmal erloschen war. Lottchens Mutter stammte ja aus Schlesien. Also ... Trotzdem, ganz frei konnte sich Marietta nicht von der sie bedrängenden Vorstellung machen. Schlesien – Berlin, das war keine Entfernung für eine Amerikanerin. Ein Weihnachtslicht war aufgeflammt und blitzte durch das Dunkel all der Jahre.

Dreiundsechzig Weihnachtsbäume hatte Lotte gezählt, da stand man endlich an der ausgetretenen Steintreppe, die zu Ottos Kellerwohnung führte. Wohnung, nun das war eine beschönigende Bezeichnung für das dunkle Kellerloch. Früher hatten die Eltern Holz und Kohlen darin verkauft. Aber dann konnte man keine Vorräte mehr anschaffen, es reichte gerade noch zu dem Leierkasten, mit dem der Vater auf den Höfen herumzog. Auch heute war er noch auf der Wanderschaft. Seine beiden Ältesten, Junge und Mädel von acht und neun Jahren, begleiteten ihn und sangen ihre Weihnachtslieder zu den Klängen der Drehorgel. Am Heiligabend hat jeder ein offenes Herz und eine offene Hand. Besonders, wenn man arme, frierende Kinder auf dem Hofe unten „Stille Nacht" singen hört, während man den eigenen droben den reichen Gabentisch aufbaut.

Dunkel war's in dem Keller. Keiner dachte daran, Licht anzuzünden, wie viel weniger ein Weihnachtslicht. Die Mutter war zum Bäcker nebenan gegangen. Vielleicht gab er nochmal ein Brot ohne Bezahlung. Man war zwar schon mit sechs Stück bei ihm angekreidet, und er hatte gesagt, daß er ohne Geld und ehe die andern bezahlt wären, keins mehr herausgeben würde. Aber ihr Mann würde ja heute Geld mitbringen, und die Kinder hatten Hunger.

Marietta hatte die Lichte an dem Weihnachtsbäumchen angesteckt. „Du kannst nicht mit hinein, Lotte, du kannst dort warten. Ich bin gleich wieder da." Damit öffnete sie die Tür zu dem kalten, schlecht gelüfteten Raum.

Es ließ sich zuerst nichts erkennen bei dem Zitterschein der Weihnachtslichte. War der Raum leer, war keiner da?

Da – ein Freudengeheul aus einer dunklen Ecke: „Jette – Jette!" Und da kam es herbeigestürzt, so schnell die krummen Beinchen ihn nur tragen wollten. „Jette – Jette!" Ottchen hatte sie erkannt.

„Hat man dich ganz allein hier im Dunkeln gelassen, armes Kerlchen?“ fragte Marietta mitleidig und steckte ihm einen großen Pfefferkuchen in den Mund. Oh, das verstand Ottchen. Besser als die merkwürdige Lampe, die Tante Jette mitgebracht hatte und die eigentlich gar nicht wie eine Lampe, sondern wie ein Baum aussah. Wintermantel und Schurzfell machten wenig Eindruck auf ihn. Dagegen war er von der Trompete ganz begeistert. Ja, er schwang sich sogar zu einem neuen Wort seines Sprachlexikons auf: „Trara – trara“ machte er nach.

Marietta stellte das brennende Bäumchen auf den Tisch und breitete unter ihm die Gaben aus. Da merkte sie erst, daß noch mehr Bewohner außer Ottchen anwesend waren. Das Wimmern eines kleinen Kindes kam aus einer anderen Ecke. Dort lag in einem Korb, der früher wohl Holz- oder Kohlenzwecken gedient hatte, ein elendes Würmchen und lutschte wütend am Fingerchen. Sicher hatte es Hunger. Nirgends ein Tropfen Milch. Marietta nahm das schreiende Bündel auf den Arm und schaukelte es hin und her, bis es sich ein wenig beruhigte. Sie mußte ja wieder gehen. Lottchen wartete und auch die Großeltern daheim. Aber Ottchen allein mit dem brennenden Baum lassen – das war unmöglich.

Da kamen Schritte die Treppe herab. Langsam und schwer. Der Bäcker hatte kein Brot mehr gegeben, erst solle sie die andern bezahlen. Ach was, Weihnachten – er müsse auch für das, was er kaufe, bares Geld geben. Weihnachten – ein bitteres Lachen rang sich von den Lippen der Armen. Was wußten sie von Weihnachten in ihrem dunklen Loch da unten. Sie öffnete die Tür – ja, was war denn das? War ein Engel vom Himmel herunter gekommen? Hatte der da oben sie doch nicht ganz vergessen?

Weihnachtskerzen brannten – Geld und Eßwaren lagen auf dem Tisch. Und daneben stand ein Engel – so erschien es der armen Mutter – wiegte ihr Kleines und sprach freundliche Worte. Da löste sich die stumpfe Gleichgültigkeit, mit der sie das Jammerleben ertragen, Tränen lösten die Starrheit. Weihnachtslicht erwärmte ihr Herz.

Es war spät, als Marietta und Lottchen endlich wieder Lichterfelde erreicht hatten. Das Nebelgrau der Stadt war hier draußen zerflossen. Droben am Himmel hatte man inzwischen auch die Weihnachtskerzen angezündet. Wie das blitzte und mit tausend und aber tausend Lichtlein herabfunkelte.

Der alte Geheimrat war ungeduldig. Alle fünf Minuten zog er seine Uhr, trotzdem der Regulator vor ihm an der Wand hing. Er brummte und knurrte.

Solche Unpünktlichkeit wollten sie nicht bei sich einreißen lassen. Gleich halb sieben – so spät hatte man noch nie beschert. Was fiel denn dem Mariele ein, so lange auf sich warten zu lassen. Dachte nur an ihre Schützlinge da im Hort und nicht an die alten Großeltern, die doch wirklich eine gewisse Rücksicht beanspruchen konnten. Am liebsten würde er halt mit der Bescherung beginnen – aber er dachte gar nicht daran, der alte Herr. Er zog weiter die Uhr und brummte weiter.

Die Großmama mußte das ganze Geschütz ihrer Beredsamkeit auffahren lassen, um ihn zu besänftigen. „Das Kind ging doch Wege der Nächstenliebe" – na ja, aber zurück sein hätte es eigentlich schon können. Dies wurde nur gedacht, nicht ausgesprochen. „Ach, so eilig hatten sie es doch gar nicht mit der Bescherung, sie hatten doch keine kleinen Kinder mehr, die ins Bett mußten" – ja, aber merkwürdig war's doch, daß die Jetta so lange ausblieb. Es wird doch nichts passiert sein – – – und die Großmama blickte ebenso angelegentlich nach der Uhr wie ihr Mann. Nur noch etwas besorgter.

Immer unruhiger wurde Frau Annemarie. Zum so und sovielten Male öffnete sie die Tür zu dem Weihnachtszimmer nebenan, ob dort wohl alles in Ordnung wäre. Aber das Pelzjackett für Marietta lag tadellos, und der seidene Regenschirm neben der neuen Goethe-Ausgabe bedurfte auch keiner Verbesserung. Der Schlafrock für ihren Mann war wirklich mollig, er hatte ihn sich verdient. Sein Vorgänger stammte noch aus den ersten Jahren ihrer Ehe. Hier Kunzens Aufbau. Was Lottchen wohl zu der Armbanduhr sagen würde. Ihr Mann fand zwar wieder, sie verwöhne das Kind zu sehr. Aber es war doch nur eine silberne – und gerade am Weihnachtsfest hatte Frau Annemaries warmes Herz den Wunsch, dem verwaisten Kinde eine besondere Freude zu machen. Es war doch wie ein Blatt, das der Sturm vom Baum geweht.

Helle Stimmen – gottlob, da waren sie.

Und dann flammten auch bei Geheimrats die Weihnachtslichter auf und warfen ihren goldenen Zitterschein hinaus in den schweigenden Garten. Dann saß Marietta am Flügel und sang, wie einst ihre Mutter, das Weihnachtslied.

Und dann standen die alten Leutchen neben ihrem „Kinde", glücklich in dem Bewußtsein, ihm Freude zu bereiten. Wie konnte sich Marietta aber auch freuen. Nicht so laut wie Lottchen, die mit der Uhr ganz selig war. Nicht so wortreich wie Frau Trudchen, die jedes Stück ihres mit liebevollem Verständnis ausgewählten Weihnachten einer ebenso eingehenden wie dankbaren Prüfung unterzog, um dann zu versichern: „Aber das wäre doch jar nich nötig jewesen." Auch nicht wie Vater Kunze, der im Laufe der vielen Jahre seinem Chef, dem Geheimrat, so manches, auch die Wortkargheit abgeguckt hatte und nur hin und wieder ein schmunzelnd anerkennendes „Is ja janz schöneken!" hören ließ. Nein, Mariettas Freude war ganz anders. Still und leuchtend, von innen heraus. Ihre Augen sprachen eine viel deutlichere Sprache, als ihr Mund es vermochte. Wenn Frau Annemarie an die jubelnde Freude ihrer Ursel vor vielen Weihnachtsabenden zurückdachte, war es kaum denkbar, daß dies ihre Tochter war. Und doch das Warme, Strahlende, das war ihnen gemeinsam. Das war Familieneigenschaft, deren Urquell in Frau Annemarie selbst zu finden war.

Noch heute vermochte die Großmama ihrer Freude lebhafter Ausdruck zu geben, als die Enkelin. Nein, daß das „Kind" auch noch für sie gearbeitet hatte, wo es doch schon genügend angestrengt war. Aber gerade solch eine weißgehäkelte Wollpelerine hatte sie sich gewünscht. Wie hatte das Marietta nur in Erfahrung gebracht. Ach, war das weich, wollig und mollig. Die Großmama mußte sie gleich umtun. „Na, wie gefalle ich dir, mein Alterchen?" Und dabei sah sie mit ihrem schneeweißen Haar so jung und hübsch aus, daß der alte Geheimrat seine und ihre Jahre vergaß und seiner Annemarie einen Kuß geben mußte – wie einst im Mai. Er selbst stand mit etwas gemischten Gefühlen vor dem Weihnachtstisch, den Marietta aufgebaut hatte. Ein Pelz lag da, ein nagelneuer, kostbarer Otterpelz. „Aber von mir ist nur die Pelzmütze, der Pelz ist von den Eltern, Großpapa, weil dein alter nun wirklich schon ausgedient hat. Damit kannst du Kunze glücklich machen, hat Mammi geschrieben, als sie mir den ehrenvollen Auftrag erteilte."

„Was, mein schöner alter Pelz? Ich denk' halt gar nit dran. Lieber geb' ich den neuen her. Wir beide sind miteinander alt geworden, der Pelz und ich, haben Wind und Wetter miteinander Trotz geboten. Solange mein alter Kadaver noch hält, hält der Pelz noch lange. Und wenn ich der Kaffeekönigin von Brasilien nimmer gut genug in dem alten bin, dann soll sie halt nur im Sommer herkommen." Er hatte sich ordentlich ins Poltern hineingeredet, der alte Herr.

Marietta stand ganz bestürzt über die Wirkung ihres Geschenkes. Großmama aber lachte ihr liebes, ansteckendes Lachen. „Nun sieh mir einer diesen Poltergeist an. Bekommt einen so herrlichen Pelz geschenkt und tut, als ob man ihm seinen fortstibitzen will. Das hätte unser Urselchen mitanhören müssen. Ausgeschüttet hätte sie sich vor Lachen. Schau nur, wie betroffen das Kind dasteht. Also, ich denke, wir schließen einen Kompromiß, mein Alter. Bei Wind und Wetter bleibst du deinem alten Pelzkumpanen treu, und wenn du mit deiner lieben Frau spazieren gehst, führst du den neuen aus. Ist's so recht?“

„Meine Frau hat immer recht.“ Der Großvater war schon wieder besänftigt. „Aber daß du mir nimmer wieder so unvernünftig viel Geld vertust, Mariele. Davon kann eine Familie halt ein ganzes Jahr leben.“

Mariettas Gesichtsausdruck ward noch bestürzter. Hatte sie nicht recht gehandelt, daß sie den kostbaren Pelz gekauft? Wenn sie an das Elend da unten in dem Keller dachte ... nun, da würde sie schon helfen. Sie hatte es sich sowieso vorgenommen. Der Weihnachtsscheck, den der Vater ihr jedes Jahr anweisen ließ, der sollte dazu verwendet werden, den armen Menschen wieder eine Existenz und bessere Lebensmöglichkeiten zu schaffen.

Da rief auch schon die Großmama in ihrer heiteren Art: „Laß nur gut sein, Seelchen, der Kürschner will auch leben. Nun wollen wir aber die Weihnachtskiste aus Brasilien auspacken.“ Die bildete stets den Höhepunkt des Festes.

Kunze hatte bereits vorher den Deckel gelöst. Aber zur Bescherung durfte erst ausgepackt werden. Das war alljährliche Überlieferung.

„Jetzt werden sie mir halt noch Pelzstiefel und 'nen Fußsack aus den Tropen schicken – 's ist halt das Geeignetste von dort“, meinte der Geheimrat schon wieder schmunzelnd.

„Undankbarer Gesell, da sieh, was dir dein Urselchen schickt. Ein großes Ölgemälde von Donna Tavares. Mein Urselchen!“

Die Weihnachtskiste wäre sobald wohl nicht weiter ausgepackt worden, denn Großpapa, Großmama und Marietta waren vollständig versunken in die noch immer liebreizenden Züge des goldhaarigen Frauenbildnisses. In diesem Augenblick gab es keine Entfernung. Da waren sie miteinander vereint.

Frau Trudchens Stimme: „Frau Jeheimrat, die Karpfen stehen mir janz ab“, mahnte sie wieder an ihre Pflicht. Aber gegen Ursels Bild kam nichts anderes mehr auf. Nicht das mattlila Seidenkleid für Marietta mit dem Begleitzettel der Mutter: „Es hat dieselbe Farbe, wie mein erstes Konzertkleid, in dem ich mich verlobt habe. Mögest du, meine Jetta, ebenso glücklich darin werden!“ Nein, nichts konnte mit Frau Ursels Bild konkurrieren. Weder der Crêpe-de-Chine-Umhang mit den wunderbaren, gestickten Blumen, in dem sich Frau Annemarie wie eine Fürstin vorkam, noch all die herrlichen Früchte und fremdartigen

Süßigkeiten, die man in Europa nicht kannte. Nicht einmal das Schwarzseidene für Frau Trudchen, das diese aber bis zu ihrer Silberhochzeit aufheben wollte, kam dagegen auf.

Und dann waren die Weihnachtskarpfen verzehrt und die Meinungsverschiedenheit, ob Frau Ursels Bild im Biedermeierzimmer oder in des Geheimrats Zimmer den Ehrenplatz bekommen sollte, dahin entschieden worden, daß Kunze es im Wohnzimmer aufhängte. Und dann erloschen die Lichter eins nach dem andern. Und nur noch die Weihnachtslichter, die man selbst in den Herzen anderer entzündet, warfen ihren leuchtenden Schein bis in das Traumland hinein.

7. Kapitel. Die Fäden entwirren sich

Das neue Jahr hatte Schnee gebracht. Nicht nur solchen leichten Puderzucker, den die Sonne, wie ein naschhafter Junge, gleich wieder ableckte, nein, richtigen, dichten Flockenschnee, als ob Frau Holles Wolkenbetten alle zu gleicher Zeit aufgeplatzt wären. Hei, wie das wirbelte, tanzte, kreiste, wie das flockte und stiebte; wie das flimmerte und schimmerte. Hei, wie die Schlittenglöckchen klingelten, wie die Rodel sausten und die langen Skibretter dahinglitten. Das graue Berlin glich einer Alabasterstadt. Die Dächer gleißten wie Schneehalden in der Sonne, die Kirchtürme ragten gleich Gletschern aus der Firnkette heraus. Drunten aber in den Straßen, auf schlohweißem Samtteppich, da jauchzte, juchzte und kreischte es, da purzelte und kegelte es lustig durcheinander. Schneegeschosse flogen; weiße, dickbäuchige Männer mit schwarzen Glotzaugen und roter Rübennase machten sich breit. Wer konnte jetzt noch sagen, daß die Stadt nüchtern und prosaisch sei. In jeder Straße, in der engsten Gasse webte das Wintermärchen.

Freilich, es gab auch Lebewesen, die ganz und gar nicht mit diesem Schneetreiben, das kein Ende nehmen wollte, einverstanden schienen. Das waren vor allem die Stadtväter, die tüchtig in den Säckel greifen mußten, um die sich ständig erneuernden Schneemassen fortschaffen zu lassen. Die Hausmeister waren es, die den ganzen Tag mit klammen Händen, über die sie abgeschnittene Wollstrümpfe gezogen, den Schnee von Hof und Straße zur Seite schaufeln mußten. Eine wahre Sisyphusarbeit. Je mehr man schaufelte, um so toller wirbelte es herab. Das waren die armen Pferde, die schwere Lasten ziehen mußten und in dem hohen Schnee kaum vorwärts kamen, glitten und hinplumpsten. Die konnten absolut nichts Vergnügliches an dem Wintermärchen finden. Und auch die Vögelchen waren wenig erbaut davon. Weiß, alles weiß und kalt. Nur selten fanden sie jetzt mal ein Körnchen Futter.

Die gefiederten Gesellen, die in der Nähe des großen, sonst roten Backsteingebäudes – jetzt sah es wie aus weißem Marmor aus – ihre Wohnstatt aufgeschlagen hatten, waren gut daran. Aus den Klassenfenstern der sozialen Frauenschule streuten liebreiche Mädchenhände vom eigenen Frühstücksbrot für die piepsenden, frierenden, kleinen Gäste. Marietta hatte schon ihre feste kleine Tafelrunde, die sich täglich vermehrte. Und auch drüben im Kinderhort hatten die Spatzen ihren Stammtisch. Mariettas Hortkinder sorgten wie sie selbst für die armen Frierenden und Hungernden. Der Hofgarten unten lag nicht mehr verödet da. Jubelnde Kinderstimmen belebten ihn. Der nackte Kastanienbaum fror nicht mehr in seinem neuen, schlohweißen Hermelinpelz.

Auch die Großen, Verständigen wurden durch das tolle Schneegetriebe wieder ausgelassen wie die Gören. Eben hatte man sich noch höchst gelehrt mit pädagogischer Psychologie beschäftigt, und unmittelbar darauf schlidderte man unten über die glatten Schneeflächen, purzelte, bekam einen Schneeball an die Ohren und teilte selbst welche aus. Diese Winterfreuden übten auf Marietta, das Kind der Tropen, in jedem Jahre aufs neue wieder ihren Zauber aus. Sie war der lustigsten eine, das Temperament ihrer Mutter und Großmutter meldete sich. Die blasse Teerose blühte dabei zur Purpurrose auf.

„Das Mariele müßte vier Wochen zum Wintersport in die Berge, das tät' halt dem zarten Tropenpflänzchen gut", äußerte sich der alte Geheimrat.

„Und Milton schreibt, ob das Kind nicht mal auf ein paar Monate nach Italien zu den Verwandten seiner Mutter nach Genua gehen könnte. Berlin-Genua, das ist ja für den Amerikaner ungefähr so, als ob wir sagen Berlin-Potsdam."

„Freilich, Großmuttchen, erst fahre ich in die Berge zum Wintersport, dann auf ein paar Monate nach Italien, und in Genua kann ich mich ja gleich nach Brasilien einschiffen zur Hochzeit von Anita. Etwa in anderthalb Jahren bin ich dann zum Schlußexamen in der sozialen Frauenschule wieder zurück", lachte Marietta. Es erschien ihr ganz unmöglich, ihre soziale Tätigkeit auch nur einen Tag auszusetzen.

Aber mit ihrer Seßhaftigkeit war es doch zu Ende. Fräulein Engelhart war der Ansicht, daß Marietta Tavares die Hortarbeit vollständig beherrsche. Zum ersten

Februar wurde sie zum Recherchendienst abkommandiert. Das gab eine schmerzliche Trennung. Die Kinder wollten ihre Tante Jetta nicht hergeben. Und dieser selbst wurde das Fortgehen von der ihr ans Herz gewachsenen kleinen Schar noch ungleich schwerer. Aber sie blieb ja in der Nähe. Die Frauenschule war ja nur durch den Hofgarten vom Hort getrennt. Da konnte sie schnell mal wieder hinaufspringen. So tröstete sie die Kleinen und sich selbst. Der Trennungsschmerz der Kinder wurde durch die Abschiedsschokolade, zu der Tante Jetta im Kinderhort einlud, schnell versüßt. Ja, Gustel meinte sogar schleckend: „Das wär fein, wenn Tante Jetta immer los fortgehen würde.“ Und dann kam irgendeine andere Tante statt ihrer, Tante Grete oder Tante Else oder wie sie gerade hieß, und wenn sie auch vielleicht nicht ganz so gut mit den Kindern umzugehen verstand, sie gewöhnten sich an sie und verlangten nicht mehr nach Tante Jetta. Kinder sind ja undankbar.

Nur Lenchen, ihre treueste kleine Verehrerin, machte eine Ausnahme. Die guckte sich die Augen am Fenster aus, wenn die jungen Damen drüben aus der Frauenschule heimgingen. Oder sie stand sogar Schildwach drunten am Portal und war nicht zu bewegen, nach Haus zu gehen, bis die Tante Jetta ihr einen Gruß zugenickt oder gar ihr freundlich über das semmelblonde Haar gestrichen hatte.

Marietta machte diese rührende Anhänglichkeit des kleinen Lenchens innerlich glücklich. Sie fühlte sich befriedigt in ihrer Arbeit. Sie hatte das Bewußtsein, bereits Gutes geschafft zu haben. Lenchens Mutter hatte durch die soziale Fürsorgeabteilung für Heimarbeit lohnendere Beschäftigung zugewiesen bekommen. Die Wohnungsfürsorge hatte sich auf ihre Bitte der Not in dem ehemaligen Kohlenkeller angenommen. Da Marietta, dank des Weihnachtsschecks aus Brasilien, die notwendigen Mittel zur Verfügung stellte, so hatte man ein kleines Seifengeschäft, dessen Besitzer gerade gestorben, mit anschließender, der Hygiene mehr entsprechender Wohnung für Ottchens Eltern erworben. „Von einem unbekannten Wohltäter“, hieß es. Aber Ottos dankbare Mutter stellte sich denselben trotzdem wie den Engel vom Weihnachtsabend vor, der Licht und Freude in ihr dunkles Dasein getragen.

Die neue soziale Tätigkeit, die Marietta mit dem ersten Februar begonnen, war ungleich schwieriger und unerfreulicher als ihre Hortarbeit. Nicht nur, daß sie stundenlang bei dem hohen Schnee und den dadurch schlechten Verkehrsmöglichkeiten straßauf, straßab laufen mußte. Ein Auto zu nehmen, fiel dem reichen Mädchen, das im Tropenland nichts anderes gekannt hatte, nicht ein. Das Geld konnte sie für ihre Schützlinge besser verwerten. Nicht nur, daß es unermüdlich treppauf, treppab ging. Nein, was ihr die Arbeit erschwerte, war der oft unfreundliche Empfang, dem sie ausgesetzt war, das feindselige Mißtrauen, mit dem man ihren hilfreichen Absichten so manches Mal begegnete. Das kränkte ihr weiches Gemüt und machte sie leicht flügellahm.

Da war es Gerda Ebert, die der Kusine mit ihrer verstandesmäßigeren Beurteilung der sozialen Arbeit immer wieder frischen Mut zusprach. Wie konnte man sich von einem Einzelfall nur so mitnehmen lassen. Das war doch nur ein kleines Mosaiksteinchen, das sich erst zu dem segensreichen Ganzen zusammenfügen sollte. Nun ja, man hielt ihre Einmischung als Jugendfürsorgerin von seiten der Eltern als durchaus unnötig und unerwünscht. Man hatte ihr deutlich zu verstehen gegeben, daß man allein wisse, was den Kindern guttäte – aber dachte Marietta etwa, das ginge ihr nicht genau so bei ihrer Säuglings- oder Wohnungshygiene? Oh, was hatte sie da nicht schon alles zu hören bekommen. Aber deshalb durfte man die Flinte doch nicht ins Korn werfen. Im Gegenteil, man mußte den unverständigen Menschen klarzumachen suchen, daß die soziale Fürsorge ihr Bestes im Auge habe und daß diese unberufene Einmischung ihren Kindern zugute käme. Oh, Gerda hatte schon manche bekehrt. Sie verstand zu sprechen und für die gute Sache einzutreten. Marietta war viel zu schüchtern, viel zu feinfühlend. Man mußte sich ein dickes Fell anschaffen. Und hatte Marietta ihr nicht berichtet, daß die Leute hier und da ihr schon freundlicher entgegenkämen? Daß sie ihre gute Absicht nicht mehr verkannten? Sicher hatte sie durch ihre Warmherzigkeit überzeugt, nicht durch logische Auseinandersetzungen. Aber das war auch im Grunde ganz gleich. Auf den Erfolg allein kam es an.

So predigte Gerda, und Marietta nahm sich immer wieder vor, nicht so empfindsam zu sein, sich von einem Mißerfolg nicht gleich zurückschrecken zu lassen. Dennoch war sie jetzt oft still und blaß, wenn sie des Abends von ihren Recherchen in das großelterliche Haus heimkehrte. Der Großpapa brummte über die moderne Frauenarbeit, bei der das Notwendigste, die Gesundheit der Frau, Schaden litt. Die Großmama aber legte, wie schon oft, die Sonde liebevollen Verständnisses an und zeigte sich damit eigentlich als der bessere Arzt von beiden.

In der letzten Woche hatte es viel Arbeit gegeben. Es galt jetzt schon, erholungsbedürftige, noch nicht schulpflichtige Kinder für die Ferienkolonien zusammenzustellen. Nach einer langen Liste mußte Marietta ihre Rundreise durch den für sie in Frage kommenden Stadtbezirk antreten. Sie mußte prüfen, ob die gemachten Angaben stimmten, und die Kinder zur ärztlichen Untersuchung in das Jugendfürsorgeamt bestellen.

Wie sie so treppauf, treppab lief, hier einen kleinen Blaßschnabel aufnotierte, dort der Mutter eines kugelrunden Pausbacks den Rat erteilte, ihre Eingabe zurückzuziehen, weil für die Ferienkolonie in erster Reihe elende Kinder in Frage kämen, da fiel ihr ein, warum wohl Frau Neumann ihr Lenchen nicht angemeldet habe. Das Kind war doch wirklich durchsichtig und erholungsbedürftig genug. Am Ende wußte sie gar nichts davon. Man sollte sie darauf aufmerksam machen. Sie konnte ja morgen in der Pause schnell mal in den Hort hinaufspringen und Lenchen einen Brief für die Mutter mitgeben. Es war ihr sowieso schon wieder bange nach ihren Hortkindern. Dabei kam ihr zum Bewußtsein, daß sie Lenchen schon eine Reihe von Tagen nicht gesehen habe. Weder oben am Fenster, noch unten an der Haustür.

Als Marietta am andern Tage in der Pause zwischen Wohlfahrtspflege und Verwaltungskunde schnell mal in den Hort hinüberlief, um Lenchen den Brief an die Mutter einzuhändigen, wurde sie von ihren kleinen Freunden, wie immer, mit Jubel begrüßt. Aber Lenchen war nicht darunter. Sie erfuhr, daß das Kind im Schnee ausgerutscht und unglücklich gefallen sei, sich den Fuß verstaucht habe und schon seit acht Tagen fehle.

Daß sie das gar nicht gewußt hatte. Daß sie sich gar nicht um ihren kleinen Liebling, der so treulich an ihr hing, hatte kümmern können. Und heute war es auch ganz unmöglich. Am Nachmittag hatte sie Innendienst im Sekretariat der Kinderfürsorge. Da mußte sie über das Ergebnis ihrer Recherchen Bericht erstatten und die Eintragungen in die Bücher erlernen.

Aber der nächste Nachmittag war von theoretischer und praktischer Arbeit frei. Freilich, für die Stunden gab es genug zu Hause zu arbeiten. Auch wollten die Großeltern an dem freien Nachmittag gern etwas von Marietta haben. Aber diesmal ging das arme Lenchen vor.

Mit einem ziemlich umfangreichen Paket, das Erfrischungen, Beschäftigungsspiele und ein Märchenbuch enthielt, betrat Marietta das Haus, in dem Lenchen wohnte. Es war ein recht häßliches, baufälliges Haus mit einem unsauberen, schmalen Hof. „Neumann – Quergebäude, vier Treppen“, hatte der Verwalter auf Anfrage der jungen Dame Auskunft erteilt. Neugierige Gesichter tauchten hier und da an Fenstern und Türen auf. Was hatte die schöne, vornehme Dame denn hier zu suchen?

Endlich stand Marietta vier Treppen hoch oben auf dem dunklen Vorraum, auf den mehrere Türen mündeten. Armes kleines Lenchen, daß du hier in diesem häßlichen, düsteren Haus deine Kindheit zubringen mußtest! Wenn es Sommer wäre, hätte man das Kind auf einige Zeit nach Lichterfelde zur Erholung hinausnehmen können. Die Großmama mit ihrem warmen Herzen hätte Marietta sicher die Bitte nicht abgeschlagen. Aber jetzt im Winter hatte das ja keinen Wert.

Auf gut Glück klopfte Marietta an einer der Türen. Eine schlampige Frau öffnete und wies unfreundlich, auf Mariettas Frage nach Frau Neumann, auf eine andere Tür. Richtig, da hing ja ein kleines Schild, das den Namen trug. Bei der Dunkelheit hatte es Marietta übersehen. Die ausgeleierte Türschelle gab nur ein heiseres Schnarren von sich. Keiner öffnete. Marietta begann von neuem zu klopfen.

Es dauerte eine Ewigkeit, bis geöffnet wurde. Gewiß war die Mutter nicht zu Hause. Gerade als Marietta unverrichtetersache wieder kehrtmachen wollte, hörte man drinnen Schritte. Langsam und ungleichmäßig, als ob dem Betreffenden das Gehen schwer würde. Die Tür wurde geöffnet, eine alte, sauber aussehende Frau mit glattem, grauem Scheitel fragte freundlich nach dem Begehr der Dame.

„Ich bin die Tante Jetta aus dem Kinderhort und wollte mich nach Lenchens Befinden erkundigen“, stellte sich das junge Mädchen vor.

„Unser Lenels Tante Jetta – nu kummen Se ooch hinne, kummen Se ooch hinne. Und sein ooch nich beese, daß Se halt so lange haben warten missen. Ich bin Ihnen halt gar so schlecht uff a Fissen. Nee, was wird ooch unser Lenel fir a Freide haben!“ Die alte Frau ließ die Hand des jungen Besuches nicht los.

Da rief es auch schon aus dem Nebenzimmer: „Tante Jetta – Tante Jetta – –.“ Verhaltener Jubel klang mit.

Durch eine saubere, kleine Küche erreichte Marietta das Wohn- und Schlafzimmer. Da lag auf dem Sofa das Lenchen. Ganz rot vor Freude streckte es Marietta beide Hände entgegen. „Tante Jetta ist da!“ sagte sie zu der Großmutter, als könne sie das Glück gar nicht fassen.

„Guten Tag, Lenchen. Was machst du nur für Sachen. Hast du arge Schmerzen, du armes Kind?“ Liebevoll streichelte Marietta das semmelblonde Haar.

„Jetzt nicht mehr so doll, nur noch, wenn ich gehen will. Aber zuerst, da hat es mächtig weh getan. Ich war so traurig, daß ich nicht mehr in den Hort gehen konnte und dich gar nicht mehr sehen“, setzte sie leise hinzu.

„Nun bin ich ja bei dir, Lenchen, und habe dir auch was mitgebracht. Wollen wir das Paket mal aufmachen, ja?“

Doch Lenchen schüttelte zu Mariettas Verwunderung den Kopf.

„Es ist auch ohne das Paket schön, wenn du bloß da bist, Tante Jetta.“ Das Kind war wirklich rührend in seiner Liebe.

Die Großmutter, die mit Wäschenähen beschäftigt war, aber meinte: „Nee, Lenel, wenn die Tante halt so gutt is und se bringt dir was mitte, denn mußte ooch das Paket uffmachen und dich halt damit freien.“ Marietta war ganz erstaunt über den Herzenstakt der einfachen Frau.

Sie sah sich, während Lenchen nun ans Auspacken der mitgebrachten Herrlichkeiten ging, in dem Stübchen um. Sicher hatten die Leute mal bessere Tage gesehen. Betten, Sofa, Schrank und Tisch, alles gute, gediegene Arbeit. Weiße, saubere Gardinen, eine Zimmerlinde mit einigen kleinen Ablegern am Fenster. Marietta war in letzter Zeit viel in kleinbürgerliche Wohnungen gekommen. Sie hatte reinliche und verkommene Häuslichkeiten kennengelernt. Aber hier blühte alles vor Sauberkeit. Das kleine Zimmer strömte Gemütlichkeit und Behagen aus.

Die alte Frau war den Blicken des jungen Besuches gefolgt. „Es is halt bei uns hier nischte zu sehen, liebe Dame. Mer haben schon zuville verkaufen missen. Ja, frieher, als ich noch daheeme war im lieben Schläsierland, da hat's halt andersch bei uns ausgesähen.“

„Aus Schlesien stammen Sie, Frau Neumann?“ Jäh durchzuckte es Marietta.

„Liebig – Frau Liebig is halt mein Name. Die Tochter heißt Neumann. Nu freilich, nu freilich ooch bin ich von Schläsien härgemacht.“ Ihre blaugeäderten Hände flogen mit erstaunlicher Schnelligkeit durch den weißen Wäschestoff.

Ganz still saß Marietta. Als ob ihre Glieder plötzlich zu Blei geworden. „Im lieben Schläsierland“ – – – einmal in ihrem Leben hatte sie diese Worte gehört und nie wieder vergessen können. Drüben im Tropenlande war's, im Plantagendorf, von den Lippen einer Sterbenden.

Und hier neben ihr Lenchen mit demselben semmelblonden Haar wie Lottchen, dem gleichen Gesichtsschnitt ... auch die alte Frau hatte diese breitgezeichneten Augenbrauen, die dem Gesicht einen ganz besondern Ausdruck gaben.

„Großmuttel, Großmuttel, sieh nur mal her – Schokolade und ein Glas Erdbeeren und so schöne Spielsachen!" Bei Lenchen kam jetzt doch die kindliche Freude an den mitgebrachten Herrlichkeiten zum Ausdruck."

„Nee, was is die Tante Jetta ooch gutt zu dir. Nu nähmen Sie ooch unsern scheensten Dank, liebes Fräulein. Nee, was wird's meiner Tochter halt leid tun, daß sie ooch grade Arbeit abliefern gähen mußte", sagte die alte Frau dankbar.

Marietta saß da und wagte nicht, die Frage zu tun, die ihr auf der Seele brannte? Ob Frau Liebig noch eine andere Tochter habe, die nach Amerika hinüber gegangen sei. Sollte sie in das Schicksal dieser Menschen eingreifen? Durfte sie Lottchen aus dem Frieden des Kunzeschen Familienlebens herausreißen? Aber vielleicht war alles nur Hirngespinst – es stammten doch viele Leute aus Schlesien. Es hatten mehr Kinder semmelblondes Haar.

Lenchen blickte ganz erstaunt auf Tante Jetta. Mit der Feinfühligkeit, die auch in einem Kinde schon gegen Menschen, die es besonders lieb hat, in verstärktem Maße vorhanden ist, empfand sie es, daß Tante Jetta nicht so war wie sonst. War sie ärgerlich oder gar krank?

Viel früher, als sie ursprünglich die Absicht gehabt, brach Marietta ihren Besuch bei Lenchen ab. Jeden Augenblick fürchtete sie, daß sich ihr die schwerwiegende Frage, ihrer Vornahme ungeachtet, über die Lippen drängen konnte. Sie verständigte die Großmutter davon, daß ihre Tochter für die Kleine bei der Ferienkolonie einkommen sollte, damit Lenchen mit einem Kindertransport im Sommer zur Erholung aufs Land geschickt würde.

„Se meinen's gutt, Se meinen's gewiß gutt mit dem Lenel, liebe Dame. Aber gern gäb' ich's halt nich her, das Lenel. Es is halt unser Ein und Alles. Ich hab' schon zuviel hingäben missen." Die alte Frau strich sich mit der verarbeiteten Hand über die Blaudruckschürze, als wollte sie damit sagen, daß alles dahin wäre.

„Nun, Lenchen würde doch nur für kurze Zeit aufs Land kommen, Frau Liebig, wenn sie überhaupt angenommen wird. Auf vier Wochen oder bestenfalls für drei Sommermonate. Wenn sie nachher mit roten Backen wieder zu Ihnen zurückkehrt, freut sich doch die Großmutter am meisten", sagte Marietta in ihrer lieben Art, die ihr überall die Herzen gewann.

„Nu ja, nu freilich. Aber so hat schon mancher gesprochen und is nich wieder heemegekommen." Die alte Frau blickte starr vor sich hin.

Marietta hatte plötzlich die Empfindung, als ob ihr die Luft knapp würde. Atembeklemmend legte es sich ihr auf die Brust. Sie erhob sich schnell, sich zu verabschieden, ehe die Großmutter weitersprechen konnte.

„Also leb' wohl, Lenchen. Und werde nur rasch gesund. Ich schicke einen Arzt, der nach dir sehen soll. Mit solch einer Verstauchung ist nicht zu spaßen. Die darf man nicht auf eigene Faust kurieren. Grüße die Mutter schön. Bald komm' ich mal wieder zu dir", versprach Marietta.

„Ja, sähen Se, liebe Dame, mit den Doktersch, das is halt ooch solche Sache", meinte die Großmutter, ihren Gast hinausbegleitend. „Mer kenn'n ihn halt nich bezahlen, den Doktor. Und zum Armenarzt – man hat doch ooch seinen Stolz. Ja, wenn die Tochter aus Amerika Geld schicken täte, aber wer weiß, ob se ieberhaupt noch läbt." Die alte Frau seufzte tief.

Mariettas Füße waren plötzlich in den Erdboden hineingewachsen. Keinen Schritt vermochte sie weiter zu gehen.

Amerika – da war es, das Wort, um das sich all ihre Gedanken in der letzten Viertelstunde gedreht hatten.

Mechanisch tat ihr Mund die Frage, die ihr auf der Seele brannte: „Sie haben noch eine Tochter in Amerika, Frau Liebig?"

„Nu freilich, nu natierlich. Was halt meine Älteste, meine Lottel is, die is mit ihrem Mann nach Amerika riebergemacht. Zuerscht hat se ooch noch immer geschrieben, ooch ein paar Dollar hat se ihrer alten Muttel geschickt. Aber nu – nu heert man halt gar nischte mehr von drieben. Nur der da droben weiß, ob se noch läbt."

Mariettas Herz krampfte sich zusammen. Wenn die alte Frau es hätte ahnen können, daß noch jemand darum wußte, daß vielleicht neben ihr jemand stand, der ihr über ihre Tochter Auskunft geben konnte, der ihre letzten Grüße, ihr letztes Vermächtnis, ihr Kind, in Empfang genommen hatte.

Sekunden, Minuten verstrichen. Das junge Mädchen wurde sich dessen gar nicht bewußt. Wie gebannt stand sie hier in dieser kleinen Küche. Es war, als ob unsichtbare Hände sie festhielten.

„Ihre Tochter ist nach Nordamerika hinübergegangen?“ fragte sie, trotzdem sie im Innern vom Gegenteil überzeugt war.

„Nu nee, nach Sidamerika, nach Brasilien is se halt hingemacht.“

„Und sie hieß – – –?“ Marietta biß sich auf die Lippen. Bei einem Haar hätte sie selbst den Namen Müller hinzugesetzt.

„Miller heißt se – Lottel Miller, halt grade so wie ihr kleenes Töchterchen. Nu, das kann jetzt ooch nich mehr allzu kleene sein, das muß – warten Se mal, liebe Dame – nu so an die dreizehn, vierzehn kann das Kindel nu ooch schon ganz gutt sein. Ja, wenn man nur wißt, ob se ieberhaupt noch läben tun alle miteenander.“ Die in Gedanken versunkene alte Frau sah plötzlich ganz erschreckt hoch. Die Tür schlug vor ihr zu. Ohne weiteres Abschiedswort war ihr Besuch auf und davon.

Hatte sie das Interesse des fremden Fräuleins mit ihren Privatangelegenheiten zu sehr in Anspruch genommen? Die alte Frau besaß schlichten Herzenstakt. Es war ihr peinlich, lästig gefallen zu sein.

„Tante Jetta war heute gar nicht so lieb wie sonst im Kinderhort“, meinte drin auch Lenchen, über die dagelassenen Gaben streichelnd, als wären sie die Geberin selbst.

Die jagte die vielen Treppen hinab, als ob die Furien hinter ihr her wären. Unten aber blieb sie stehen. Die Beine waren ihr wie gebrochen. Sie fühlte sich zum Umsinken matt. Es war ihr, als ob sie eine gewaltige Last mit sich schleppe: Schwere Verantwortung.

Langsam, Schritt für Schritt, ging sie durch den Schnee. Ihre Gedanken jagten sich, wirbelten durcheinander wie die Flocken, die sich an ihren Mantel, in ihr Kraushaar hingen. Was nun?

Nun war es entschieden. Licht war in die Dunkelheit, die Lottes Herkunft bisher verhüllt hatte, gekommen. Ein Irrtum war ausgeschlossen. Dazu sahen sich die beiden Kinder, Lottchen und Lenchen, zu ähnlich. Sie waren Kusinen, das unterlag keinem Zweifel mehr.

In Mariettas Hand war das Schicksal dieser Familie gelegt. Wenn sie schwieg, würde es wohl kaum jemals zutage kommen, daß Lotte die Enkelin der alten Frau Liebig war. Ob es nicht das Beste für Lottchen war, wenn sie schwieg und ihre Entdeckung ganz für sich behielt? Das Kind hatte liebevollen Ersatz für die verstorbenen Eltern gefunden. Es wuchs in bescheidenen, aber auskömmlichen Verhältnissen auf. Lotte besuchte das Lyzeum, hatte die Möglichkeit, sich in gebildete Kreise hinaufzuarbeiten. Und dort oben in der sauberen Wohnung der alten Frau hatte die Not sich zu Gaste geladen. Tat sie Lottchen, tat sie deren Familie etwas Gutes damit, wenn sie das Kind ihnen zuführte? Noch ein Mitesser mehr – die Sorge durfte sie unbedingt nicht auf die Schultern der schon genügend Darbenden wälzen. Und wenn sie auch selbst die Mittel für Lottes Unterhalt hergab, da waren Kunzes, denen mit dem Kinde das Glück und die Freude ihres Lebens genommen wurde. Nein – nein – sie durfte nicht sprechen. Besser, sie schwieg.

Aber hatte sie ein Recht dazu? Neue Gedanken kamen, verdrängten die anderen, kreisten in ihrem Hirn. Hatte sie nicht die Verpflichtung, zu sprechen? „Nur der da droben weiß, ob sie noch lebt“ – – – Hatte der Wind, der um die Ecke raste, ihr soeben wieder diese Worte ins Ohr geraunt? War es nicht ihre Pflicht, der alten Mutter Gewißheit und Ruhe zu geben. Durfte sie ihr das Enkelkind vorenthalten? Und Lottchen selbst ... sie hörte wieder die sehnsüchtige Stimme des Kindes am Heiligabend: „Jedes Kind hat heute eine Mutter oder doch eine Großmutter, die es lieb hat und ihm den Weihnachtsbaum anzündet – nur ich nicht!“ Durfte sie das Kind von seinen endlich entdeckten Angehörigen fernhalten?

Flocken jagen, Gedanken kreisen. Scharfer Wind kühlt die brennende Mädchenstirn. Marietta wußte nicht mehr, wie lange sie so in dem Schneetreiben umhergeirrt In einer ganz fremden Gegend fand sie sich wieder. Sie hatte gerade noch die Kraft, zu dem Autoplatz hinüberzugehen und dem Chauffeur die Adresse des Großvaters anzugeben. Dann sank sie in die Polster des elektrischen Wagens, und es war ihr, als ob sie in Nacht versinke.

Eine Ohnmacht bändigte den Wirbelsturm ihrer Gedanken.

8. Kapitel. Wiederfinden

Die erste Sinneswahrnehmung, die Marietta, aus dem Meer der Betäubung auftauchend, wieder machte, war die Stimme der Großmama: „Seelchen, was ist denn nur geschehen? Willst du denn die Augen gar nicht aufmachen, mein Liebling?“ Es schwang solche Herzensangst, solch eine sorgende Liebe in diesen wenigen Worten mit, daß Marietta mit aller Gewalt versuchte, die sie mit eisernen Banden umklammernde Willenlosigkeit abzuschütteln. Aber es wollte nicht gelingen.

„Laß das Kind, Annemarie. Schau, es ist total erschöpft. Es braucht vor allem Ruhe. Ruhe und Wärme. Da kommen wir am Ende mit einem Schnupfenfieber davon. S'ist halt zuviel für das Tropenprinzeßle, das Herumlaufen im Schneegestöber. Überarbeitung und Überanstrengung, 's geht halt so lang', wie es eben geht.“ Das war der Großvater.

Marietta wollte entgegnen, daß sie weder überarbeitet noch überanstrengt sei. Aber die Sprache gehorchte ihr noch nicht.

„Der Puls ist nit schlecht“, hörte sie den Großvater wieder sagen. „ Wollen dem Mädle halt mal einen Löffel Kognak einflößen.“ Dann fühlte sie etwas kühl Metallisches an ihren Lippen, darauf etwas Brennendes, Feuriges auf der Zunge, sie schluckte – und plötzlich gingen die Augen wieder auf. Die schweren Lider hoben sich. Nur für eine Sekunde. Sie sah der Großmama liebes Gesicht dicht über sich geneigt, mit einem Marietta fremden Ausdruck. So etwas Schmerzliches, Gespanntes – wann hatte sie diesen Ausdruck nur schon mal gesehen? Sie vermochte sich nicht daran zu erinnern, daß es vor Jahren gewesen, damals, als der Großvater schwer erkrankt war. Ihr Bewußtsein war schon wieder von der Flut des Unbewußten überspült worden. Ihre Glieder lösten sich in wohligem Erschöpfungsschlaf.

Als Marietta daraus erwachte, schaute ein neuer Tag zum Fenster herein. Sie hatte fünfzehn Stunden hintereinander fest geschlafen. An ihrem Bette saß die Großmama, genau wie gestern, mit bangen Augen den Schlaf ihres Lieblings behütend. So hatte sie die ganze Nacht hindurch neben dem Bette gesessen und war nicht zu bewegen gewesen, sich selbst zur Ruhe zu begeben. Weder ihres Mannes Zureden, noch Frau Trudchens gekränktes „Nu, wenn die Fräulein Marietta schlafen tut, is es doch janz jleich für sie, ob ich oder Jroßmamachen bei ihr wachen tu'„ – nein, nichts konnte sie dazu bewegen, ihren Wachtposten neben dem Lager ihres Lieblings aufzugeben. Sie wagte nicht die Stricknadeln in

Bewegung zu setzen, sich kaum selbst zu bewegen, um die Schlafende nicht zu stören. Ihr Blick ging zum Fenster hinaus, da hatte es endlich aufgehört zu schneien. Weiße, feierliche Stille draußen wie drinnen.

Sie betrachtete das feine Mädchenantlitz, das der Schlaf ganz zart wie ein Rosenblatt gerötet hatte. Das hellbraune Goldhaar umwogte es wie Sonnenflut. Die langen, schwarzen Wimpern lagen seidenweich auf den Wangen. Der Mund war leicht geöffnet und ließ die schimmernden Zahnperlen sehen. Niemals war der Großmutter die liebreizende Schönheit der jungen Enkeltochter so zum Bewußtsein gekommen. Mariettas warmherziges Wesen pflegte sonst einen stärkeren Reiz auszuüben als ihr Äußeres.

„Seelchen ...", flüsterte Frau Annemarie vor sich hin. All die Liebe, all das Glück, das ihr durch die Enkelin in ihr Alter hineingetragen worden, strömte darin aus. Sie löste den Blick von dem holden Bilde der Schläferin, denn Marietta schien unruhig zu werden. Die fein geschwungenen Wimpern zogen sich zusammen, über der Nasenwurzel erschien eine kleine Falte. Dann ein Seufzer – was hatte das Kind? Träumte es, oder war da noch etwas anderes als Überanstrengung, was die Veranlassung zu dieser Bewußtlosigkeit gegeben? Hatte Marietta irgendwelche Erregung gehabt, der ihr zarter Organismus nicht standgehalten? Die Großmama saß, sann und grübelte. Aus dem Tropenlande war kein Brief in letzter Zeit gekommen, der irgendwelche Aufregung im Gefolge haben konnte. Das war immerhin eine Beruhigung. Wie hatte damals Anitas Verlobung in Mariettas Seelenleben eingegriffen. Das Kind war eben ganz besonders zart besaitet. Vielleicht irgendein trauriger Fall in ihrer sozialen Tätigkeit. Fremdes Elend empfand Marietta ja wie eigenes und litt darunter. Ja, so würde es sicher gewesen sein.

Die Tür knarrte. Der alte Geheimrat trat, zum Fortgehen gerüstet, ein. Bevor er in die Klinik ging, mußte er doch beim Mariele nachschauen. Trotzdem er behutsam auf den Zehen zu gehen versuchte, was dem schon etwas steifen, alten Herrn schwer fiel und auch nicht zur Zufriedenheit seiner Frau ausfiel, trotzdem Frau Annemarie mit den Augen und mit der Hand abwinkte, trat er an Mariettas Lager und griff nach ihrem Puls.

„Ganz normal", flüsterte er beruhigend auf Frau Annemaries stummbange Frage. „Aber du, Fraule, schaust halt drein, wie ein übernächtigter Studio. Leg' dich aufs Ohr, meine Alte. Hole den versäumten Nachtschlaf nach und schnarch' mit dem Mädl' halt ein Duett."

Trotzdem der Geheimrat seine Stimme auf pianissimo gedämpft hatte, schlug Marietta die Lider auf. Die großen, schwarzen Augensterne schienen höchlichst verwundert, die Großeltern an ihrem Bette zu sehen.

„Jetzt hast du das Kind aufgeweckt, Rudi!“ Großmama war ungehalten.

„Nun – nun, wenn's Mariele fünfzehn Stunden hintereinander geschlafen hat, genügt das, sollt' ich meinen. Sonst müßt' man halt annehmen, daß sie von der tropischen Schlafkrankheit befallen sei“, scherzte der Großpapa, ebenso glücklich wie seine Frau, daß ihr Liebling sie mit klaren Augen anblickte.

„Ja, was ist denn – warum seid ihr denn hier an meinem Bett. Ist was passiert?“ Marietta konnte sich im Augenblick nicht gleich wieder zurechtfinden.

„Halt nix weiter, als daß uns gestern abend eine ohnmächtige junge Dame ins Haus geschneit ist. Solche Dummheiten machst nimmer wieder, verstehst, Mädle!“

Ein Schleier zerriß, der noch Mariettas Erinnerungsvermögen umwallte. Sie sah sich wieder im Schneesturm zum Autoplatz hinüberwanken und dann – ja, was war dann gewesen? In plötzlicher Erkenntnis streckte sie den Großeltern die Hände entgegen. „O ihr Ärmsten, wie müßt ihr erschrocken gewesen sein. Wie rücksichtslos und egoistisch von mir! Ganz blaß schaut die Großmama noch drein.“ Sie streichelte die liebe Hand.

„Wenn man die Besinnung verliert, pflegt man auch nicht mehr an andere zu denken, Seelchen. Das ist selbst deiner liebevollen Rücksichtnahme unmöglich. Wie ist dir denn jetzt zumute, mein Liebling?“

„Hungrig“, lautete die befriedigende Antwort.

„Bravo, Mariele, so ist's g'scheit! Jetzt frühstückst du halt mit dem Großmutterle, und dann bleibst brav liegen, ruhst dich und langweilst dich. Das ist die beste Medizin für rebellierende Nerven“, verordnete der alte Arzt, sich zum Gehen wendend.

„Ausgeschlossen, Großpapa – ganz ausgeschlossen! Ich muß so schnell wie möglich in die Frauenschule. Wir haben heute besonders wichtige Stunden. Sobald man eine versäumt, verliert man den Zusammenhang. Und nachmittags muß ich wieder zum Recherchendienst – – –“

„Na, Weible, was sagst nun zu solch einem Mädle? Hat der liebe Herrgott ihnen nun zu wenig Verstand mitgegeben oder nit? Und das sind schon die gescheiten, die allen möglichen Firlefanz in ihren Kopf hineintrichtern, sich damit die Nerven ruinieren und dann noch immer keine Vernunft annehmen. Also kurz und bündig, daraus wird nimmer was, Mariele. Heut' heißt's halt Order parieren. Liegen bleibst – Punktum! Grüß Gott miteinander!" Polternd verließ der Geheimrat das Zimmer.

Marietta machte ordentlich erschreckte Augen. Aber die Großmama beruhigte sie. „Du kennst ihn doch, unseren Großpapa. Er meint's nicht halb so schlimm. Aber gehorchen mußt du heut' schon, Jetta. Solch Zusammenklappen darf nicht wieder vorkommen. Ich bestelle jetzt bei Frau Trudchen das Frühstück, und du machst dich inzwischen frisch und legst dich nachher wieder brav hin." Damit war die Großmama auch schon wieder hinaus.

Frau Trudchen – wie ein Stich ging es Marietta durch das sich wieder allmählich zurücktastende Bewußtsein. Da war's, das Schwere, Bedrückende, vor dem sie durch die Straßen davongejagt, und dem sie doch nicht entrinnen konnte, das sie hinunter gezogen hatte in das Dunkel.

Als die Großmama zurückkehrte, lag Marietta noch immer, mit großen, gequälten Augen aus das Rosenmuster der Tapete starrend.

„Nanu – noch nicht gewaschen, du Faulpelz?" Aber trotz ihres Scherzens gingen der Großmama leuchtende Augen in stummer Frage zu dem jetzt wieder blassen Mädchenantlitz. „Eile dich, Jetta. Frau Trudchen bringt gleich das Frühstück."

Als Frau Trudchen dann in ihrer behäbigen Gemütlichkeit erschien und sich teilnehmend erkundigte, ob Fräulein Jetta auch „nu wieder janz bei sich wäre", ja, da erschien Marietta der Großmama auch nicht wie sonst. Lange nicht so freundlich, wie sie immer zu sein pflegte. Man merkte ihr an, daß ihr Frau Trudchens Anwesenheit störend war. Die brave Frau empfand das selbst, und mit einem Takt, den gerade einfache Leute öfters an den Tag legen, dämmte sie ihren sonstigen Redeschwall und zog sich alsbald zurück. „Jotte doch, wenn einer so'n Schwachmatikus ist und von jedem Windstoß jleich umjepustet wird, denn is einem jewiß nich so zumute", sagte sie sich.

Oben in dem gemütlichen Zimmer verwunderte sich die Großmama, daß Mariettas großer Hunger schon so rasch gestillt war. Sie mochte das Butterbrötchen kaum aufessen. „Vielleicht rutscht ein Zwiebäckchen besser?" versuchte sie zuzureden. Aber Marietta schüttelte den Kopf. Ihre Eßlust war bei Frau Trudchens Anblick gänzlich verflogen. Ein Alp hatte sich ihr wieder auf die

Brust gewälzt. Sie kam sich vor wie ein Dieb, welcher der gutherzigen Frau ihr liebstes Kleinod rauben wollte.

Viel besser wäre es für sie gewesen, sie wäre in die Frauenschule gegangen. Der Unterricht verlangte volle Aufmerksamkeit, nahm alle Gedanken gefangen. Die Arbeit hätte ihr am leichtesten über das sie Beschwerende hinweggeholfen. Aber der Großpapa hatte recht: Sie brauchte Ruhe. Nur die paar Schritte bis zum Waschtisch hatten es ihr gezeigt. Die Beine waren ihr wie gebrochen, und sie war froh, als sie wieder im Bett war.

Inzwischen hatte die Großmama es „gemütlich" gemacht. Das verstand keine andere so wie sie. Auf den Tisch hatte sie ihr schönstes, mattrosa Alpenveilchen gestellt, ihren Liebling unter all ihren Blumen. Sie nannte es Marietta, weil es dieselben zarten Farben zeigte wie die Enkelin.

Ganz leiser, süßer Blumenhauch ihrer Namensschwester grüßte Marietta. Dann saß die Großmama im Peddigrohrsessel neben ihr mit ihrer Arbeit. Und wie Marietta stumm das noch rosige, runzelfreie Gesicht mit den lieben Zügen und den jungen, blauen Augen unter dem schneeweißen Haar betrachtete und dann den Blick hinaussandte in die Schneelandschaft, da war es ihr, als ob die Großmama der Inbegriff aller deutschen Gemütlichkeit wäre. Als ob in ihrer Nähe nichts Schweres, Bedrückendes standhalten könnte.

Großmamas Stricknadeln klapperten, und sie erzählte. Von ihrem Elternhaus, wo sie als kleines, blondlockiges Nesthäkchen der Verzug der ganzen Straße gewesen. Von den Brüdern, mit denen es so manchen Strauß gesetzt. Denn ob Marietta es glauben wollte oder nicht, ein halber Junge war ihre alte Großmama damals gewesen. Ihr ältester Bruder Hans – er ruhe in Frieden! – habe manch liebes Mal Frieden stiften müssen zwischen den jüngeren Geschwistern. Denn der Klaus war ein Raufbold, und sie selbst – na, allzu brav und mädchenhaft war sie ganz gewiß nicht gewesen. Marietta erinnerte sich doch noch auf den Onkel Klaus auf Lüttgenheide? Wenn es auch schon drei Jahre her war, daß man damals an der Waterkant gewesen. Ei, freilich kannte Marietta den alten Großonkel noch mit dem wettergeröteten Gesicht, dem weißen Backenbart und seinen lustigen Späßen. Sein jüngster Sohn Horst erinnerte sehr an den Vater, aber er war ernster, obgleich er auch ganz gern mal einen Scherz machte.

Und während die Großmama weiter erzählte und nun schon bei der nächsten Generation, bei ihren drei Küken, angelangt war, und von jedem etwas Charakteristisches, irgend etwas Drolliges aus der Kinderzeit zu berichten wußte, war Marietta weit fort. Sie löste erst ihre Gedanken von der Ferne, als die Großmama sich bei Mariettas Mutter, ihrem Lieblingsthema, festgeankert hatte und der Tochter von der Verlobung ihrer Eltern erzählte. Wie schwer es gewesen war, den Großpapa herumzukriegen. Und wie es ihr so manches liebe Mal leid gewesen, wenn die Sehnsucht nach ihrer Ursel sie gar zu sehr gepackt. Aber jetzt kamen solche Stunden immer seltener. Nicht etwa, daß sie sich an die Trennung gewöhnt hätte, wie der Großpapa meint. O nein, das kann eine Mutter nicht. Aber sie hatte ja jetzt Ersatz, den allerbesten – ihre Jetta. Und wenn sie nur erst wieder ein bißchen frischer aussehen möchte – halt, jetzt mußte Marietta unbedingt ein Ei mit Wein abgequirlt nehmen. Das würde sie erquicken. Und damit war auch die Großmama schon trotz des etwas steifen Knies wie die Jüngste aus der Stube und ließ Marietta in einer Atmosphäre von alten Erinnerungen und der damit verwebten Behaglichkeit zurück.

Erst als Lottchen aus der Schule kam und noch mit der Mappe auf dem Rücken an Mariettas Tür klopfte, um ihr einen Krankenbesuch zu machen und um stolz von einem très-bien unter dem letzten Exerzitium zu berichten, zerriß das Netz von Gemütlichkeit, das Marietta eingesponnen. Da war sie wieder, die krasse Wirklichkeit mit ihrer zur Entscheidung drängenden Forderung. Sie blickte ihr aus Lottchens Blauaugen unter den breiten Augenbrauen, die sie auch gestern zu ihrem Schrecken an der alten Frau in dem bescheidenen Stübchen entdeckt hatte, entgegen. Jedes harmlose Wort aus dem Kindermunde wurde für Marietta zu einer Pein. Und als Lotte sich gar noch anbot, nach Tisch bei Marietta zu bleiben, damit die Tante Geheimrat ihre Mittagsruhe halten könnte, ja, da war Marietta zum erstenmal in ihrem Leben egoistisch.

Nein – nein – sie konnte Lottes Anwesenheit nicht ertragen, Lottchen war ihr zu lebhaft, machte ihr Kopfschmerzen. Sie blieb viel lieber allein. Die Großmama konnte sich ruhig hinlegen.

Aber davon wollte natürlich Frau Annemarie nichts wissen. Trotzdem der Großpapa über Verweichlichung und sentimentale Anwandlungen brummte, sie machte ihr Nickerchen ebenso gut oben im Korbsessel bei ihrem Liebling.

Aber es wurde nicht viel aus dem Nachmittagsschläfchen. Marietta war unruhig. Sie drehte den Kopf, warf sich von einer Seite auf die andere und vermochte doch den blauen Kinderaugen, deren Blick sie verfolgte, nicht zu entrinnen. Wie traurig enttäuscht Lotte sie angeschaut hatte, daß Marietta sie nicht um sich dulden mochte. Und noch etwas hatte in dem Kinderblick gelegen, etwas Anklagendes. Ach Unsinn, das bildete sie sich nur ein. Schnell geschlafen, auf die andere Seite gelegt – so, nun würde sie Ruhe haben vor den quälenden Kinderaugen. Aber nein, da waren sie schon wieder. Diesmal gehörten sie Lenchen, und nun blickten sie ihr gar aus dem verrunzelten Gesicht der alten Frau Liebig entgegen. Ein schwerer Seufzer löste den Druck, der das junge Mädchen beschwerte.

„Seelchen,“ – da war die Großmama schon wieder völlig ermuntert – „ist dir was, mein Herz? Tut es dir irgendwo weh?“ Marietta schüttelte stumm den Kopf. Aber wenn man bald siebzig Jahre lang mit den Menschen Freud' und Leid geteilt hat, dann weiß man sich auch auf seelische Schmerzen einzustellen. Frau Annemarie gab sich nicht zufrieden. Trotz der Nachtwache kam ihr kein Schlaf. Sie ging in Gedanken den Weg zurück, den Marietta gestern gewandert und hakte bei ihrem Samaritergang ein. Dort mußte etwas geschehen sein, was die Enkelin in ihrem Innersten erschüttert hatte. Und da sie merkte, daß auch Marietta keinen Schlaf fand, schoß sie gerade auf ihr Ziel los.

„Du hast mir gar nichts von Lenchen erzählt, Jetta. Hat sie sich denn gestern über deinen Besuch gefreut?“ forschte sie.

„O ja, sehr.“ Marietta drehte sich schnell der Tapete mit den Rosenknospen zu, damit die Großmama nicht sehen sollte, daß ihr eine Blutwelle über das Gesicht jagte.

Hm – da schien sie ja ins Schwarze getroffen zu haben. Frau Annemarie verfolgte den Weg weiter. „Und wie sind Lenchens Angehörige, Kind? Waren sie nett zu dir?“

„Das ist doch selbstverständlich.“ Mariettas Antwort kam kurz und abweisend. Gar nicht so lieb wie sonst. Sie sprach immer noch gegen die Tapete.

„Du bist so merkwürdig, Jetta. Hast du dort irgendeine Kränkung erfahren?“ Wie liebevoll das klang. Marietta vermochte nicht zu antworten. Es war ihr, als ob ihr jemand die Kehle zusammenpreßte. Da fuhr die erfahrene Menschenkennerin fort: „Ich will mich ja nicht in dein Vertrauen drängen, Seelchen. Aber – solche alte Großmama weiß manchmal besser Rat, als ein junges Ding, das noch nicht viel vom Leben gesehen hat.“

Wieder eine lange Pause. Ein schwerer Kampf für Marietta. Wenn sie jetzt sprach, dann war's entschieden. Dann gehörte das Geheimnis nicht mehr ihr allein. Dann hatte sie es der Luft anvertraut, den vier Wänden, dem Ohr und dem Herzen der Großmama. Aber hatte die Großmama nicht schon so oft geholfen? Vielleicht konnte sie ihrer aufgewühlten Seele auch diesmal wieder Ruhe geben?

„Mir ist eine merkwürdige Ähnlichkeit zwischen unserem Lottchen und dem Lenchen aufgefallen." Mariettas Mund sprach ganz mechanisch, als würde er nicht von ihrem Willen geleitet.

„Nun ja, es sind eben zwei Blondköpfe." Wollte Marietta von dem ihr unbequemen Gesprächsthema nur ablenken?

„Auch die alte Großmutter, die Frau Liebig, hat dieselben eigenartig gezeichneten Augenbrauen." Da war's dem Mädchenmunde entschlüpft.

Frau Annemaries seelischer Blick verschärfte sich. Trotzdem tat sie unbefangen. „Warum soll die Enkelin nicht dieselben Augenbrauen haben wie die Großmutter? Du siehst mir auch ähnlich. Seelchen – – –."

„Ja, aber Lottchen, unser Lottchen, Großmama!" Und als die alte Dame immer noch nicht zu verstehen schien, fügte sie erregt hinzu: „Die alte Frau Liebig hat früher in Schlesien gelebt. Und – ihre Tochter Lotte ist nach Südamerika – nach Brasilien ausgewandert. Sie hatte ein Kind, ein Töchterchen, das wie die Mutter hieß. Seit Jahren ist sie verschollen. Begreifst du denn nicht, Großmama?" Die Worte überstürzten sich. Da war kein Halten mehr. Wie ein Sturzbach, der alle Bedenken davonschwemmte, flutete es dahin.

Still saß die Großmama. Sie sprach nicht. Alle Aufregungen, denen Marietta gestern ausgesetzt gewesen, empfand sie ihr nach. Dann sagte sie mit möglichst ruhiger Stimme: „Also wieder ein Fingerzeig. Wieder eine Handhabe. Hoffentlich verläuft die Spur nicht im Sande wie schon öfters."

„Nein, Großmama. Diesmal ist es gewiß. Auch der Familienname stimmt. Lottchen ist die Enkelin der alten Frau Liebig." Das klang tonlos geflüstert. Trotzdem hatte Marietta das Gefühl, als ob die Wände ihr das Geheimnis zurückschrien.

„Nun, Kind, wenn du deiner Sache so sicher bist, dann weiß ich wirklich nicht, warum dich diese doch immerhin erfreuliche Tatsache so in den Fugen erschüttern konnte. Hast du der alten Frau Liebig Mitteilung von deiner Entdeckung gemacht?"

„Nein, Großmuttchen. Es ahnt weiter noch keine Menschenseele, als du und ich. Und ich weiß auch nicht, ob es je noch ein anderer erfahren soll. Das ist es ja, was mich so elend macht, das Hin und Her, dieses Für und Gegen. Tue ich Lottchen und ihren Angehörigen etwas Gutes damit, wenn ich den Schleier über die Herkunft des Kindes lüfte? Wälze ich nicht neue Sorgen auf die ohnehin schon mit der Not des Lebens Kämpfenden? Und Lotte selbst, werden die einfachen, ja, ärmlichen Familienverhältnisse sie nicht zurückschrecken? Und dann Frau Trudchen und Vater Kunze, denen Lottchen zum Mittelpunkt ihres Lebens geworden ist! Je mehr ich überlege, Großmama, um so mehr komme ich zu der Überzeugung, daß ich schweigen muß, daß – ich auch dir gegenüber hätte schweigen sollen."

„Da bist du auf einem Holzwege, Kind. Du bist verpflichtet zu sprechen. Du hast kein Recht, der Vorsehung einen Damm aufzutürmen, bis hierher und nicht weiter. Was sich zum Licht durchringt, kommt doch an den Tag. Du bist nur das Werkzeug in der Hand des Schicksals. Du mußt der alten Mutter die letzten Grüße ihrer Tochter überbringen, du mußt deren Vermächtnis in ihre Hände zurücklegen. Das ist deine Pflicht. Alles andere können wir nur dem da droben überlassen." Beruhigend strich die alte, warme Hand über die junge, vor Erregung eiskalte der Enkelin. Und da war es Marietta, als ob die Hand der Großmama das selbstquälerische Wogen in ihr glättete, als ob eine wunderbare Ruhe von dieser liebkosenden Hand ausginge.

Aber so ruhig, wie es den Anschein hatte, sah es in Frau Annemarie doch nicht aus. Jahre können dämpfen, mildern, aber den Kernpunkt des Wesens vermögen sie nicht zu verändern. Und der vibrierte mit der jungen Enkelin mit, ob sich Frau Annemarie auch noch solche Mühe gab, würdige Beschaulichkeit an den Tag zu legen.

Das Hauptaugenmerk war jetzt erst mal darauf zu richten, daß das Kind, die Jetta, innerlich zur Ruhe kam. Das zarte Nervensystem des jungen Mädchens hatte dem Wirbelsturm, der ihr Inneres ergriffen, nicht standhalten können. Weder Frau Trudchen noch Lottchen durften vorläufig Mariettas Zimmer betreten. Jede neue Aufregung mußte vermieden werden. Aber diese Vorsicht schien gar nicht vonnöten. Sobald Marietta die sie bedrückende Last auf die Seele der Großmama abgeladen hatte, fühlte sie nicht mehr die schwere Verantwortung, das Hin- und Hergerissenwerden zwischen Wollen und Müssen. Sie hatte die Angelegenheit in Großmamas Hände gelegt, und sie wußte, daß diese gütigen Hände die verworrenen Fäden aufs beste entwirren würden. Das gab ihr eine erlösende Beruhigung.

Auf Rat ihres besten Freundes, ihres Mannes, mit dem sie sogleich Kriegsrat gehalten, berührte Frau Annemarie die ganze, ihren kleinen Kreis umwälzende Angelegenheit vorläufig überhaupt nicht. Das alles hatte Zeit, bis Marietta wieder gesund war.

Aber dann, als die Enkelin einige Tage später zum erstenmal wieder erfrischt ihre Tätigkeit aufgenommen hatte, glaubte Frau Annemarie das sie Tag und Nacht beschäftigende Geheimnis den Beteiligten nicht länger vorenthalten zu dürfen. Zuerst nahm sie sich Frau Trudchen vor, während Lotte in der Schule weilte. Beim Fensterputzen war es.

„Sagen Sie, Frau Trudchen, unser Lottchen hat Ihnen doch eigentlich viel Freude gemacht“, begann die alte Dame etwas beklommen.

„Klar“, sagte Frau Trudchen und rieb auf ihren Scheiben herum.

„Und Sie wollen doch gewiß ihr Allerbestes.“ Frau Annemarie atmete hörbar. Es war wirklich nicht so einfach.

„Na, wenn Frau Jeheimrat das noch nicht wissen tun, denn - - - -“ Der Nachsatz wurde, als nicht respektvoll genug, hinuntergeschluckt.

„Dann müßten Sie sich auch in Lottchens Interesse freuen, Frau Trudchen, wenn sich ihre Angehörigen am Ende doch noch melden sollten.“ Das war ein kühner Vorstoß.

Frau Trudchen ließ den Lederlappen sinken und stand auf ihrer Leiter starr wie eine Bildsäule. „Is ja Mumpitz - is ja allens man Mumpitz!“ beruhigte sie sich dann selber. „Haben se sich bis jetzt nich jemeldet, dann werden se woll auch jar nich mehr am Leben sein. Kunze sagt das auch.“ Das Fensterleder fuhr quietschend über das Glas. Eine gewisse unbehagliche Erregung hatte doch von Frau Trudchen Besitz ergriffen.

„Es könnte doch irgendein Zufall die Verwandten ausfindig machen. Aber wenn Sie Lottchen lieb haben, müssen Sie sich auch darüber freuen, Frau Trudchen“, verlangte Frau Annemarie.

„Das hat ja Zeit, wenn's mal soweit kommen sollte.“ Frau Trudchen rieb so heftig auf ihrer Scheibe herum, als könnte sie damit auch jedes ihre Ruhe trübende Fleckchen tilgen.

„Es ist schon so weit gekommen, Frau Trudchen." Für alle Fälle hielt die alte Dame die zusammenfahrende Dienerin stützend fest. „Kommen Sie lieber von der Leiter herunter."

„Ih, woher denn! Das hat ja schon oft so jeheißen und is nachher allens man dummes Zeug jewesen. Ich jlaube nu mal nich dran und basta!" Die Fensterscheibe kam in Gefahr, so energisch fuhr Frau Trudchen darüber.

„Frau Trudchen – diesmal ist es Ernst." In der Seele weh tat der alten Dame die treue Dienerin, der sie Schmerz zufügen mußte. „Fräulein Marietta hat zufällig die Großmutter und Tante von unserem Lottchen entdeckt. Sie ist von der Aufregung krank geworden."

„Da hätt' unser Fräulein Marietta auch etwas Jescheiteres tun können. Jewiß so'ne noblichte Leute, daß unser Lotteken uns nachher jar nich mehr wird kenne wollen und – – –" Die brave Frau konnte nicht weiter sprechen. Sie griff nach dem Lederlappen, um die hervorstürzenden Tränen zurückzuhalten.

Liebevoll half ihr Frau Geheimrat von dem hohen Postament herab und redete ihr dabei tröstend zu. „Nein, ganz einfache, bescheidene, aber brave Leute sind es, Frau Trudchen, die sich sehr quälen müssen, um durchzukommen. Die Kleine ist bei Fräulein Marietta im Kinderhort und – – –"

„Denn jeben wa unser Lotteken erst recht nich her. Wenn se da etwa noch Hungerpoten saugen muß, das arme Ding! Dazu hat Frau Jeheimrat se doch nich auf de hohe Schule jeschickt und Bildung lernen lassen. Nee – nee – und was mein Kunze is, der jibt sein Lotteken erst recht nich raus."

„Nun, Frau Trudchen, am Ende läßt sich das einrichten, daß Lottchen ruhig bei Ihnen im Hause bleibt. Ich würde es für das Vernünftigste halten. Denn den Verwandten wird nichts daran liegen, noch für eins mehr sorgen zu müssen. Trotzdem dürfen wir dem Kinde seine einzigen Anverwandten nicht vorenthalten. Lottchen darf vorläufig noch nichts davon erfahren. Sie wird ihre Liebe zwischen Mutter und Vater Kunze und den neuen Angehörigen teilen." So sprach Frau Annemarie gütig und klug.

Ihre Worte verfehlten nicht ihren Eindruck. Frau Trudchen stieg die Leiter hinauf und nahm die unterbrochene Arbeit wieder auf, als ob nichts geschehen sei. Sie sagte nur noch: „Jotte doch, wenn das so is, denn jönn' ich dem Lotteken ihre Jroßmutter und Tante." Dann hörte man nur noch das Fensterleder quietschen.

Marietta hatte heute ihren freien Nachmittag. Man war übereingekommen, den folgenschweren Besuch bei Lottes Verwandten nicht länger aufzuschieben. Aber allein setzte Frau Annemarie Marietta nicht noch einmal den gewiß nicht ausbleibenden Aufregungen aus. „Nachher wirst du mir wieder bewußtlos ins Haus gebracht.“ Nein, die Großmama ging selber mit. Das bedeutete für Marietta eine große Erleichterung.

Auch die nichtsahnende Lotte strahlte, daß sie das kleine Lenchen besuchen durfte. Spielsachen und Märchenbücher suchte sie für das kranke Kind zusammen. Lottchen war recht froh, daß Fräulein Marietta sie heute mitnahm. Denn Kunzes waren mittags so merkwürdig gewesen. Vater Kunze war ja meist wortkarg, aber mit seinem „Lotteken“ hatte er doch immer seinen Spaß. Heute saß er mit einem so bärbeißigen Gesicht da, als ob er Wermut getrunken.

Und Frau Trudchen wiederum war, im Gegensatz, von einer bedrückenden, sentimentalen Zärtlichkeit. „Was, Lotteken, du behältst Mutter und Vater Kunze lieb?“ fragte sie mit Tränen in den Augen. Worauf Lottchen ganz erschreckt gefragt hatte, ob denn einer von ihnen sterben müsse. „Na, so ähnlich, viel anders is es auch nich!“ Mit dieser rätselhaften Antwort mußte sich Lotte begnügen.

Wieder erklomm Marietta die vier Treppen in dem ihr schon bekannten Hinterhause. Es war ihr, als ob sie Gewichte an den Füßen hätte. Da stieg die Großmama mit ihrem steifen Bein ja beinahe noch elastischer hinauf. Lotte schnüffelte neugierig überall an den Schildern herum.

„Ach Gott, das arme Lenchen, wie häßlich es hier in dem dunklen Hause wohnt“, meinte sie mitleidig, mit ihrem schönen Daheim bei Geheimrats im Rosenhaus vergleichend. Die Großmama und Marietta sahen sich vielsagend an.

„Lenchen hat hier ein liebes Mütterchen und eine Großmutter, die es lieb haben. Da sieht es gewiß gar nicht, daß das Haus häßlich ist“, erwiderte die Tante Geheimrat.

„Ich wünschte, ich könnte auch in einem häßlichen Hause wohnen!“

Wieder sahen sich die beiden Damen an. Alle Kindessehnsucht lag in Lottes Worten.

Diesmal brauchte Marietta nicht so lange nach dem Klingeln zu warten. Frau Neumann öffnete, wohl ein wenig erstaunt über den zahlreichen Besuch, aber trotzdem erfreut.

„Ach, liebes Fräulein, wenn Sie wüßten, wie unser Lenchen an Ihnen hängt. Es vergeht kein Tag, wo sie nicht von ihrer Tante Jetta spricht. Und nun bemüht sich die Frau Großmama auch noch die vielen Treppen herauf. Und das Schwesterchen kenne ich ja schon von Weihnachten her." Sie reichte Lotte, die sie für Mariettas jüngere Schwester hielt, die Hand.

Auch drinnen wurde der Besuch freudestrahlend empfangen. Lenchen lag noch immer, sie streckte der Tante Jetta beide Arme entgegen. Die alte Frau Liebig erschöpfte sich in Entschuldigungen, daß es gerade so unordentlich aussähe, und war bemüht, das Weißzeug, an dem sie und ihre Tochter arbeiteten, zur Seite zu räumen.

„Ach, du mein, haben mer denn ieberhaupt Stiehle genug für die Herrschaften? So, die Frau Großmuttel setzt sich aufs Kanapee zu unserem Lenel. Und die Tante Jetta halt danäben. Und das Schwesterle – – –" Da verstummte die alte Frau plötzlich. Als ob sie eine Vision sähe, starrte sie auf das fremde Mädchen. Sie rieb sich die Augen, aber die Erscheinung blieb. Kamen alte, längst vergangene Zeiten wieder? Gerade so hatte sie ausgesehen, ihr Lottel, damals vor Jahren, als sie konfirmiert wurde.

„Ist Ihnen etwas, liebe Frau Liebig?" erkundigte sich Frau Geheimrat Hartenstein, welche die alte Frau mit schwer verhaltener Erregung betrachtete.

„Nu nee, halt nur eine Ähnlichkeit. Ihr kleines Enkeltöchterle da ist halt meinem Lottel, meiner Ältesten, wie aus dem Gesicht geschnitten. Entschuldigen Se nur, liebe Dame, aber manchmal übermannt einen die Sähnsucht nach seinem Kind in der Ferne."

„Das will ich Ihnen glauben, liebe Frau Liebig, geht es mir doch gerade so. Ich habe auch eine Tochter nach Brasilien fortgegeben – – –"

„Aber sie läßt halt von sich heeren, es gäht ihr gutt? Ja, dann dirfen Se nicht klagen, liebe Dame, dann wollt' ich Gott danken und zufrieden sein. Wenn man nur wißt, wenn man nur wißt, ob se ieberhaupt noch am Läben ist."

„Vielleicht kann Ihnen meine Enkelin darüber nähere Auskunft geben. Sie ist vor sechs Jahren von Sao Paulo nach Europa herübergekommen. Es wäre ja möglich, daß sie dort etwas von Ihrer Tochter gehört hätte." Aufmunternd nickte Frau Annemarie der bis in die Lippen erblaßten Marietta zu. So schnell wie möglich wollte sie der alten, braven Frau Gewißheit geben.

Marietta, die sich bisher angelegentlich mit Lenchen beschäftigt hatte, um ihre Aufregung zu verbergen, krampfte die Hände ineinander. Sie mußte sich zusammennehmen.

„Ich habe auf einer Plantage eine Deutsche, eine Frau Müller aus Schlesien, kennengelernt." Es klang tonlos. Sie kam nicht weiter, denn die alte Frau Liebig hatte ungestüm ihre Hände ergriffen.

„Erzählen Se ooch, nu, erzählen Se, ob es ihr gutt ging. Das war mein Lottel, das muß mein Lottel gewäsen sein."

„Nu, laß auch das Fräulein erst auserzählen, Muttel", beschwichtigte Frau Neumann die zitternde alte Frau, trotzdem auch sie erregt lauschte.

Aber ehe Marietta noch ihr laut pochendes Herz wieder so weit in der Gewalt hatte, um weitersprechen zu können, kam etwas Unvorhergesehenes. Ein Jubellaut klang aus der Ecke, wo der Vertiko mit den Familienbildern stand. Lottchen, die im Zimmer Umschau gehalten, hatte eins der Bilder heruntergerissen und an ihr Herz gepreßt. „Muttel, meine liebe Muttel! Wie kommt denn meine Muttel hierher?" Die Tränen stürzten dem Kinde aus den Augen.

Stille trat ein. Keiner sprach, wo die Natur gesprochen. Frau Annemarie streichelte, selbst Tränen in den Augen, beruhigend die alte, verarbeitete Frauenhand. „Meine Enkelin Marietta bringt Ihnen die letzten Grüße Ihrer dort verstorbenen Tochter, liebe Frau Liebig."

Die alte Frau schlug die Hände vors Gesicht. „Ich hab's ja gewußt, es war ja nicht andersch meeglich, als sie gar nischte mehr von sich heeren ließ, mein Lottel, aber – – –" Der Schmerz der Mutter übermannte sie.

Da schob sich eine heiße Kinderhand zwischen ihre von Tränen überrieselte Finger. Es hatte nicht erst Mariettas liebevoller Aufklärung bedurft, Lottchen hatte begriffen. Sie fühlte, daß sie hier Blutsverwandte gefunden hatte.

„Bist du die Großmuttel aus dem Schlesierland, die ich von meiner Muttel grüßen soll?" fragte sie zutraulich.

Die Finger sanken herab. Aus tränenverschleierten Augen sah die alte Frau wieder ihre kleine Lotte von früher vor sich. Fest zog sie das Vermächtnis der teuren Verstorbenen an ihr Herz.

Inzwischen hatte Marietta Lottes Tante, Frau Neumann, die notwendigen Aufklärungen gegeben. Sie hatte ihr von dem letzten Schmerzenslager ihrer Schwester berichtet, wie ihre letzten Worte den Lieben in der fernen Heimat gegolten. Daß sie der Sterbenden das Wort gegeben, für ihr Kind zu sorgen und es zu seinen Verwandten zurückzuschicken. Wie man Jahr für Jahr ohne Erfolg gesucht und geforscht. Und wie nun ein Zufall das Geheimnis gelüftet habe.

„Kein Zufall, liebes Fräulein, Ihre Menschenliebe, mit der Sie sich unserer Lotte ebenso wie meines Lenchens angenommen haben, hat uns zusammengeführt. Wie sollen wir Ihnen für alles, was Sie an uns getan haben, danken."

„Indem Sie Lotte in unserem Hause bei ihren Pflegeeltern, dem braven Kunzeschen Ehepaare, das Lottchen wie ein eigenes Kind liebt, lassen, Frau Neumann. Daß sie trotzdem gern zu Ihnen kommen wird, das sehen Sie ja – – – " Marietta wies auf Lotte, die abwechselnd der Großmutter runzelige Wange in stummem Glück streichelte und ihre kleine Kusine Lenchen liebkoste.

„Es wird wohl zum Besten des Kindes sein. Es soll nicht auch noch an unserer Not teilnehmen. Aber wir müssen Ihnen dankbar sein, liebes Fräulein, daß Sie die Lotte in einfachen Verhältnissen aufgezogen haben, daß sie sich nicht ihrer armen Verwandten schämt."

„Ihre verstorbene Schwester hat mir dies für ihre Mutter in Deutschland übergeben", sagte Marietta und wurde rot, in dem Bewußtsein, um des guten Zweckes willen nicht die Wahrheit zu sagen. Sie händigte Frau Neumann eine ansehnliche Summe, den letzten brasilianischen Monatsscheck, ein. Der bannte auf lange Zeit die Not aus diesem Stübchen.

Als man dann mit warmen Worten geschieden war, – jeden Sonntag sollte Lottchen künftig bei ihren Verwandten zubringen – fiel das Kind auf der dunklen Treppe Marietta um den Hals.

„Fräulein Marietta, nun habe ich auch eine liebe Großmuttel wie Sie!"

Und das häßliche, düstere Haus ward hell und licht.

9. Kapitel. Ostereier

Am Ostersonntag war Anitas Hochzeit. Marietta wohnte dem Ehrentag ihrer Zwillingsschwester nicht bei. Mindestens auf ein halbes Jahr hätte sie sich für eine Tropenreise von ihrer Tätigkeit freimachen müssen. Das war unmöglich. Wuchs ihr doch ihre soziale Arbeit von Monat zu Monat mehr ans Herz.

Draußen im Garten läuteten die gelben Osterglocken, die porzellanblauen und rosenroten Hyazinthenglöckchen den Frühling ein. Sonnengoldene und kupferfarbene Tulpen wiegten sich beim Frühlingswehen im lenzfrohen Osterreigen. Da – ein gelber Zitronenfalter, der erste in diesem Jahr. Marietta sah ihm vom geöffneten Fenster nach, sah ihn in lichtblaue Fernen verschwinden. Ein Seufzer hob die junge Brust, der gar nicht zu dem sich jubelnd Erneuern der Natur draußen passen wollte.

Sie hatte es sich doch nicht so schwer gedacht. Heute empfand sie es, daß trotz äußerer und innerer Entfernung, trotzdem sie sich mit ihrem Zwilling immer mehr auseinander gelebt hatte, doch ein enges Band der Zusammengehörigkeit sie beide verknüpfte. Die Arbeit, eine Verwaltungsabrechnung, lag unbeachtet vor ihr auf dem Schreibtisch. Nein, sie konnte nicht rechnen. Ihre Gedanken gehörten Anita, die heute den Bund fürs Leben schloß. Ob sie sich des Ernstes dieses Schrittes auch voll bewußt war? Ob nicht nur Tändelei, geschmeichelte Eitelkeit und andere äußerliche Dinge sie dazu bestimmt hatten?

Marietta zog das Schubfach ihres Schreibtisches, das die Heimatsbriefe enthielt, auf und nahm den obersten heraus. Auf gut Glück begann sie irgendwo das portugiesische Schreiben zu lesen: „Daß Du nicht mal zu meiner Hochzeit kommen willst, finde ich gar nicht nett von Dir. Ich habe ganz bestimmt darauf gerechnet. Ist Dir Deine Schwester nicht mehr als alle Proletarierkinder? Übrigens habe ich Ricardo die Bitte seiner Schwägerin, für bessere Arbeiterbehausungen auf den Plantagen Sorge tragen zu wollen, unterbreitet. Er meinte galant, einer Bitte aus schönem Munde könne er nie widerstehen. Er will sich dafür interessieren. Er ist wirklich ein Gentleman. Mein Schwager Rodrigo ist untröstlich, daß Du nicht zur Hochzeit kommst. Wir haben es uns so nett gedacht, daß Ihr gleich miteinander Verlobung feiern könntet." – Mariettas Lippen schürzten sich verächtlich. Da sah man's ja, was Anita die Ehe bedeutete. Sie fuhr im Lesen fort. „Am untröstlichsten aber ist unsere Mammi, daß Du gar nichts mehr von uns wissen willst. Ganz im geheimen, glaube ich, hat sie sogar damit gerechnet, daß Du die Großmama zur Hochzeit mitbringen würdest. Statt dessen putzt Du Deinen Hortkindern lieber die Schmutznäschen. Wirklich, ich müßte Dir sehr böse sein, Jetta, wenn – ja, wenn ich Dich nicht viel zu lieb hätte." – Mariettas schwarze Augen füllten sich mit Tränen. Hier machte sich Anitas gutes Herz wieder geltend. Man konnte ihr niemals ernstlich böse sein. „Was sagst Du dazu, daß Horst auch nicht meiner Hochzeit beiwohnen wird?" las sie weiter. „Er tat zwar in letzter Zeit, als ob ich und meine Verlobung ihm ganz gleichgültig sei. Mammi ist traurig, daß er Brasilien für immer den Rücken gekehrt hat. Er bedeutete ein Stück Heimat für sie. Na, ich kann nichts dafür, wenn er sich was in den Kopf gesetzt hat. Er ist nach Neuyork gefahren, um dort eine Filiale von dem Tavaresschen Kaffee-Export einzurichten. Aber Ricardo und ich glauben nicht, daß er der Mann dazu ist. Er ist viel zu deutsch, viel zu bescheiden und rücksichtsvoll, um sich in der amerikanischen Geschäftswelt durchzusetzen. Mammi fürchtet auch, daß er sich in dem Millionengewühl Neuyorks trotz der guten Empfehlungen, die er mitbekommen hat, nicht wohl fühlen wird. Deutsche Gemütlichkeit findet er dort freilich nicht. Da ist Ricardo doch ganz anders." – Marietta ließ den Brief sinken. Es interessierte sie merkwürdigerweise gar nicht, wie ihr Schwager Ricardo war. Ihr Denken war in Neuyork haften geblieben. Oh, sie konnte es verstehen, daß Horst nicht an Anitas Hochzeitstage hatte dabei sein mögen. Ein Mensch, wie er, konnte nicht so schnell vergessen.

„Jetta," – aus dem Garten klang der Großmama Stimme zur offenen Balkontür herein. Marietta legte Anitas Brief zurück und trat auf den mit winzigen Pflänzchen besteckten Balkon hinaus. Drunten stand die Großmama frisch und leuchtend wie der Ostersonntag. In der Hand hielt sie soeben gepflückte Blauveilchen.

„Hier, mein Herz, einen duftenden Gruß zu Anitas Ehrentag. Aber du mußt dir die Veilchen heraufholen. Mein Knie streikt heute wieder mal. Nützt ihm aber alles nichts. Unser Osterspaziergang wird doch gemacht. Leg' die Bücher zusammen, Jetta, und komm herunter. Du siehst bleich aus. An solch einem goldenen Frühlingstage lernt man tausendmal mehr aus unseres Herrgotts Lehrbüchern als aus den gedruckten." So war die Großmama. Sie fühlte sich stets in die Seele eines anderen hinein. Sie empfand es, daß Marietta heute nicht sich selbst und ihren Gedanken überlassen werden durfte.

Und wirklich, als sie dann Arm in Arm mit der Großmama durch die bunte Lenzpracht des Gartens schritt, sich an jeder neu erblühten Hyazinthe, an jedem zart sprießenden Strauch erfreuend, da fiel alles Schwere von ihr ab. Wie wohl die warme Sonne nach langem Winter tat. Wie munter es schon in der alten Linde zirpte und flötete. Und hatte doch kaum die Blattaugen aufgeschlagen der verschlafene Lindenbaum. Leise, ganz leise tat es das junge Menschenkind den gefiederten Gästen da oben nach, glockenrein klang's: „Wenn ich ein Vöglein wär'." Immer heller, immer jubelnder schwoll die junge Stimme an. Und als Marietta geendet, da zog die Großmama sie impulsiv, wie sie es ihr Lebtag gewesen, in die Arme und küßte sie. „Seelchen, als ob ich deine Mutter höre. Deine Stimme bekommt immer mehr Ähnlichkeit mit der meiner Ursel." Von den Rosenbäumchen, an denen der alte Geheimrat mit der Gartenschere Operationen vornahm, aber klang's anerkennend herüber: „Brav, Mariele. Zum Glück hast du dir keinen Kunstfimmel in den Kopf gesetzt. Dann schon lieber soziale Frauenschule."

Und dann sprachen sie zusammen, ob wohl ihr Kabeltelegramm pünktlich zur Hochzeit eingetroffen sei, und wie schön Anita als Braut ausschauen mußte. Und der Großpapa warf ein, daß der Junge, der Horst, sicher die längste Zeit drüben gewesen sei. Den schnappte der amerikanische Wolfsrachen ganz sicher Deutschland nicht fort. Und da war's, als ob die Blumenglöckchen alle hörbar läuteten und die Ostersonne die ganze Welt in Gold einspann. War das wirklich noch keine halbe Stunde her, daß Marietta droben in ihrem Zimmer gesessen und Trübsal geblasen hatte?

Nein, Marietta fand heute keine Zeit mehr, unfrohen Gedanken nachzuhängen. Da war erst der Osterspaziergang, der alljährliche, der wie stets zur seidenblauen Havel führte. Auch Lottchen wurde mitgenommen. Das Kind war heute glückselig. Hatte doch die Tante Geheimrat ihre kleine Kusine Lenchen nachmittags zum Ostereiersuchen eingeladen. Und die Großmuttel und die Tante waren auch mit geladen, und zwar von Mutter Trudchen, die mit den Angehörigen ihres Pflegekindes bereits Freundschaft geschlossen hatte. In der Zuneigung zu Lottchen hatten sich die braven Menschen zueinander gefunden.

Die Nadelbäume des Grunewalds atmeten würzigen Hauch in die trotz Sonnengolds noch etwas herbe Frühlingsluft. Die große, weiße Autostraße nach Wannsee entlang surrten die elektrischen Wagen wie Riesenraubvögel, die den Waldesfrieden verschlangen. Dahinter aber, hinter dichtem Kiefervorhang, hatte der Frühling seine Werkstatt aufgeschlagen. Da hatte er den schon etwas schadhaften gelbbraunen Moosteppich mit frischgrünen Flicken versehen. Von Waldstiefmütterchen, Aurikeln und blauem Gundermann hatte er ein lustiges Blumenmuster hineingestickt. Die junge Birkenallee, die man entlang wanderte, trug stolz ihr funkelnagelneues, lichtgrünes Osterwams. Und jetzt trug der Frühlingswind leisen Glockenklang über die Baumwipfel herüber. So leise und zart, daß des Geheimrats alte Ohren es gar nicht vernahmen. Aber die

Großmama hatte noch junge Ohren, die hörte noch das Gras wachsen, wie der Großpapa meinte. Ja, das waren die Glocken des schlichten Waldkirchleins irgendwo da drüben, wo man unter Gottes freiem Himmel den Schöpfer pries. An braunen Holzbauten mitten im Walde führte der Weg vorbei.

„Ach, das sind ja die Waldschulen!“ rief Marietta erfreut. „Lotte, hier wird deine Kusine Lenchen nach Ostern ihre Abckünste probieren. Auf meine Fürsprache hin ist Lenchen in die Waldschule aufgenommen worden. Das blasse Dingelchen durfte nicht in eine überfüllte Schulklasse hineingepfercht werden.“

„Ich wünschte, ich könnte hier auch in die Schule gehen.“

„Du hast das wirklich nicht nötig, Lottchen. Du hast solche gute Luft bei uns draußen in Lichterfelde. Dort drüben – Großmuttchen, du wolltest doch gern wissen, wo mein künftiges Arbeitsfeld sein wird – dort in der Erholungsstätte des Roten Kreuzes bin ich dreimal in der Woche. Das ganze weite Waldterrain innerhalb des Drahtgitters ist für erholungsbedürftige Schulkinder zur Verfügung gestellt. Da sollen sie sich den Tag über aufhalten und beschäftigt werden. Auf einem fahrenden Herd, Gulaschkanone nennen sie es, wohl ein Überbleibsel des einstigen Weltkrieges, wird das Essen gekocht. Ein Lehrer und mehrere junge Helferinnen vom Jugendwohlfahrtsamt sind abwechselnd dabei beschäftigt. Ich freue mich auf meine neue Tätigkeit, die so vielen blassen Großstadtkindern Sonne und Jugendfreude in der Natur zuführt.“

„Dir selbst kann der Aufenthalt im Freien nun grade auch nit schaden, Mariele“, wandte sich der Großvater, seine fünf Schritt voraus, zurück. „Gut wär's, wenn du jeden Tag hier draußen deine Arbeit hättest. Wenn du weiter so blaß dreinschaust, als hättst nimmer dein Brot, dann mußt' halt mal auf ein paar Monate deine Tätigkeit einstellen und aufs Land.“ Es klang kurz und bündig, wie der alte Arzt zu sprechen gewohnt war.

„Großpapa, wo denkst du hin. Das gibt's einfach nicht. Wenn ich A gesagt habe, muß ich auch B sagen. Und meine andere Tätigkeit in der neuen Kinderlesehalle im Norden – ich glaube, sie ist nicht allzu weit von Tante Vronli – wird mir mindestens so interessant sein. Was kann man da Gutes schaffen, wenn man schon beim Kind mit der Volksbildung beginnt.“

„Hm – ich bin mehr dafür, daß das Kind sich im Freien austobt, als daß es in euren Kinderlesestuben schmökert. Wir sind auch ohne solche Lesestuben groß geworden und haben sie nimmer entbehrt.“

„Weil du in deinem Elternhause die geistige Anregung, die ein Kind braucht, gehabt hast, Rudi“, schlug sich auch Frau Annemarie auf der Enkelin Seite. „Aber wo das nicht der Fall ist – du weißt doch am besten, wie unsere Proletarierkinder oft sich selbst überlassen sind –, da ist die Kinderlesestube ein wichtiges Erziehungsmoment, das sie von der Straße zu bildender Tätigkeit hinüberzieht.“

Am Nachmittag beim wohlgeratenen Osterkuchen wurde dieses Thema noch weiter ausgesponnen. Onkel Hans lehnte, als seines Vaters Sohn, die Notwendigkeit dieser sozialen Jugendeinrichtung ab. Er behauptete, die Kinder würden nur dadurch von ihren Schularbeiten zurückgehalten. Der Studienrat, sein Schwager Georg, bestritt das und trat warm dafür ein. Man hätte in Lehrerkreisen die beste Erfahrung mit diesen Kinderlesestuben gemacht. Sie seien die wirksamste Abwehr gegen die sogenannte Schundliteratur, welche auf die Phantasie und das Gemüt der heranwachsenden Jugend so oft verderblichen Einfluß hat. „Ein gutes Jugendbuch ist der beste Erzieher, besser als tausend moralpredigende Worte des Lehrers oder der Eltern.“

„Was verstehst du unter einem guten Jugendbuch, Onkel Georg?“ erkundigte sich Marietta lebhaft. „Wir sind für die Auswahl der Lektüre der Kinder verantwortlich. Es wäre mir sehr wertvoll, von einem Erzieher der Jugend, einem Fachmann wie du, einen Wink in dieser Hinsicht zu bekommen. Hältst du wissenschaftlich gehaltene Bücher für besonders geeignet?“

„Die werden die Kinder kaum lesen“, warf Tante Vronli trocken dazwischen.

„Meine Frau hat recht, Marietta. Das Kind muß vor allen Dingen Freude beim Lesen empfinden, sonst wird es die ganze Sache bald als langweilig an den Nagel hängen. Gewiß ist es notwendig, daß ein Kind seinen geistigen Horizont durch Lektüre erweitert. Aber diese Belehrung darf nicht den Hauptzweck des Buches bilden, sonst wird es leicht ermüdend für Feierstunden wirken. Meiner langjährigen Erfahrung nach soll ein gutes Kinderbuch vor allem Charakter und Gemüt des Kindes bilden. Unbewußt, ohne daß das Kind darauf hingewiesen wird. In dieser Hinsicht ist es der wichtigste Erziehungsfaktor.“

„Du hast recht, Onkel Georg.“ Marietta hatte heiße Backen bekommen. „Von diesem Standpunkt aus will ich mein neues Amt verwalten. Du beginnst ja nun auch bald eine andere praktische Tätigkeit, Gerda. Ist sie nach deinem Wunsche?“

„Darauf kommt es nicht an“, lautete die ruhige Antwort der Kusine. „Man muß jede Tätigkeit in der Wohlfahrtspflege, ob sie einem zusagt oder nicht, ausführen. Meine Eltern sind nicht sehr erbaut davon, daß ich zu den Beelitzer Lungenheilstätten abkommandiert worden bin. Sie fürchten die Ansteckung. Als ob der Arzt oder die Krankenpflegerin danach fragen darf. Es gilt, die erbliche Tuberkulose schon im Säuglingsalter zu bekämpfen. In dieser Hinsicht ist mir meine neue Tätigkeit interessant und fördernd." Jedes Wort, das Gerda sprach, klang überlegt.

„Wenn sie nur nicht die ganze Woche in Beelitz draußen bleiben müßte. Man hat so wenig von seinen Kindern, wenn sie erst flügge geworden sind", meinte Gerdas Vater.

„Um so schöner wird's dann am Sonntag, Georg, wenn unsere Gerda wieder heimkommt", tröstete seine Frau. „Erzieht man denn seine Kinder für sich? Für die Berufspflicht, für den Wirkungskreis, in den sie mal gestellt sind, erziehen wir sie." Tante Vronli wußte allem die beste Seite abzugewinnen, selbst unangenehmen Dingen. Das hatte sie von ihrer Mutter.

Frau Annemarie aber war gar nicht damit einverstanden, was die Tochter soeben geäußert hatte. „Nein, Vronli, da kann ich nicht mit, da bin ich doch noch von der alten Schule. Vater und ich wenigstens, wir haben unsere drei so erzogen, daß sie die Pflicht eines anderen Wirkungskreises mit der gegen die Eltern zu vereinigen wissen. Du selbst bist der schlagendste Protest gegen deine aufgestellte Behauptung. Ist dir jemals, trotz all deiner Arbeit, der Weg zu weit, wenn es gilt, deine alten Eltern zu sehen, Vronli? Verzichtet nicht unser Hansi, wenn auch nicht gern, augenblicklich auf das Schach mit Georg, um dem Vater die Freude des Sonntagsskates zu bereiten? Ja, geht nur, ihr drei, der Spieltisch ist bereits aufgestellt. Und unser Urselchen? Ob das Schicksal sie auch noch soweit fortgeführt hat, ich wette, daß sie selbst heute, am Hochzeitstage ihres Kindes, mit ihren Gedanken ebensoviel bei uns weilt, als dies umgekehrt der Fall ist. Aber die junge Gesellschaft wird unruhig. Die ist nicht zur Großmama gekommen, um langweilige Reden mitanzuhören, sondern um Ostereier zu suchen. Evchen, Kind, iß keinen Kuchen mehr, du verdirbst dir den Magen, und die Ostereier wollen auch noch Platz haben. Also, Jetta, als Jugendorganisatorin überlasse ich dir das Ehrenamt, die Ostereier zu verstecken. Gerda kann dir helfen ..."

„Ach, Großmuttchen, ich glaube, es macht den Kindern mehr Spaß, wenn sie selbst mit im Garten verstecken dürfen. Erst sucht jedes Kind allein, und die andern helfen die Eier verstecken. Zum Schluß wird dann noch ein allgemeines Suchen veranstaltet."

„Au ja – au fein! Wir wollen alle mit verstecken helfen!" Es zeigte sich, daß Marietta mit dieser Methode aus dem Kinderhort, das Kind an jeder Arbeit teilnehmen zu lassen, das Rechte getroffen hatte.

Das war ein heiteres Bild, wie die Jugend gleich bunten Schmetterlingen im Garten umhergaukelte, die besten Verstecke auszukundschaften. Großmama besorgt hinterdrein: „Kinder, daß ihr mir nicht an meine Hyazinthen geht! Das überlebe ich nicht, wenn eine abgebrochen wird. Heinzelmann, zertrampele nicht meine Krokusse – wißt ihr was, wir wollen das große Blumenrondell vom Verstecken ausnehmen." Dieser Vorschlag wurde angenommen, und damit war allen Teilen geholfen.

Was hatte Großmamas Osterhase aber auch für schöne Ostereier vorbereitet, ganz persönlich für jeden ausgedacht. Da fand Backfisch Lilli, die sich gern davon drückte, sich selbst ein abgerissenes Band oder einen Knopf anzunähen, ein allerliebstes Nähkastenei zwischen den Stachelbeersträuchern. Sogar gedichtet hatte die Großmama. Ein Zettel lag dabei mit dem Verschen:

„Reißt dir, Lilli, was entzwei,
Ganzgemacht mit diesem Ei."

Edchen, der sich besonders gern, nicht gerade zur Freude seiner Mutter, mit allerlei Getier abgab, holte sich aus dem Hühnerstall den sehnlichst gewünschten Laubfrosch. An der kleinen, zu dem Glasbassin hinabführenden Leiter stand zu lesen:

„Steigt der Frosch die Leiter rauf,
Regnet's und hört wieder auf."

Großmamas Verslein wurden beinahe ebenso jubelnd begrüßt, wie das Geschenk selbst, zeigte sich darin doch ihr ganzer Humor. Für Lenchen wuchs unter der Fliederhecke Frühstücksbüchse und Zensurenmappe. Lotte fand gar hinter dem Komposthaufen ein paar braune Sonntagsschuhe. Gerda, die als junges Mädchen für Frau Annemaries Schönheitssinn nicht genug Wert auf ihr Äußeres legte, pflückte sich, wie im Schlaraffenland, vom Baum ein allerliebstes Sommerkleid.

„Hast du anderes auch im Schädel,
Nett aussehen muß jedes Mädel!“

hatte die Großmama als Motto dazu geschrieben. Ihrem Liebling Marietta aber hatte sie einen weichen, weißen Wollschal gehäkelt, für kühle Abende im Garten umzunehmen.

„Tropenkind, jetzt nicht mehr friere,
Nur mein Osterei probiere.“

So hatte Frau Annemarie für jeden gesorgt und gedacht. Selbst Lottchens neue Verwandte erhielten allerlei nützliche Ostereier. Aber der Osterhase kam auch zu ihr. Das gab das größte Gaudium, als nun die Großmama auf die Suche gehen mußte. Es lohnte sich, wenn die alte Dame auch lachend versicherte, ihr Knie wolle nun aber wirklich nicht mehr mit. Der Osterhase war ganz besonders fleißig für die Großmama gewesen. Er hatte Tablettdeckchen gestickt und Kaffeewärmer gestrickt. Mit dem Laubsägekasten hatte er sogar einen Kasten für die brasilianischen Briefe fabriziert.

Und dann kam das allgemeine Ostereiersuchen der Schokoladen- und Marzipaneier. Was gab das für einen Juchhei in dem vor kurzem noch winterstillen Garten. Aber auch geschwisterliche Püffe und Kämpfe um ein zu eroberndes Ei, ja sogar Tränen. Jedoch Großmamas Schiedsspruch wurde von den feindlichen Parteien stets anerkannt. Edchen, der sein großes Osterei erst essen sollte, wenn es entzwei sei, verfiel sogar auf den Ausweg, es auf das Ledersofa zu legen und – hast du nicht gesehen – da saß er drauf. Daß das geborstene Ei auf der Rückseite seiner Sonntagshose klebte, erregte höchstens seiner Mutter Unwillen, nahm ihm aber keineswegs den Appetit.

„Nun möchte ich aber auch mein Osterei haben“, sagte Tante Vronli, als man wieder oben im Familienzimmer zur Erfrischung beim „Kindersalat“, eingezuckerten Apfelsinen- und Apfelscheiben, saß.

Marietta wurde ein wenig rot. Es war ihr peinlich, daß sie nicht auch die Tanten bedacht hatte.

„Du brauchst keinen Schreck zu kriegen, Jetta“, sagte da Tante Vronli lächelnd. „Mein Osterei wird mir erst die Zukunft bringen. Und unser junger Nachwuchs, soweit er das zwölfte Jahr überschritten hat, soll dabei behilflich sein.“

„Was ist es, Tante Vronli – wieder eine Kinderbescherung mit Schokolade und Kuchen? Oder ein Märchenabend für die armen Kinder? Ach nein, ich weiß, ein Kinderausflug, wieder solch ein feiner wie im vorigen Sommer!" Die Nichten und Neffen überschrien sich in Mutmaßungen.

„Ruhe, Kinder, macht nicht solchen Radau! Das hält die Großmama nicht aus. Es ist etwas ganz anderes. Diesmal ist es weder mit Schokolade und Kuchen noch mit einem anderen Vergnügen verbunden."

„Och – na dann!" Die Kinder schienen nicht sehr erbaut von Tante Vronlis Osterei.

„Vielleicht macht euch mein Osterei mehr Freude, als ein Vergnügen", fuhr Tante Vronli fort. „Ich möchte euch, Große, zur Altershilfe heranziehen und euch daran beteiligen. Habt ihr schon mal etwas davon gehört?"

„Altershilfe? Was ist das?"

Nur Gerda und Marietta, die beiden Sozialarbeitenden, wußten darum Bescheid.

„Altershilfe könnte ebenso gut ›Jugendhilfe‹ heißen, denn sie wendet sich an die Jugend. Die Jungen sollen für die Alten sorgen, die nicht mehr imstande dazu sind, es selbst zu tun", begann Tante Vronli die Erklärung.

„Ja, wie können wir denn sorgen? Ich bekomme überhaupt nur fünfzig Pfennige Taschengeld", rief Evchen.

„Mit Geld allein ist es nicht getan. Das wird euch, soweit es notwendig ist, von der Zentrale für Altershilfe, in deren Vorstand ich tätig bin, zur Verfügung gestellt. Wir brauchen junge Arme und jugendlichen Frohsinn für unsere alten Leutchen und vor allem ein mitleidiges, hilfsbereites Herz. Onkel Georg hat in seiner Schule für die Altershilfe geworben, und die besten Erfahrungen damit gemacht. Die Jugend ist glücklich, helfen zu können, und die Alten leben durch die ihnen ins Haus geschneite Jugend neu auf."

„Das weiß ich am besten, was uns Alten die Jugend bedeutet", meinte die Großmama sinnend und umfaßte liebevollen Blickes die blühende Enkelschar, um dann aus Mariettas zartem Gesicht haften zu bleiben. „Aber erkläre dich deutlicher, Vronli. In welcher Weise wird eure Altershilfe gehandhabt?"

„Wir haben eine lange Liste mit armen alten Leuten, die nicht mehr fähig sind, Geld zu verdienen und die sich selbst nur gerade die allernotwendigsten

Handreichungen im Haushalt machen können. Hier ist einem alten Mann die Frau gestorben, die bisher für ihn gesorgt hat, dort ist eine alte Frau durch einen Schlaganfall an Händen und Füßen gelähmt. Sind Kinder da, dann geht es noch halbwegs. Wenngleich dieselben durch ihre Arbeit oft auch den ganzen Tag abwesend sind. Unsere Hauptsorge gilt den kinderlosen alten Leuten, um die sich sonst kein Mensch mehr kümmert. Bei diesen übernimmt ein Junge oder ein Mädchen die Patenstelle. Das bedeutet, daß sie sich verpflichten, für das Wohl der alten Leute zu sorgen, ihnen zwei- oder dreimal in der Woche ihre freie Zeit zu opfern und nach ihnen zu schauen. Nicht nur, ihnen die gerade notwendigen Hilfeleistungen im Haushalt zu machen, ihnen ihre wirtschaftlichen Einkäufe zu besorgen, sondern ihnen auch von ihrem Frohsinn zuteil werden zu lassen. Ihnen aus der Schule und aus der Welt, mit der sie nicht mehr zusammenhängen, zu erzählen, oder ihnen auch mal ein hübsches Lied vorzusingen."

„Das macht der Radio viel besser, als wir das können", warf Edchen überlegend dazwischen. „Großmama hat neulich erst gesagt, sie bliebe jung durch den Radio."

„So, Herr Neunmalklug, meinst du das wirklich? Für die Unterhaltung mag ja solch ein Radio ganz geeignet sein. Obwohl ich glaube, daß den alten Leuten durch ein Plauderstündchen mit einem sonnigen, jungen Menschenkind mehr Freude in ihr stilles Leben gebracht wird. Aber soll der Radio auch Zimmer ausfegen, im Winter Öfen heizen oder eine warme Suppe kochen? So weit sind wir mit dem Rundfunk doch noch nicht. Auch Bericht muß bei der einschlägigen Bezirksstelle für Altershilfe jedesmal erstattet werden, ob Mangel bei den alten Patenkindern ist und worin. Für Abhilfe sorgt dann die betreffende Wohlfahrtsstelle mit Geld, Lebensmitteln oder warmen Sachen. Es ist eine segensreiche Einrichtung. Nicht nur für die alten Herrschaften, sondern für die jungen Paten selber, die dabei praktisch, umsichtig, hilfreich und menschenfreundlich werden. Onkel Georg haben seine Jungen in der Schule gesagt, daß die schönsten Tage in der Woche ihre Patentage seien. Sie lassen das größte Vergnügen, Schlittschuhlaufen und Tennis dafür. Also wer von euch will solch eine Patenstelle übernehmen?"

„Ich – ich – ich auch, Tante Vronli – darf ich auch?"

„Nein, Heinzelmann, du bist wirklich noch zu klein. Später, wenn du zwölf Jahre alt bist. Also Lilli und Eva Hartenstein. Die Mutter hat doch nichts dagegen einzuwenden, nicht wahr, Ruth? Ferner Lotte Müller. Edchen? Nein, Edchen, du hast noch nicht die nötige Reife dazu. Wie ist's denn mit euch jungen Damen? Gerda, du kannst ja leider nicht, wenn du die ganze Woche über in Beelitz bist. Aber Jetta, wie ist es mit dir?"

„Freilich bin ich dabei, Tante Vronli. Ich glaubte, daß ich schon zu alt dazu wäre, sonst hätte ich mich als Erste gemeldet", beteuerte Marietta.

„Zu alt? Solch Kiekindiewelt mit seinen zwanzig Jahren. Du bist wertvoller dafür als die jungen Dinger, die noch keine Erfahrung haben. Also ferner Marietta Tavares." Tante Vronli notierte die Namen in ihr Büchlein.

„Nein, Vronli, ich kann das unmöglich zugeben, daß das Kind, die Jetta, noch mehr auf sich nimmt", erhob da die Großmama Einspruch. „Da ist die soziale Frauenschule, die Arbeit draußen im Grunewald beim Roten Kreuz und die Kinderlesehalle am andern Ende der Welt. Das ist gerade genug, sollte ich meinen. Marietta ist zart und muß mit ihren Kräften haushalten. Sonst klappt sie uns eines schönen Tages wieder zusammen."

„Ach, Großmuttchen, das war damals doch nur die seelische Aufregung. Wohlfahrtsarbeit strengt mich nicht an. Solch eine Patenstelle macht mir nur Freude."

„Du kannst es ja probieren, Jetta. Ich werde bemerken, daß du deine Patenkinder hier in Lichterfelde bekommen sollst, damit nicht Zeit und Kraft für weite Wege verloren gehen", schlug Tante Vronli vor.

„Mir wäre es auch lieb, wenn unsere Mädel draußen in Zehlendorf ihren Wirkungskreis hätten", meldete sich Tante Ruth.

„Nach Möglichkeit werden die Schützlinge natürlich der Wohnung entsprechend zugewiesen. Lilli und Evchen, ihr beide meldet euch in unserer Zweigstelle Zehlendorf. Ihr, Jetta und Lotte, bekommt von Berlin aus die Überweisungen", erklärte Tante Vronli. „Jeden Sonntag, wenn wir bei den Großeltern hier draußen zusammen sind, erstattet ihr Bericht, was ihr die Woche bei euren alten Patenkindern Gutes geschafft habt. Und dann wollen wir mal sehen, ob mein Osterei nicht das beste war."

10. Kapitel. Eine Vogelgeschichte

Die begehrteste Wohnung im ganzen Grunewald war der Wipfel der alten Buche. Erstens wegen der schönen Aussicht – sie überragte bedeutend die Kiefern ringsum –, vor allem aber wegen ihrer Seltenheit. In den Kiefern und Tannen, da konnte jeder wohnen, da hauste bloß das gemeine Vogelvolk, Sperlinge, Krähen und Spechte. Aber der Singvögel Trachten stand nach dem frühlingsgrünen Blätterhaus der Buche. Dort hatten die alteingesessenen Vogelfamilien ihre Erb- und Stammsitze. Die verteidigten sie gegen jeden Grünschnabel, der die Keckheit hatte, sich dort einnisten zu wollen. Aber die Zeit begann auch an den Traditionen des Vogelreiches zu rütteln. Die Wohnungsnot griff, da zu viele Bäume abgeholzt wurden, auch auf die Waldesbewohner über. Wohnungsämter wurden eingerichtet, denen Meister Kuckuck vorstand. Schade war es nur, daß er immer nur seinen Namen rief und daher auch seine eigene Sippe und Freundschaft stets bevorzugte. Ein junges Finkenpärchen, das sich schon lange hatte für ein Nest in der Buche vormerken lassen und stets abschlägig beschieden worden war, dachte: „Zum Kuckuck noch eins, geht's nicht mit Recht, geht's mit Gewalt.“ Und es ergriff einfach Besitz von der soeben frei gewordenen Wohnung der Frau Lerche, die auf ihrem Morgenausflug einem Unglücksfall – ein Habicht hatte sie gefressen – erlegen war. Zwar wollte der Vorstand des Wohnungsamtes durchaus das Nest für einen Vetter beschlagnahmen, aber das junge Finkenpaar ließ sich nicht ausweisen. Als die Sipoleute, drei feiste, graue Spatzen, herbeigerufen wurden, riß der junge Ehemann temperamentvoll den Schnabel auf: „Schert euch zum Kuckuck!“ rief er, daß es durch die ganze grüne Laubenstadt der Buche schallte. Er bekam zwar eine Strafe wegen Beamtenbeleidigung, aber da die anderen Bewohner der Buche sich auf die Seite der jungen Leutchen schlugen – Herrgott, das ewige Kuckuckrufen in ihrer vornehmen Kolonie war ja beinahe schon ebenso störend wie das Klavierspielen bei den Menschen –, so ging das Finkenpärchen als Sieger hervor. Wirklich, ein herrliches Nest war es, das es sich gebaut. Ganz hoch oben auf schwankem Zweige dünkte es sich in seinem Flitterwochenglück bereits im Himmel zu sein. Aber als das Nest fix und fertig mit Moos, Gras und weichen Federn, die sich andere Bewohner ausgerissen, gemütlich eingerichtet war, als sie sich genug geschnäbelt hatten, hielten sie von ihrem Blätterbalkon aus Umschau. Ihre Mitbewohner kannten sie bereits. Bei Gevatterin Amsel und dem Pirol hatten sie schon Antrittsbesuch gemacht. Aber was außerhalb ihrer Buchenkolonie lag, das war ihnen noch neu. Da war zur Linken eine niedliche

Tannenschule, in der es recht manierlich und gesittet zuging. Weniger gesittet aber war es nach der rechten Seite zu. Da führte der Weg nach Pichelsbergen vorüber. Dort sah das junge Finkenpaar öfters, besonders an den Sonntagen, riesengroße, zweibeinige, aufrechte Wesen ohne Flügel sich fortbewegen oder auch im Schatten der Eiche ruhen. Singend, wie sie selbst es machten, wenn auch lange nicht so melodisch, auch öfters zu Paaren sich schnäbelnd, ganz so wie sie. Von der Amsel, welche die älteste in der Laubenkolonie "Buche" war, hatten sie erfahren, daß man diese Geschöpfe Menschen nannte, die nur dazu auf der Welt seien, um den Waldesfrieden zu stören.

Ja, wirklich, die alte Amsel hatte recht. Ungemein störend waren diese flügellosen Geschöpfe. Am Sonntag ließ man es sich noch gefallen, denn da hatten sie, wie Frau Amsel meinte, ein besonderes Anrecht an dem Grunewald. Aber wochentags gehörte er doch der Vogel-, Insekten- und der Pflanzenwelt. Das schienen diese dreisten Eindringlinge aber durchaus nicht anzuerkennen.

Da hatten sie jenseits des Weges eine große Lichtung wie ein Riesenvogelbauer mit Draht umsponnen, und darin flogen, flatterten und hüpften des Wochentages wohl an Hundert solcher Geschöpfe umher. Allerdings etwas kleiner, als die Sonntagsmenschen im allgemeinen waren, aber immer noch erschreckend groß für einen Fink. Sie schrien und johlten und rissen dabei weit die Schnäbel auf. Sie hatten helle und dunkle Federn auf dem Kopfe, „Haare" hatte die Amsel dieselben genannt. Ein Teil dieser fremdartigen Geschöpfe trug einen langen Federschwanz, manchmal sogar zwei, der wuchs ihnen merkwürdigerweise am Kopf. „Zöpfe" hießen diese Federschwänze, hatte ein Kanarienvogel, der früher bei den Menschen gelebt hatte, der Amsel berichtet. Und die mit dem langen Federschwanz wurden ganz besonders von den Geschöpfen mit dem kurzen Federschopf geärgert und daran gerissen. Manchmal bissen und hackten sie sich sogar wie die Vögel. Aber eines Tages, das Finkenpärchen saß gerade traulich auf seiner Blattveranda, begann es in dem Menschenvogelbauer da unten zu zwitschern und zu jubilieren. Es klang zwar etwas laut, aber dabei so schön, daß die Bewohner der Kolonie „Buche" ganz erstaunt lauschten. „Es müssen doch Vögel sein, wenn sie so schön singen können", meinte die junge Frau Fink. „Ich fliege geschwind zur Gevatterin Amsel hinunter, was die wohl dazu meint."

Frau Amsel bewohnte die Beletage. Sie fing gerade fleißig Fliegen.

„Liebste, Sie sind noch sehr unerfahren", lächelte sie ein wenig mitleidig. „Es sind ganz sicher keine Vögel, wenn sie auch noch so schön singen. ›Kinder‹ nennt man diese Lebewesen. Die mit den schönen, langen Federschwänzen sind die Weibchen und die mit dem kurzen Federschopf, das sind die Männchen. Sie heißen auch Buben und Mädel. Aber, wenn ich Ihnen raten kann, lassen Sie sich nicht zu nahe mit ihnen ein. Sie sind grausam und trachten danach, uns einzufangen und einzukerkern. Seien Sie auf Ihrer Hut."

Aber die Neugierde der jungen Frau war geweckt. Ihr Mann war jetzt öfters auf der Mückenjagd, ab und zu sogar schon beim Frühschoppen zur „Regenpfütze". Kinder hatten sie noch nicht, was sollte sie da den ganzen Tag vor sich hinbrüten. So wagte sie sich näher und immer näher an den Riesenvogelbauer heran. Da ging es gar lustig zu. Die meisten hielten sich bei den Vorderbeinen angefaßt, hüpften auf den Hinterbeinen im Kreise herum und sangen dazu. Das sollten also Kinder sein, Buben und Mädel. Sie jagten sich und warfen bunte Kugeln in die Luft, die sie wieder auffingen, und die fast so schön fliegen konnten wie Vögel. Manche aber beteiligten sich nicht an dem Herumhüpfen. Die hatten sich ein Nest aus Tüchern und Kleidungsstücken am Rande des Gitters gebaut und sich darin eingekuschelt. Dort schliefen sie in der warmen Sonne oder starrten auf merkwürdig raschelnde weiße Blätter mit schwarzen Zeichen darauf. Das seien Bücher, erklärte ein alter Spatz, der früher am Dachfirst eines Gelehrten genistet, der jungen Frau Fink. Wer darin lesen kann, der weiß alles. Dann gab es dort noch einen besonders großen, dicken Menschen. Der hatte sogar Federn im Gesicht, unter der Nase und um den Mund herum und schien beinahe ebensoviel zu sagen zu haben wie der Kuckuck in der Kolonie „Buche." Die kleinen Menschen redeten ihn „Herr Lehrer" an, und er hüpfte und sprang niemals, sondern stolzierte wie ein Hahn einher. Manchmal nahm er einen von den kleinen Menschen ans Ohr. Das konnte Frau Fink alles von ihrem Auslug, dem Birkenbäumchen am Eingang des großen Vogelbauers, beobachten. Am besten von allen aber gefiel dem Finkenweibchen ein Weibchen unter den Menschenkindern. Es war etwas größer und schlanker als die andern und so zart und hold wie eine Blume. Seine goldbraunen Federn flatterten lustig im Frühlingswind um den Kopf. Es trug keinen langen Federschwanz wie die kleineren Weibchen, sondern ein goldenes Federnest am Hinterkopf aufgesteckt. Augen hatte es so schwarz wie die Dohle, und wenn es lachte, klang es, als ob das Rotkehlchen trillerte. Sein Gang war anmutig wippend wie eine Bachstelze, und singen konnte es beinahe so schön wie die Nachtigall. Ja, das war der Liebling von Frau Fink. Auch die Kinder schienen ihre Vorliebe zu teilen. Sobald dieses blumenhafte Wesen erschien, flogen sie alle auf dasselbe zu und jauchzten dabei: „Tante Jetta – Tante Jetta." Es spielte und sang mit ihnen und streute ihnen mittags das Futter aus einem gewaltigen dampfenden Kessel in große Vogelnäpfe. Nein, es war wirklich merkwürdig, daß dies Kinder und keine Vögel waren. Sie umflatterten die Futter Austeilende wie eine Vogelschar und piepten gerade so durcheinander. Manchmal hielt sich die mit Tante Jetta Angeredete die Ohren unter den goldbraunen Federn zu.

Aber da war ein kleiner Mensch darunter, ein Männchen war es dem kurzen, dunklen Federschopf nach, der schien der schwarze Rabe unter der Schar zu sein. Er zankte und biß sich mit allen herum und hatte stets den größten Schnabel. Vor keinem hatte er Respekt, nicht einmal vor dem Herrn Lehrer, der doch so majestätisch einherstolzierte wie der Hahn. Auch Frau Finks Liebling ärgerte er. Ganz traurig sah das liebliche Gesicht der Tante Jetta manchmal aus, wenn sie eindringlich mit ihm sprach. Dann schien er in sich zu gehen, der Nichtsnutz. Aber kaum hatte sie den Rücken gewandt, da bläkte er die Zunge aus dem Schnabel ganz lang hinter ihr her. Er nahm den kleineren Kameraden das Spielzeug fort, mauste ihnen das Frühstücksbrot, ja, er stahl, wo er nur konnte, wie ein Rabe. Die Blumen des Waldes zertrat er, die Käfer fing er und riß ihnen die Flügel aus, ja selbst den Vögeln stellte er nach. Es war ein furchtbarer kleiner Mensch.

An einem besonders herrlichen Tage war es. Das grüne Blätternest des Finkenpärchens war ganz von Sonnengold eingesponnen. Aus allen Wohnungen der Kolonie „Buche" sang und jubilierte es in das blaue Himmelslicht hinein. Da streckten sechs junge Finklein den Kopf aus dem Ei und sperrten die Schnäbel zum ersten Piep auf. Wie stolz war die junge Mutter auf ihr halbes Dutzend. Und nun erst der glückliche Vater. Der hatte jetzt keine Zeit mehr, zum Frühschoppen zu fliegen, sondern hatte alle Mühe, die sechs hungrigen Schnäbel satt zu machen. Der Kuckuck beklagte sich zwar über das Kindergeschrei da oben, aber sein Räsonieren nützte ihm nichts.

Bald lernten die Kleinen die eigenen Flügel gebrauchen und machten ihre ersten, ungeschickten Flugversuche. Von Tag zu Tag ging es besser. Wirklich, Frau Fink konnte stolz auf ihre kleinen sein.

„Heute wollen wir mal den ersten Ausflug in die weite Welt unternehmen", sagte die Mutter eines Tages. „Es ist Zeit, daß ihr euren Horizont erweitert und euch Bildung aneignet.“ Und sie flog mit ihren unternehmungslustig piepsenden Sechsen zu dem Birkenbäumchen, das seine Zweige über das Gitter der großen Lichtung streckte, auf welcher die kleinen Menschen umherhüpften. Ein wenig mühsam ging es noch mit dem Fliegen. Sie mußten öfters unterwegs auf einem der Kiefernzweige Rast machen. Aber schließlich war man am Ziel.

„Seht ihr, das da unten sind Menschen, auch Kinder genannt. Sie können ganz schrecklichen Lärm machen und furchtbar viel Futter in ihre Schnäbel stecken. Der da mit dem schwarzen Federschopf, das ist der Tunichtgut unter ihnen. Ei, da rauft er schon wieder mit seinen Gefährten. Die Tante Jetta muß schon wieder Frieden stiften. Vor dem hütet euch. Der hat nichts Gutes mit Gottes Geschöpfen im Sinn. Aber dies Menschenweibchen, das sie Tante Jetta rufen, das meint es gut mit den Vögeln. Das streut uns stets Brotkrümchen von dem eigenen Futter. Wirklich, es wäre wert, ein Fink zu sein.“

So sang die Vogelmutter klug belehrend.

Sie hatte kaum ausgesungen, da flog eine von den großen, bunten Gummikugeln, welche die Kinder in die Luft zu werfen pflegten, gerade zu dem Birkenzweig, auf dem die Finkenfamilie Platz genommen. Von der rohen Hand des ungezogenen Buben war sie geschleudert.

Husch – da flatterten sie alle erschreckt in die Höhe, die Vöglein. Nur das Jüngste, das noch nicht so sicher fliegen konnte wie die andern, verlor das Gleichgewicht und fiel herunter. O weh, schon hatte eine derbe Jungenfaust es gepackt. Dem armen Finklein verging Hören und Sehen vor Schreck und Angst.

„Ein Piepmatz – 'n janz kleiner! Kiekt mal bloß her! Den nehme ich mir mit nach Hause. In meine alte Maikäferschachtel tue ich ihn. Und zu Weihnachten wünsch' ich mir ein Vogelbauer. Ja, jetzt ist es aus mit dem Fliegen, du dummer Kerl. Jetzt biste gefangen.“ Und er riß es an seinem Flügel, daß das Finklein ein schmerzliches „Piep“ hören ließ.

„Ja, piep du nur, das nützt dir alles nichts“, lachte der Junge das ängstliche Vöglein aus und knüpfte es in sein unsauberes Taschentuch. Himmelangst wurde dem armen Tierchen.

Eine Menge schaulustiger Kinder, Knaben und Mädchen, hatten sich um den kleinen Vogelräuber versammelt. Mit teils neugierigen, teils neidischen Blicken betrachteten sie seine Beute. Über ihnen aber erklang herzzerreißendes Gepiepse. Das war die arme Finkenmutter, die ihr Nesthäkchen mißhandelt sah.

War es ihr jämmerliches Piepen, oder war es die aufgeregte Kinderschar, was Marietta herbeirief. Die arme Vogelmutter in den Lüften atmete ein wenig auf. Wenn einer, so würde sie helfen.

„Ei, was gibt es denn, Kinder?“ fragte sie freundlich.

„Der Karle hat 'n Piepmatz jefangen, man 'n janz kleenen, mieserigen. Er piept wie 'ne Maus“, erzählte eins der Kinder.

„Wo hast du ihn denn?“ fragte Marietta verwundert.

„In meiner Tasche – damit er mir nich wieder auskneift.“

„Um Himmels willen, das arme Tierchen! Da muß es ja ersticken. Gleich tust du es heraus, Karl“, verlangte Marietta.

„Nee – ach nee – nachher nehmen Se ihn mir fort, oder er fliegt von alleene heidi.“ Karl machte keine Anstalten, dem Gebote nachzukommen.

„Freilich werden wir ihm die Freiheit wiedergeben.“

Aber da kam Marietta schlecht an. Ehe sie sich's versah, war Karl auf und davon. Wie ein Pfeil schoß er quer über die Lichtung. Jämmerliches Piepsen in den Lüften begleitete ihn. Da aber ereilte den kleinen Vogeldieb sein Verderben. Der Herr Lehrer hatte ihn plötzlich am Kragen. Und als er die Geschichte von dem Vogelfang gehört, gebot er, ihm das Tierchen zu zeigen. Widerwillig gehorchte der Schlingel. Dem Herrn Lehrer gegenüber wagte er keinen offenbaren Ungehorsam.

Ein arg zerdrücktes, kaum noch piepsendes Etwas kam aus Karls Tasche zum Vorschein.

„Ein kleiner Fink“, sagte der Lehrer zu der inzwischen herbeigekommenen Marietta. „Ein ganz junges Tierchen. Am Ende gar aus dem Nest gefallen. Was machen wir nun mit dem kleinen Kerl?“

„Wir lassen ihn fliegen. Der Vogel über uns, das wird gewiß die Mutter sein, er umkreist uns voller Angst“, rief Marietta mitleidig.

„Ja, Tante Jetta, wir wollen ihn fliegen lassen“, riefen auch die andern Kinder. Nur Karl heulte vor Wut und vor Enttäuschung.

Man setzte das Vögelchen behutsam ins Gras. Aber es machte keine Anstalten, davon zu fliegen. Es zuckte nur mit den Beinchen.

„Es will ja jar nich fortfliegen. Es will viel lieber bei mir bleiben“, meldete sich Karl wieder.

Marietta nahm das Tierchen behutsam in ihre weiche Hand, aus Furcht, daß Karl ihm zum zweiten Male gefährlich werden könne. Leis und zärtlich strich sie über die flaumigen Federn. Da rief sie erschreckt: „Das eine Flügelchen ist ja gebrochen. Darum kann das arme Vögelchen auch nicht mehr fliegen.“

„Nu kann ich ihn doch haben, Tante Jetta?“ rief Karl hoffnungsvoll.

Aber Tante Jetta schüttelte den Kopf. „Wenn Sie nichts dagegen haben,“ wandte sie sich an den Lehrer, „dann nehme ich den kleinen Vogel mit mir nach Lichterfelde. Mein Großvater ist nicht nur Menschenarzt, er heilt auch allerlei Getier. Und dann kann der kleine Wicht im Garten bei uns seine Freiheit haben.“

„Das ist ein guter Gedanke“, sagte der Lehrer erfreut, denn er wußte nicht recht, was er mit dem Vogel anfangen sollte.

Die Kinder sammelten Moos und Blätter zu einem weichen Bettchen für den flügellahmen kleinen Fink. Sanft wurde er in eine leere Schachtel gebettet. Und die Kinder standen abwechselnd dabei Wache, daß der böse Karl ihm nicht wieder zu nahe kam.

Nein, Karl wagte sich nicht heran, aber ein anderer kam dem Vögelchen nahe. Aus der Luft flog es herbei. Mutterliebe und Sorge waren stärker als die Angst vor den Menschen. Doch soviel die Vogelmutter auch lockte und ermunterte, ihr Jüngstes vermochte auf das mütterliche Piepsen nur matt und betrübt das Köpfchen zu heben. Kein Gedanke, daß es ihr ins Nest folgen konnte.

Da war es Frau Fink eine große Beruhigung, daß gerade ihr Liebling unter den Menschen sich ihres armen Kleinen annahm. Sie wußte es, da geschah ihm kein Leid. Aber trotzdem – trennen konnte sie sich nicht von ihrem kranken Kinde. Die andern Kinder waren gesund. Sie hatten ihre heilen Flügel, und sie hatten ihren Vater, der für sie sorgte. Nein, sie mußte bei ihrem armen Nesthäkchen bleiben.

Als Marietta am Abend, die Schachtel mit dem kranken Vögelchen sorgsam an ihrer Brust, dem Bahnhof zuschritt, folgten ihr nicht nur paarweise wie immer, die Kinder der Erholungsstätte. Über ihr in der Luft folgte ihr ein kleines, unscheinbares Vöglein. Das große Menschenkind achtete nicht darauf. Aber das kleine Vogelkind in seiner Hand, das vernahm die beruhigende Stimme seiner Mutter: „Nur keine Furcht – deine Mutter bleibt bei dir!“

Die lange, schwarze Schlange mit den leuchtenden Augen und dem fauchenden, schwarzen Rauchatem, die beim Laufen solch ein ratterndes Getöse machte und bevor sie sich in Bewegung setzte, so gellend schrie, verschlang das junge Mädchen mit ihrem kranken Vögelchen und all die vielen Kinder. Nein, in den Leib dieser furchtbaren Schlange wagte sich die Finkenmutter bei all ihrer Mutterliebe doch nicht. Sie flog getreulich hinter der großen Schlange her. Da sah sie, daß das Untier öfters mal unterwegs anhielt, die Menschen, die es verspeist hatte, wieder unversehrt herausließ und dafür neue in sich hineinfraß. Aber so angelegentlich die Finkenmutter auch hinabäugte, ihre große Freundin mit ihrem kleinen, kranken Liebling kam nicht wieder zum Vorschein. O Gott, die Schlange würde ihnen doch kein Leid getan haben?

Da – endlich, endlich spie das schwarze Ungeheuer auch die angstvoll Gesuchten aus. Ein Jubellaut, jauchzend in Mutterglück, stieg durch die linde Abendluft. Das verletzte Vöglein an Mariettas Brust drehte das Köpfchen und ließ ein erfreutes „Piep" hören. Eigentlich fand es das ganz selbstverständlich, daß seine Mutter da war. Was wußte das kleine Ding, das noch nicht flügge war, denn von Entfernungen in der großen Welt.

Oh, hier draußen war es beinahe ebenso schön, wie in ihrer Kolonie zur Buche.

Lustig grüne Baumwipfel, in denen Vöglein sangen, bunte Blumengärten, von Schmetterlingen umflattert und von Bienen durchsummt. Und darüber rosige Abendwölkchen. Ja, hier konnte man es schon aushalten.

Eine von wilden Rosen umkletterte Gartentür öffnete das Mädchen. Aber noch vor Marietta war Frau Fink in dem schönen Rosengarten. Auf dem untersten Zweig der alten Linde hatte sie sich einquartiert. Von hier aus nahm sie ihre neue Heimat in Augenschein.

Rosen über Rosen, wohin sie blickte. Von allen Farben, allen Arten, von jedem Dufte. Wie eine junge, zarte Rose sah auch ihre Freundin unter all den Rosen aus. Ganz hinten im Garten ein riesengroßer, von Rosen umrankter Steinkäfig, zu dem Stufen hinaufführten. Die kam es jetzt eilig herab. Ein Mensch war's, auch ein Weibchen, aber es ging nicht so schnell, wie ihre junge Freundin, es hüpfte auch nicht, wie die Kinder im Walde. Es hatte einen weißen Federschopf auf dem Kopfe und Augen wie die Vergißmeinnicht am Bach. Es mochte wohl schon alt sein, vielleicht sogar schon so alt, wie die Gevatterin Amsel daheim. Jetzt begrüßte es das junge Menschenkind freudig, strich ihm die goldbraunen

Federn, die ihm ins Gesicht flogen, zurück und schnäbelte es sogar. Genau so, wie sie es mit ihren Jungen machte.

„Jetta, mein Liebling, wie spät es heute wieder geworden ist." Es war eine Menschenstimme. Aber sie hatte den melodischen Klang wie Vogellaut, warm und lieb klang sie.

„Großmuttchen, ich habe euch etwas mitgebracht, ein kleines flügellahmes Finklein. Schau nur, den armen Wicht. Karl, der Schlingel, hat ihm gewiß den Flügel gebrochen."

„O weh, armes Kerlchen!" Die wieder etwas mißtrauisch von ihrem Lindenzweig hinabäugende Finkenmutter sah, wie die Hand der mit Großmuttchen Angeredeten ihren Kleinen liebkoste. „Vielleicht kann unser Großpapa ihn wieder heil machen."

„Das hoffe ich auch. Wo ist denn Großpapa?"

„Da ist er halt in höchsteigener Person." Hinter den Stachelbeerhecken sah Frau Fink einen Kopf mit nur spärlichen, weißen Federn auftauchen. Es sah etwas verwittert aus, das Gesicht darunter, es hatte Fältchen wie die Rindenborke der Bäume. Aber die Augen leuchteten der jungen Heimkehrenden ebenfalls freudig entgegen.

„Ah, sieh da, 's Mariele. Was bringst denn da mit heim, Kind? Einen Sperling? Nein, halt ein Finkele, ich schau nimmer gut. Meine Augen machen mir Sorge. Was – jetzt soll ich gar noch Vogeldoktor auf meine alten Tage werden? Also hol' mir die Rolle Heftpflaster, Mariele, aus dem Schub am Instrumentenschrank. Wollen den kleinen Patienten halt bepflastern. Am End' heilt's zusammen."

Die Stimme des „Großpapa", trotzdem sie gar nicht melodisch war, sondern eher ein wenig heiser krächzend wie die der Krähe, flößte doch der Finkenmutter Zutrauen ein. Sie sah, wie ihr Söhnchen von der schon etwas welken Hand verbunden und dann sorgsam in sein Blätterbettchen zurückgelegt wurde. Marietta legte noch einige Krümchen Weißbrot neben den Patienten und stellte ihm ein Wassernäpfchen, das sie sich von Mätzchen ausgeliehen, mit frischem Trinkwasser daneben. Gottlob, sie trug das Vogelbettchen nicht in den großen Rosenkäfig hinein, sondern setzte es behutsam in das dichte Fliedergezweig.

„Ins Haus mag ich ihn nicht nehmen, den kleinen Fink, da bangt er sich sicher nach seinem grünen Wald", sagte die junge Samariterin.

„Schau nur zu, Mariele, daß die Katze ihn nicht frißt“, sagte die heiser krächzende Stimme.

Oh, da wollte Frau Fink wohl schon selber acht haben, daß ihrem kranken Kinde nichts Böses geschah. Sie flog von der Linde zu dem Fliederbusch und sang ihr Nesthäkchen in den Schlaf.

Nach ein paar Tagen war der verletzte Flügel wieder zusammengeheilt. Wirklich, der alte Vogeldoktor war zu empfehlen. Mit dem Fliegen wollte es zwar immer noch nicht recht gehen. Vorläufig war der Flügel noch ziemlich steif. Aber er schmerzte wenigstens nicht. Das junge Finklein brauchte nicht mehr in dem Krankenbettchen zu liegen, sondern schlief in dem Nest in der Fliederhecke, das die Mutter ihm bereitet. Ja, wenn seine junge Pflegerin ihm Futter streute, flatterte es sogar schon, wenn auch noch unbeholfen, zur Erde herab. Aber noch ein Fink nahm an der Mahlzeit teil. Zutraulich flog auch das zweite Vöglein herbei, wenn das junge Mädchen nahte. Marietta ahnte nicht, daß dies die Finkenmutter war, welche die Mutterliebe den weiten Weg hatte zurücklegen lassen.

So wohnten die beiden kleinen Finken in dem schönen Rosengarten und fühlten sich dort ganz glücklich. Manchmal freilich kam der Frau Fink die Sehnsucht nach ihrem einstigen Nest, nach ihrem lieben Mann und den übrigen Kleinen. Doch da sie noch jung und hübsch war, fand sie bald wieder ein neues Glück.

Ihre Vorliebe und Dankbarkeit für das schöne junge Menschenkind aber blieb. An allem, was Marietta betraf, nahmen die Vöglein Anteil. Wenn sie des Abends, manchmal etwas blaß und müde, heimkehrte, begrüßten sie ihren Liebling mit hellem Finkenschlag, nicht weniger freudig als die Großeltern. Sie lauschten, wenn Marietta von ihrer Tagesarbeit berichtete. Wie die ihr anvertrauten Kinder sich da draußen in der Sonne und in der Waldluft erholten. Und daß der ungezogene Karl auch schon anfing, braver zu werden. Aber das glaubten die Finken da oben im blühenden Lindengezweig nicht recht. Auch von einer Kinderlesestube hörten sie ihren Liebling erzählen. Ein heller, luftiger Saal sollte es sein, mit weißen Gardinen an den Fenstern und blühenden Blumen davor. Auf den langen braunen Tischen standen Vasen, für die Marietta stets den Garten plünderte. Und ringsum saßen Kinder, lauter Kinder. Aber nicht lärmend oder spielend. Mäuschenstill verhielten sie sich. Mit heißen, roten Backen lasen sie in den Büchern, die Marietta ihnen aus einem großen Schrank heraussuchte. Besonders an Regentagen war kaum ein Plätzchen frei.

Das konnten sich die lauschenden Finken gar nicht recht vorstellen, daß es einem Freude machen könnte, in einem geschlossenen Raum stillzusitzen, ohne sich zu bewegen oder zu singen.

Das blonde Mädel mit dem runden, lustigen Gesicht, Lotte wurde sie gerufen, das Marietta stets so freudig entgegenflog wie sie selbst, und das ebenfalls in den Rosenkäfig gehörte, sang und sprang doch auch den ganzen Tag.

An den Sonntagen, da gab es immer besonders viel zu sehen und zu hören in dem Rosengarten. Da schwirrte es von Kindern lustig durcheinander. Die Finken glaubten schon, es seien ihre kleinen Bekannten aus dem Walde. Aber nein – selbst die Jungen waren gesittet und gehorchten aufs Wort. Da hörten die Vöglein, wenn der Kaffeetisch unter der in ihrem schönsten Blütenschmuck prangenden Linde gedeckt war, die merkwürdigsten Dinge aus der großen, fremden Welt. Der Großmama wurden die Schulgeschichten mit all ihren Freuden und Leiden erzählt. Aber dann gab es da noch eine Tante, der wurden gar sonderbare Sachen berichtet. Das Wort „Altershilfe" spielte dabei eine wichtige Rolle. Die kleinen Finken droben in ihrem Blütennest wußten gar nicht, was sie sich darunter vorstellen sollten.

Doch bald wurde es ihnen aus den Erzählungen der jungen Mädchen klar. Lilli, ein nettes Ding, berichtete von einem alten Mann, dem sie alle zwei Tage das zu Hause fertig gekochte Essen hintrug, da sie noch nicht selbst kochen konnte. Und wie gut es ihm schmeckte. Und daß sie ihr Taschengeld immer nur dazu benutze, um ihrem Patenkind – ja, so sagte sie – eine Freude zu machen.

Auch die jüngere Schwester Eva erzählte Ähnliches. Für eine alte Näherin sorgte sie, die an Händen und Füßen gelähmt war, und für die es stets ein Festtag bedeutete, wenn das lustige Evchen zur Tür hereinschaute.

Lottes Patenkinder waren ein greises Ehepaar, beide schon über achtzig. Für das sorgte Lotte getreulich, und die Tante Geheimrat und Mutter Trudchen halfen ihr dabei. Lotte war ein tüchtiges, umsichtiges Mädel. Sie räumte das Zimmer auf, wärmte das Essen und wusch das Geschirr ab. Am meisten aber freuten sich die alten Leutchen, wenn sie ihnen Lieder vorsang.

Das merkwürdigste Patenkind schien Marietta zu haben. Ein blinder Maler war's, früher mal bekannt und berühmt. Aber im Alter verarmt, vergessen und verbittert. Der hatte den jungen Gast ganz und gar nicht freundlich empfangen. Im Gegenteil, die Tür hatte er ihr gewiesen. Sie solle ihn in Frieden lassen. Sein Elend ginge keinen was an. Die Menschen taugten alle nichts. Und besonders junge, heitere Menschen wären ihm widerwärtig.

„Da gehst du doch sicher nicht mehr hin zu dem unfreundlichen Manne, Jetta", riefen die jüngeren Kusinen. Auch die unsichtbaren Zuhörer in der Linde waren derselben Ansicht. Sie waren empört, daß ihrem Liebling eine derartige Behandlung widerfahren war.

Aber Marietta hatte den Kopf geschüttelt. „Am Ende bekehre ich ihn zu einer anderen Ansicht. Ich will mir Mühe geben, ihm wieder eine bessere Meinung von den Menschen beizubringen. Vielleicht kann ich ihm ein wenig Freude und Licht in sein dunkles Leben tragen. Man darf die Hoffnung nicht aufgeben."

„Brav, Jetta", hatte die Tante ihr beigestimmt.

Schon am nächsten Sonntag konnte das junge Mädchen berichten, daß ihr unzugängliches Patenkind ihr nicht mehr die Tür wies, sondern sie bereits gewähren ließ. Er sah es zwar nicht, daß sie ihm sein Zimmer aufräumte und überall Ordnung schaffte. Aber er empfand wohl mit den verfeinerten Sinnen des Blinden eine langentbehrte Behaglichkeit. Er brummte zwar noch „gar nicht nötig" und „was ist ein Mensch besser als ein Hund, der irgendwo in einer Ecke verreckt", aber ihre Gegenwart schien ihm nicht mehr unangenehm zu sein. Eines Tages hatte sie ihm eine eben im Garten erblühte Teerose in die Hand gegeben, die ganz besonders schön duftete. Da hatte er eine ganze Weile gar nichts gesagt, nur den Duft in sich aufgenommen und leise über die samtnen Blütenblätter gestrichen.

„Solche Rosen habe ich früher viel in meinen Blumenstücken gemalt. Es ist keine La-France-Rose, auch keine dunkelrote. Es muß eine mattgelbe sein, mit zartrosa Schimmer. Halt, ich hab's, eine Teerose ist es." Und dann eine ganze Weile später: „Ich stelle Sie mir wie diese Rose vor. Ihre Stimme gleicht dem Dufte."

Von diesem Tage an war die Freundschaft zwischen Marietta und ihrem blinden Patenkinde geschlossen.

11. Kapitel. Ferienkinder

Berlin wurde leer. Wer es nur einigermaßen ermöglichen konnte, nahm Reißaus vor der Julihitze und dem glühenden Staub, der Straßen und Plätze einspann. Ans Meer oder in die Berge, aufs Land, irgendwohin, wo grüne Wiesen und rauschende Wälder ihren würzigen Atem ausströmten. Die großen Schulferien hatten bereits begonnen. Autos, mit Koffern und Bettsäcken bepackt, ratterten durch die Straßen zu den Bahnhöfen.

Geheimrats hatten ihre alljährliche Badereise nach Kissingen noch nicht angetreten. Eigentlich hatten sie gar keine Erholung nötig. Konnte es irgendwo schöner sein als in ihrem Rosengarten, in ihrem Rosenhaus, wo sie jede Bequemlichkeit haben konnten? Täglich sagte der alte Geheimrat, wenn er sich seines Gartens freute: „Braucht man da zu reisen?“ Aber Frau Annemarie wußte, wie gut ihm die Kissinger Kur alljährlich bekommen. Daß sie geradezu ein Jungbrunnen für ihn war. Sie selbst war auch geistig noch so beweglich, daß ihr eine Abwechslung aus dem täglichen Einerlei in dem schönen Kurort erwünscht war. Und nun erst für Marietta. Das Kind mußte unbedingt in andere Luft, am besten Hochgebirge oder Nordsee. Aber das ließ sich nicht alles vereinigen. An die See sollte die Großmama ihres Rheumas wegen nicht, ins Hochgebirge nicht der Großpapa wegen seines Herzens. Also Kissingen wie immer. Man wartete nur noch darauf, daß Marietta endlich Ferien machte.

Die soziale Frauenschule schloß heute ihren theoretischen Unterricht. Die praktische Arbeit der meisten Schülerinnen ging damit ebenfalls zu Ende, so daß der größte Teil von ihnen seinen Urlaub antreten konnte. Marietta Tavares war noch bis zum fünfzehnten Juli in der Erholungsstätte des Roten Kreuzes draußen im Grunewald verpflichtet. Dann winkte auch ihr die Erholung.

Fräulein Dr. Engelhart hatte ihre Schülerinnen mit den besten Wünschen für eine Körper und Herz erfrischende Ferienzeit entlassen.

„Fräulein Tavares, kann ich Sie noch einen Augenblick sprechen?“ Marietta, schon im Begriff, aus der Tür zu gehen, machte sofort kehrt.

„Hören Sie, Fräulein Tavares, wir sind da in einer peinlichen Verlegenheit. Die Ferienkolonien hatten vom fünfzehnten Juli bis zum ersten September drei Jugendleiterinnen von uns angefordert. Die Arbeit ist verantwortlich, wir nehmen meist dazu Schülerinnen des zweiten Jahrganges. Nun bekommen wir gestern die Nachricht, daß Fräulein Matthes, die einen Ferienzug leiten sollte, sich plötzlich einer Blinddarmoperation hat unterziehen müssen. Natürlich ist kein Gedanke, daß sie am Fünfzehnten schon soweit ist. Ich habe sofort an Sie gedacht. Sie sind die einzige, liebes Fräulein Tavares, der ich von den Jüngeren jetzt schon diesen verantwortungsvollen Posten anvertrauen könnte. Sicher komme ich Ihnen damit zwischen Ihre Ferienpläne. Aber, wenn Sie es einrichten können, täten Sie uns einen Gefallen. Sie sind zuverlässig und besonnen, verstehen die Kinder richtig zu nehmen und sich trotz aller Liebe bei ihnen in Respekt zu setzen. So wurde mir auf allen Stellen, wo Sie praktisch gearbeitet haben, berichtet. Ich würde Ihnen die Wahl lassen, zu welchem Ferienzug ich Sie einschreiben soll. Der eine geht nach Schweden – das ist sicher sehr interessant – der zweite in den Thüringer Wald und der dritte irgendwohin an die Waterkant, pommersche Ostsee. Das Schlimme ist nur, daß Sie sich gleich entscheiden sollen, da wir sonst anderweit Ersatz schaffen müssen."

„Ich bin bereits entschieden, Fräulein Doktor. Selbstverständlich übernehme ich einen Zug Ferienkinder. Ihr Vertrauen macht mich stolz. Ich hoffe, es mir zu verdienen. Ich überlasse es Ihnen, welchem Zug man mich zuerteilt", sagte Marietta bescheiden. Ihr zartes Gesicht glühte vor Freude über die Auszeichnung, die ihr zuteil wurde.

„Dann rate ich Ihnen, übernehmen Sie das Kommando an der Ostsee. Schweden ist sicherlich mit Anstrengungen verknüpft, die Luft im Thüringerwald nicht kräftig genug für Sie. An der Ostsee haben Sie neben der Arbeit auch Erholung. Die brauchen Sie dringend. Warten Sie mal, ich schaue gleich mal nach, wo es hingehen soll." Sie suchte in ihrem Büchlein. „Unbekannte Namen, wohl Privatgüter, auf welche die Kinder verteilt werden. Das eine heißt Grotgenheide und das andere – – –"

„Lüttgenheide?" Marietta rief es mit einer ihr sonst fremden Erregung.

„Ja, woher wissen Sie denn das? Sind Sie dort bekannt?" verwunderte sich die Vorsteherin.

„Freilich, der Gutsherr ist der Bruder meiner Großmutter – das trifft sich ja herrlich!"

„Dann verlange ich also kein zu großes Opfer von Ihnen. Ihre Ferienzeit legen wir später für den Monat September, so daß Sie die Oktoberferien gleich anschließen können. Da müssen Sie dann mal richtig ausruhen."

„Oh, das ist gar nicht nötig. Ich fühle mich so wohl in meiner Arbeit."

„Man darf den Bogen auch nicht überspannen, Fräulein Tavares. Also haben Sie Dank für Ihre Bereitwilligkeit und setzen Sie sich mit der Zentrale der Ferienkolonie in Verbindung. Dort erhalten Sie weitere Information. Gute Fahrt und angenehmen Aufenthalt an der Ostsee!" –

Geheimrats saßen unter ihrer Linde. Dort war es am kühlsten an heißen Tagen. Das dichte, weitverzweigte Geäst ließ keinen Sonnenstrahl hindurch. Über ihnen in grünem Blätterhaus schlugen die Finken.

„Noch acht Tage lang muß das arme Kind bei dieser glühenden Hitze in die heiße Stadt zur Kinderlesehalle. Die Arbeit in den Erholungsstätten im Grunewald ist jetzt auch kein Vergnügen. Hundert wilde Kinder dort im Zaum zu halten, das ist keine Kleinigkeit. Am Sechzehnten geht's los, mein Alter, nicht wahr? Sobald Marietta frei ist. Wie freue ich mich darauf, daß wir das Kind mal wieder ein paar Wochen für uns haben werden."

„Nun schau einer das vergnügungssüchtige Weible an! Kann es irgendwo schöner sein als hier in unserem Rosengarten unter der Linde? Kissingen ist sicherlich viel heißer. Aber dem Mariele, dem Tropenkind, tut ja die Temperatur nix. Das fühlt sich erst wohl bei dieser Siedehitze. Also wenn die Frau sich etwas in den Kopf gesetzt hat, nützt dem Mann all sein Neinsagen nichts. Stimmt's nit, Frau Trudchen?" wandte er sich an die mit dem Kaffeebrett erscheinende Getreue.

Die schmunzelte. „Der Herr Jeheimrat wird schon recht haben. Was 'n vernünftiger Mann is, der hört eben auf seine Frau. Kunze, sag' ich immer, Kunze, du kannst dich ja bei deinem Jeheimrat mehr mit alljemeine und Doktorbildung bemengt haben, aber was'n jesunden Menschenverstand anbelangt, da nehm' ich's mit euch Männern auf."

„Da hörst du's ja, Fraule, – also ihr seid mir schon eine Gesellschaft!" Der Geheimrat lachte herzlich. Frau Annemarie stimmte mit ein. Sie achteten nicht darauf, daß die Gartentür knarrte, daß die Finken über ihnen einen jubelnden Willkommen schmetterten.

Da stand Marietta auch schon an dem Tisch unter der Linde. „Ei, gerade zurecht zum Kaffeestündchen. Tag, Großmuttchen, guten Tag, Großpapa. Eine Neuigkeit – könnt ihr raten? Wo fahre ich am fünfzehnten Juli hin?" Sie war echauffiert.

„Nach Kissingen, wir haben's eben besprochen, der Großpapa und ich."

„Falsch – ganz falsch geraten." Marietta machte ein verschmitztes Gesicht.

„Ja, also was hat's denn, das Mariele? Wie schaut's denn aus?" Der Großpapa blickte durch seine blaue Brille erstaunt auf die Enkelin. Auch die Finken oben in der Linde reckten die Hälse und äugten erstaunt auf das sonst so ruhige Mädchen herab.

„Ihr könnt's nicht raten. Nach Lüttgenheide geht's oder auch nach Grotgenheide. Was sagt ihr nun?"

„Ausgeschlossen, Kind. Der Großpapa soll wieder die Kissinger Kur gebrauchen. Und mir selbst ist die See das letztemal nicht besonders bekommen. Sicher die Feuchtigkeit – – –"

„Aber Großmuttchen, wer spricht denn von euch? Ich – ich fahre nach Lüttgenheide. Ich bin zur Ferienkolonie als Ersatz für eine erkrankte Dame gewählt worden – es ist eine große Auszeichnung im ersten Jahr, – und denkt nur, der Ferienzug, den ich leiten soll, geht nach Lüttgenheide und Grotgenheide. Ist das nicht merkwürdig?" Marietta sprach so lebhaft, daß sie gar nicht beachtete, wie still die Großmama war.

„Das ist nimmer eine Erholung für dich, Mariele, wenn du der Leithammel von einer ganzen Herde sein sollst, du brauchst auch mal Ruh für dich. Gelt, Fraule?"

„Ja, aber Großmuttchen, du sagst ja gar nichts?" verwunderte sich Marietta. „Freust du dich nicht, daß ich an die Waterkant zu Onkel Klaus und Tante Ilse fahre – ist es dir nicht recht?"

„Nein, Jetta, ehrlich gesagt, ganz und gar nicht! Wir haben uns darauf gefreut, der Großpapa und ich, daß wir dich wieder mal ein paar Wochen in Kissingen für uns haben werden, ohne deine vielen anderen Interessen und Pflichten, die dich hier in Anspruch nehmen. Ja, Kind, alte Leute werden egoistisch!" Das war schon wieder die anmutig heitere Art, mit der die Großmama Selbstkritik übte.

„Ich glaube, die Egoistische bin ich diesmal gewesen, Großmuttchen", meinte Marietta kleinlaut. „Ich habe nicht an die Enttäuschung gedacht, die euch meine Neuigkeit bereiten mußte. Aber ändern läßt sich nichts daran. Ich muß dem Kommando folgen. Und ich tu's auch gern. Ich liebe das Stückchen Erde besonders. Nun haltet ihr mich gewiß für rücksichtslos."

„Nein, Jetta, das bist du nicht. Das wissen wir am besten. Es ist mir auch eigentlich mehr um deine eigene Erholung zu tun, mein Herz. Die hast du dort nicht in vollem Maße, der Großpapa hat recht."

„Ich soll ja im September richtigen Urlaub bekommen, vielleicht können wir dann zusammen nach Kissingen fahren."

„Das ist zu spät im Jahre für eine Kur. Da käme höchstens der Süden in Betracht. Aber das hat ja noch lange Zeit. Seitdem ich alt bin, habe ich mir das Pläneschmieden abgewöhnt. Es kommt doch immer anders."

„Schau, Weible, was hast denn heut'? So elegisch kenn' ich dich doch nimmer. Also pack' halt deine Sachen, wir zwei beid' fahren nach Kissingen", tröstete der alte Herr.

„In unserm Garten ist's ebenso schön." Frau Annemarie hatte die Lust verloren. Auch die Finken droben in der Linde waren derselben Ansicht. Wozu mußte ihre junge Freundin fortreisen? Konnte es irgendwo schöner sein als hier? – – –

Im Wartesaal des Stettiner Bahnhofes standen die blassen Großstadtkinder, Rucksäcke auf dem Rücken, zu zweien hintereinander. Neben ihnen die Mutter, eine Tante oder auch ein großer Bruder, der ihnen das Kofferchen trug. Mit neugierigen, unternehmungslustigen oder angstvollen Augen standen sie da, die Ferienkinder, je nach Veranlagung. Es schwirrte von Kinderstimmen wie in einem Bienenstock.

Eine junge Dame, ein Reisehütchen auf dem goldbraunen Haar, schritt von einem zum andern und verteilte kleine Schilder mit Namen, Nummern und dem Reiseziel. Ein Herr der Ferienkolonie verlas die Liste.

„Zwei fehlen noch, Fräulein Tavares. Wir haben noch zehn Minuten Zeit. Auf die Jungen werden Sie besonders achten müssen, daß keiner die Tür öffnet oder gar an die Notbremse geht. Wird Ihnen nicht bange bei fünfzig Gören?"

„Nein, ganz und gar nicht. Wir sind ja auch unserer zwei. Fräulein Wohlgemut hat ja schon öfters Ferienzüge geleitet."

Trotzdem schien die zweite, schon ältere Dame fast noch aufgeregter als die Kinder. Sie flog vom Eingang zum Wartesaal, und vom Wartesaal zur Bahnhofshalle, ob die Nachzügler denn noch immer nicht kämen.

„Lotte, du bist die älteste, du führst den Zug an", bestimmte Marietta, Lottchen Müller, die ihre kleine Kusine Lenchen an der Hand hielt, in die erste Reihe stellend.

Lotte nickte stolz. Sie war glückselig, daß Marietta Lenchen und sie mit nach Lüttgenheide nahm. Auf einer Seite der Kinder stand Vater Kunze mit dem

Gepäck, auf der andern Lenchens Mutter. Im Hintergrunde in einer Ecke aber saß die Tante Geheimrat. Sie hatte es sich nicht nehmen lassen, den weiten Weg zum Bahnhof mitzukommen.

Frau Annemarie schaute mit gemischten Gefühlen auf die muntere Schar, die ihr ihren Liebling entführen wollte. Oh, sie gönnte es ja den Blaßschnäbelchen allen, daß sie aus dem staubigen Berlin heraus auf die grüne Weide kamen. Seit Jahren nahm Lüttgenheide, das Gut ihres Bruders, Ferienkinder auf. Aber es gab ja so viele Jugendleiterinnen. Warum mußte gerade Marietta diejenige sein. Freilich, sie war ganz besonders dazu befähigt. Sie hatte unbedingtes Organisationstalent und eine freundliche Bestimmtheit den Kindern gegenüber, welche die Großmama gar nicht in ihr vermutet hatte. Sie verlor ihre Ruhe nicht, trotzdem man von allen Seiten auf sie einsprach, mit tausend Wünschen und Anliegen zu ihr kam, ja sie sogar am Mantel festhielt.

„Fräulein, darf ich rasch noch 'ne Stulle essen?"

„Nein, jetzt ist keine Zeit dazu, später, im Zuge."

„Aber mir hungert." Marietta konnte sich in keine weitere Debatte einlassen, denn von der andern Seite hatte man sie am Arm.

„Freilein, heren Se mal, Freileinchen," – das war eine der Mütter – „passen Se doch 'n bißchen auf meinen Karlemann auf, daß ihm unterwegs nich etwa schlimm werden tut. Karussell fahren kann er auch nich vertragen."

„Es wird für alle Kinder gut gesorgt werden."

„Fräulein, daß se mer bloß mein Anneken beis Einsteijen nich totdrücken. Se is doch man noch so kleine und spillerig." Trotz ihrer vielen Obliegenheiten wandte sich Marietta der bittenden Mutter zu. Das war echte Mutterliebe und Sorge, die da bat.

„Wer ist Ihr Töchterchen? Anna Froschschenkel? Die nehme ich selbst an die Hand. Das ist ja unser Nesthäkchen", beruhigte sie die besorgte Mutter.

„Fräulein, jeht's noch nich los" – „Fräulein, der Junge schubbst mir immer" – „ach, liebes Fräulein, können Sie nicht die Stullen für meinen Walter in Verwahrung nehmen? Der Junge ist so verfressen, der ißt sie sonst alle auf einmal auf."

Die alte Frau Geheimrat, in ihrer Ecke ein stummer Beobachter, hätte gern temperamentvoll eingegriffen, daß man ihren Liebling nicht so quälen solle. Aber Marietta blieb ruhig und freundlich dabei.

Und schließlich war's soweit. Die aufgeregte Kinderschar, die noch aufgeregteren Mütter, alles schlängelte sich hinaus auf den Bahnsteig. Das Verladen vollzog sich in bewunderungswürdiger Ordnung. An den Fenstern standen sie, die Berliner Ferienkinder, und winkten und riefen hinaus: „Grüß' auch 'n Vater" – „kommt mit dicken, roten Backen wieder, Kinder" – „Jrete, wenn du nich hören tust, denn schicken se dich wieder retour" – „Mutta – Mutta – nee, ich will nich mit, ich will lieber bei dir und Hektorn bleiben" – – – Tücher wehten – Kinder winkten und jauchzten – Tränen flossen. Und zwischen all den Gören stand Marietta, das hinauswinkende Froschschenkelchen auf dem Arm. So entschwand sie den grüßenden Blicken der Großmama.

Nun, ganz einfach war es nicht, die vielen erregten Kinder während der langen Bahnfahrt am Bändel zu halten. Der Herr von der Ferienkolonie hatte recht. Sie zankten sich um die Plätze. Sie ließen die Fenster hinauf- und herunterrasseln. Sie stellten den Heizungshebel von kalt auf warm. Sie untersuchten – o Schrecken – sogar den Mechanismus der Türschlösser. Aber umsonst hatte man nicht seit Wochen draußen im Grunewald die wilden Horden im Schach gehalten. Marietta griff zu einer Kriegslist. Sie rief zur Fütterung. Nichts besänftigt so die Gemüter wie ein belegtes Butterbrot. Plötzlich waren sie alle wieder zahm und brav. Und als man erst jedes glücklich auf seinem Platz hatte, da war es nicht allzu schwer, sie durch gemeinsame Spiele zu fesseln. Fräulein Wohlgemut sah erstaunt, wie die jüngere Kollegin, ohne Strafen, ja ohne ein ernsteres Wort mit den Kindern fertig wurde. Ohne daß die Notbremse gezogen oder eins hinausgestürzt wäre, kam man in Greifswald, der Umsteigestation, an. Hier bestieg man das bereitstehende Bimmelbähnchen nach Lüttgenheide. Die letzte Stunde war, wie immer, die längste. Die Kinder wurden müde und ungeduldig. Sie verlangten durchaus von Marietta, nun endlich das Meer zu sehen. Aber schließlich hat auch die längste Stunde nicht mehr als sechzig Minuten. Mit pünktlicher Verspätung lief das Bähnchen ein.

Ein großer, vierschrötiger Herr, ein blonder Riese, dem man den Landwirt schon von weitem ansah, trat auf die Damen zu. „Braun ist mein Name", stellte er sich vor. Dann wandte er sich zu den Kindern. „Also Willkommen, ihr Gören. Wir wollen euch hier schon rausfuttern. Welche der Damen hat das Kommando für die Lüttgenheider Ferienkinder?"

„Ich“, sagte Marietta mit einem spitzbübischen Lächeln. Sie hatte es nicht an die Verwandten geschrieben, daß sie die Ferienkinder nach Lüttgenheide begleitete. Ihre gesellschaftliche Pflicht erfüllend, fuhr sie fort: „Mein Name ist – – –“

Aber sie kam nicht weiter. „Jetta!“ rief der Gutsherr ebenso erstaunt wie erfreut aus. Wenn sie auch seit mehreren Jahren nicht an der Waterkant gewesen und inzwischen zu einer Dame herangewachsen war, solche tiefschwarzen Augen, dieses goldigflimmernde Braunhaar, das hatte nur das Tropenprinzeßchen.

„Jetta, lütte Dirn, das ist ja eine famose Überraschung!“ Vetter Peter versetzte ihr ohne alle Umstände einen verwandtschaftlichen Kuß. „Wo hast du deine alten Herrschaften? Nicht mitgebracht? Schade! Was werden sich meine Alten freuen! Also rein mit euch, ihr Lütten, auf den Lüttgenheider Leiterwagen. Die Grotgenheider Wagen halten drüben auf der andern Seite.“

Die beiden ältesten Sprößlinge Peters, zwei handfeste Blondköpfe von sieben und neun Jahren, thronten stolz auf den mit Tannengirlanden umkränzten Leiterwagen. Der eine hielt die Peitsche, der andere die Gäule.

„Kennst die Slingel noch, Jetta? Das ist hier der Hansing und dies unser Fritzing. Du kannst sie mit in deine Herde einreihen. Kann ihnen nur von Nutzen sein. Den Burschen ist kein Baum zu hoch und kein Graben zu breit.“

Während Marietta in ihrer herzgewinnenden Art die Bekanntschaft mit den beiden kleinen Burschen erneuerte, verlud Peter Braun die „Lütten“. Die großen Leiterwagen waren mit Stroh belegt. Vorn war eine gepolsterte Bank für die „Damens“. Stück für Stück wurde das Berliner Kleinzeug „verladen“. Das gab ein Juchhei da oben im Stroh.

Und dann ging's los. Durch heuduftendes Dämmerland die Kirschchaussee entlang. Die Lupinenfelder senden süße Grüße herüber. Heimkehrende Schnitter und Schnitterinnen in bunten Kopftüchern, Harke und Sense auf der Schulter, rufen ihr treuherziges: „Gu'n Abend ok, Herring“. Hochbeladene Wagen mit dem würzigen Heu rollen schwerfällig dem Hofe zu. Windmühlen breiten den Ankömmlingen ihre Arme entgegen. Durch die Wiesen stolziert der Storch. Es geigt und summt im Grabenrand. Gedämpftes Rauschen – das nahe Meer. Das ist die Waterkant mit ihren fruchtbaren Feldern, ihrer breiten Gemütlichkeit und ihren biederen Bewohnern. Oh, Marietta kann es verstehen, daß einem in den Tropen drüben die Sehnsucht kommt nach diesem Stück kraftvoller Heimaterde.

„Ich weiß nicht, was soll es bedeuten, daß ich so traurig bin", erklang es in etwas plärrendem Kinderchor hinter der in die Dämmerlandschaft hinausträumenden Marietta. Die Berliner Kinder verleugneten ihre Abstammung nicht. Wenn der Berliner am heitersten ist, singt er die sentimentalsten Lieder.

Das massive Herrenhaus zu Lüttgenheide hatte im Laufe der Jahre wenig Änderungen erfahren. Altersgrau und anspruchslos lag es wie ein Riesenkoloß, umgeben von neuen Scheunen und Stallungen, denn was ein echter, rechter Gutsherr ist, der baut für sein Vieh und nicht für die Menschen. „Das Schloß" hieß es im Munde der Dorfleute. Daran erinnerte aber nur noch der verwitterte, schwalbenumflatterte Turm. Wilde Kletterrosen gaben sich redlich Mühe, die Fassade des Hauses freundlicher und einladender zu gestalten.

Der Lüttgenheider Wagen hielt; während das zweite Gefährt mit winkenden Abschiedsgrüßen dem zwanzig Minuten entfernten Grotgenheide zurollte. An dem runden Tisch, der um den Stamm des alten Nußbaumes gezimmert war, hielt man Feierabend. Da saßen Großvating und Großmutting, oder wie Marietta sie nannte, „Onkel Klaus und Tante Ilse". Der alte Herr mit den noch immer verschmitzten braunen Augen hatte ein von Luft, Sonne und Meer gerötetes, wenn auch ziemlich verwittertes Gesicht. Krauses, weißes Haar unter einem schwarzen Samtkäppchen umstand es wie ein merkwürdiger Heiligenschein. Das war aber auch alles, was Klaus Braun von seinem einstigen Krauskopf geblieben. Unter dem Käppchen gähnte eine betrübliche Leere. Großvating rauchte wie immer seine Pip Tobak. Die gehörte zu ihm wie sein Samtkäppchen, wie das Strickzeug zu Großmutting. Frau Ilse war im Laufe der Zeit tüchtig in die Breite gegangen, etwas rundlich war sie ja schon immer gewesen. Aber, daß ihr Mann behauptete, sie wäre nun bald so breit wie lang, das war entschieden Übertreibung. Ihre dicken Blondzöpfe hatten sich gelichtet; glatt und schlicht lag das graue Haar um das behäbige freundliche Frauengesicht. Die Schwiegertochter, eine helläugige Hollsteinerin, ordnete das soeben vom Spalier abgenommene Obst in eine Glasschale. Während Annemie, das dreijährige Nesthäkchen, mit dem großen Hofhund Pluto dem Ball nachjagte.

„Da sind ja die Lütten schon." Großmutting ließ das Strickzeug auf den Tisch gleiten und war mit einer bei ihrer Fülle erstaunlichen Behendigkeit schon am Hoftor. Langsamer folgte die Schwiegertochter, während Großvating sich nicht von seiner Bank rührte. Nur etwas dickere Rauchwolken stieß er zur Begrüßung der kleinen Gäste aus seiner kurzen Pfeife. Eigentlich war er gar nicht so sehr einverstanden mit der Aufnahme der Ferienkinder. Er liebte seine Ruhe, und die Enkel sorgten schon gerade genug für Abwechslung.

„So, Mutting, da hätten wir das Berliner Lüttzeug. Von Jahr zu Jahr fällt's mieseriger aus, man nich?“ Der Gutsbesitzer sprang vom Wagen und half einer neben ihm sitzenden jungen Dame mit bärenhafter Ritterlichkeit herab.

„Die Leiterin der Ferienkolonie, Fräulein – – – –“ aber er kam mit seiner Vorstellung nicht weiter. Schon war die junge Dame der verdutzten alten Dame an den Hals geflogen: „Tante Ilse – tausend Grüße von der Großmama.“

Großmutting wußte nicht, wie ihr geschah. „Jetta, Dirn, bist du's denn wirklich? Nein, was bist du groß und schön – – –“

„Is man immer noch ne lütte, smucke Dirn. Viermal kann man sie in dich hineindividieren, Mutting“, neckte Peter. „Lising, was sagst du zu der Überraschung? Du kennst doch das Hartensteinsche Tropenprinzeßchen, Donna Marietta Tavares, noch?“

„Freilich kenn' ich die Jetta.“ Mit ruhiger, aber warmer Freundlichkeit begrüßte die Frau des Hauses den unerwarteten Gast. Dann kamen die vom Großknecht inzwischen abgeladenen Gören an die Reihe.

„'n Hümpel Gören und wiegt nicht mal so viel wie 'n paar fette Sweine“, meinte Krischan, der Großknecht, mitleidig geringschätzig.

Die Jungen hatten sich bereits mit den Braunschen Sprößlingen Hansing und Fritzing angefreundet. Sie klopften die Pferde und prüften das Geschirr. Sie liefen dem die Gäule ausspannenden Knecht bis in die Ställe nach. Dort war für die Großstadtkinder der schönste Ferienaufenthalt.

Die kleinen Mädchen scharten sich ein wenig schüchtern um die Tante Jetta. Aber als die alte Dame ihnen so freundlich die Hand bot: „Ich bin die Großmutting von Fritzing und Hansing, ihr sollt mal sehen, wie schön das hier bei uns an der Waterkant ist“, und als die Gutsherrin zur Erdbeermilch unter dem Nußbaum einlud, da tauten auch die blödesten auf.

Großvating saß hinter einer dicken Rauchwolke und ahnte nichts von der Überraschung, die der Leiterwagen abgeladen. Er paffte wie ein Fabrikschornstein. Da stand plötzlich seine Frau vor ihm, ein bildhübsches, junges Mädel am Arm.

Für schöne Frauen war Klaus Braun noch heute eingenommen. Er erhob sich mit einer bei seiner Gichtsteifheit rührenden Ritterlichkeit und verneigte sich. Da aber fühlte er sich plötzlich um den Hals genommen – ih, der Tausend, das konnte man sich gefallen lassen – und ehe er sich's versah, hatte er einen Kuß von jungen Lippen auf seiner runzligen Wange.

„Na, Mutting, was sagst nu? So'n nettes Frölen haben wir noch bei keiner Ferienkolonie gehabt!" schmunzelte der alte Herr begeistert.

„Aber Mann, Klaus – kennst du denn das Fräulein nicht? Sieh sie dir doch mal genau an, Vating."

Dies geschah eingehend unter dem Jubel der Kinder und dem Lachen der Großen. „Bekannt kommt sie mir vor, die lütte Dirn – weiß der Düwel, das muß 'n Ableger von Hartensteins Jüngster sein."

„Freilich – geraten, Onkel Klaus. Die Marietta bin ich – Marietta Tavares aus Brasilien. Die Tochter von Ursel Hartenstein", setzte das junge Mädchen erklärend hinzu, in der richtigen Annahme, daß sich der alte Herr nicht mehr so recht in den verschiedenen Generationen zurechtfand. Sie war auf die Wirkung, die ihre Worte auf den Onkel machten, nicht vorbereitet.

„Tavares – Brasilien?" Das noch eben so freundliche Gesicht unter dem schwarzen Samtkäppchen verfinsterte sich. „Ihr habt mir meinen Jungen fortgenommen, meinen besten. Wo habt ihr mein Jünging? Was wollt ihr von ihm? Erst lockt ihr ihn mit falschen Versprechungen über das große Wasser, von der Heimat und den alten Eltern fort, und dann – dann gebt ihr ihm den Laufpaß!" Der alte Herr rief es so wütend, daß die Kinder sich wieder ängstlich hinter Marietta verkrochen. Die war ebenfalls erschreckt zurückgewichen. Sie war bis in die Lippen erbleicht. Ehe sie noch den Mund zu einer Erwiderung öffnen konnte, hatte Tante Ilse schon beschwichtigend ihrem Mann auf die Schulter geklopft.

„Aber Vating, was machst du für Sachen! Gleich in der ersten Stunde fängst du an zu krakeelen. Die Dirn, die Marietta, die kann doch nix dafür, wenn unserem Jungen die Heimat zu eng geworden ist. Willst du uns etwa unsere jungen Gäste gleich wieder rausgraulen?"

„Ich will nichts von eurem Horst", sagte Marietta leise mit zuckendem Munde. Der Schmerz des alten Vaters traf sie tief. Sie empfand die ganze Verantwortung für die Handlungsweise der Zwillingsschwester.

Mehr als die Worte seiner Frau beschwichtigte den alten Herrn die rührende junge Stimme. Er tätschelte der Großnichte begütigend die Wangen. „War ja nicht so gemeint – du bist 'ne brave lütte Dirn!" Damit war für ihn die Sache erledigt. So 'ne kleine Explosion ab und zu, das gehörte nun mal zu seinem Wohlbehagen. Danach schmeckte die Pip Tobak noch mal so gut.

Marietta aber, der mimosenhaft zart Empfindenden, ging die Sache noch lange nach. Als die Gören an den langen Holztischen, die sonst nur beim Erntefest aufgestellt wurden, längst schon in Erdbeermilch und großen Schinkenbroten schwelgten, war sie mit ihren Gedanken noch bei des alten Mannes anklagenden Worten. Hatte er recht – hatten die Tavares etwas gutzumachen an Horst Braun?

Frau Lising nahm den Arm ihres nachdenklichen, jungen Gastes und schritt mit ihr die resedaduftenden Gartenwege auf und nieder. „Du mußt dir Vatings Poltern nicht so zu Herzen nehmen. So'n beten Räsonieren, das gehört nu mal zu ihm. Er meint's man halb so slimm. Aber das Wort „Brasilien", das vermeidest du besser, Jetta. Das wirkt auf ihn, wie's rote Tuch auf'n Stier."

Die Lütten lagen in den für sie hergerichteten Räumen in den sauberen, nach Wiesenbleiche frisch duftenden Betten. Marietta saß am Lager des kleinen Froschschenkelchens, das nicht einschlafen wollte.

Das Kind war aufgeregt, weinte nach der Mutter und fürchtete sich. Daran waren nur die Braunschen Schlingel Hansing und Fritzing schuld, die der Kleinen vorgeredet hatten, es spuke in dem alten Schwalbenturm. Schließlich aber war doch die Reiseabspannung größer als die Gespensterfurcht. Das Froschschenkelchen schloß endlich die müden Augen.

War wirklich alles ganz geheuer in dem altersgrauen Schloß? Auch zu der nebenan schlafenden Marietta kamen seltsame Traumgebilde. Einen stämmigen, blonden Jungen zeigten sie ihr – war es der Hansing oder der Fritzing? Nein, Horst rief man ihn, das Nestküken war es von dem Lüttgenheider Jungenquartett. Sie sah ihn im Heu und bei den Pferden, den frischen Blondkopf. Jetzt über den großen Schulatlas gebeugt, die Geographie Brasiliens studierend. Und da war plötzlich wieder das böse Gesicht des alten Mannes. Eine drohend erhobene Faust sah Marietta dicht vor ihren Augen herumfuchteln, sie hörte die laute Stimme des Großonkels: „Was wollt ihr von meinem Jungen, ihr Tavares?" Und dann die beruhigende Stimme der Tante Ilse: „Laß man sining, Vating, was die eine Schwester schlecht gemacht hat, wird die andere wieder gut machen. Man nich, mein Dirn?"

Erschreckt fuhr Marietta empor. Zum Fenster blinzelte die Lüttgenheider Morgensonne herein. Blökend zog das Vieh auf die Weide. Wagen ratterten aus dem Hof. Da war der nächtliche Spuk zerstoben.

12. Kapitel. Dunkel wird's

Was waren das für Sonnentage an der Waterkant. Wie eine leuchtende Perlenkette, so reihte sich einer an den andern. Neue Frische blies der Seewind einem in die Lungen, färbte die blassen Wangen rot und jagte sich mit den jauchzenden Kindern am Meergestade. Eine Freude war es, wie die Berliner Gören dabei aufblühten. „Ganz knusprig“ waren sie schon. Sie halfen beim Heuen auf den Wiesen, trieben sich in den Stallungen, im Obstgarten und auf dem Wäscheplatz herum und hatten immer dummes Zeug im Kopf. Dabei waren sie anstellig und gefällig, nur hielten sie die Hofleute mit ihren Berliner Schnurren und Späßen oft von der Arbeit ab. Dann trieb der Gutsherr sie wohl mit einem Donnerwetter auseinander. Innerlich aber hatte er seine helle Freude an den Lütten. Marietta, die Leiterin der Herde, nahm an allem teil. Mit Kopftuch und Rechen half sie das Heu wenden, ja sogar beim Aufladen stand sie ihren Mann. Die Arbeit im Freien, verbunden mit der kräftigen Seeluft, bekam ihr glänzend. Sie hatte keine Teerosenfarben mehr, sondern blühte wie eine Purpurrose. Die größte Freude machte ihr, daß sie das in den letzten Jahren ganz vernachlässigte Reiten hier wieder aufnehmen konnte. In aller Frühe, wenn die Kinder noch schliefen, machte sie mit Peter Braun ihren Morgenritt.

„Schade, Jetta, daß ich schon verheiratet bin, du würdest eine ganz brauchbare Gutsfrau abgeben“, neckte Peter sie.

„Du aber keinen brauchbaren Mann für mich!“ kam die übermütige Antwort. Oh, Marietta war nicht mehr so schüchtern wie einst, sie hatte gelernt, auf einen Scherz einzugehen.

„Wir haben ja noch mehr Söhne“, hatte sich Großmutting belustigt eingemischt. Es war zur Feierabendstunde unter dem Nußbaum.

„Na, Mutting, Günter und Werner sind doch leider auch schon Ehekrüppel. Bleibt nur noch unser Kleiner, das Kakelnest – – –“

„Der ist noch zu lütt, unser Horst.“

„Nee, Mutting, Mitte der Zwanziger, viel älter bin ich auch nicht gewesen." Der Peter ließ nicht locker.

„Und wenn man unsern Jungen nicht nach Brasilien rübergelockt hätte, wer weiß – – –" Das letzte ging in ein ärgerliches Gebrumm über. Großvating qualmte wie eine Lokomotive.

Gut, daß die Abendwölkchen am westlichen Himmel ihren rosigen Schein herüberwarfen, da sah man es nicht, daß Mariettas Gesicht wie in Blut getaucht erschien. Sie hatte, Lisings Warnung eingedenk, das gefährliche Wort Brasilien streng vermieden und war mit dem alten Herrn daher glänzend ausgekommen. Klaus war sein Lebtag ein Damenfreund gewesen. Das verleugnete sich auch jetzt im Alter noch nicht. Er war altmodisch galant und dabei onkelhaft zärtlich gegen das hübsche Großnichtchen, so daß Großmutting öfters lachend Einspruch erhob. Jetzt nickte er gedankenvoll paffend vor sich hin. „Laß man sining, mein Dirn, laß man. Es is noch nicht aller Tage Abend. Mein Jung, der bleibt noch nicht da drüben. Hat er nicht geschrieben, Mutting, daß er die nächste Martinsgans wieder mit uns essen will? Laß man sining, mein Dirn, täuw du man."

Zum Glück für Marietta blieb das Gespräch jetzt bei den Gänsen, wie viele man dies Jahr „stoppen" wolle. Da merkte keiner, wie peinlich ihr die Überlegungen des alten Herrn waren.

Beim Baden traf man sich mit den Grotgenheider Gören täglich am Strande. Aber die Leiterin der anderen Abteilung war nicht so restlos begeistert von ihrem Ferienaufenthalt, wie Marietta. Es war ihr nicht fein genug auf dem Gutshof. Auch behauptete sie, die derbe pommersche Kost nicht vertragen zu können. Herrgott, es liefen doch so viele Gänse, Enten, Hühner und Tauben da herum, warum spazierten die nicht in ihren Magen? Vergebens stellte Marietta der Dame vor, daß man auf Grotgenheide mit jedem Pfennig rechnen müsse, daß das Geflügel zum Verkauf in die Stadt wandere, wie auch ein Teil der Butter, der Eier und des Obstes. Solche Worte nahmen sich seltsam im Munde der Tochter des Kaffeekönigs von Brasilien aus. Aber Marietta verstand es, trotz der luxuriösen Kindheit, die sie genossen, sich in die Sorgen anderer um das tägliche Brot hineinzufühlen. Wenn sie die Jugendfreundin ihrer Großmutter, Frau Marlene Frenssen auf Grotgenheide, besuchte, dann schüttete die alte Dame manchmal ihr sorgenbeladenes Herz aus. Daß es mit Grotgenheide, trotz aller Mühen, die man darauf verwende, trotz der größten Sparsamkeit immer weiter bergab gehe. Daß sie den Tag schon kommen sehe, wo das Gut, für das ihr verstorbener Mann seine besten Kräfte eingesetzt hatte, unter den Hammer käme. Die Kinder würden es, aller Arbeit ungeachtet, nicht halten können. Und wenn sie von ihrem lieben Grotgenheide fort müsse, wo sie einst so glücklich gewesen, das wäre ihr Tod. Tante Marlene hatte eigentlich am meisten gealtert von Großmamas Jugendfreundinnen. Daran waren wohl die schweren Tage schuld.

Marietta machte ihrer Kollegin, Fräulein Wohlgemut, den Vorschlag eines Austausches. Sie wollte ganz gern den Rest ihrer Ferienzeit die andere Abteilung auf Grotgenheide übernehmen. Aber davon wollte man auf Lüttgenheide durchaus nichts hören. Von Großmutting und Großvating an bis zur kleinen Annemarie, allen hatte sie es mit ihrem lieben, bescheidenen Wesen angetan. Und die ihr anvertrauten Kinder, besonders Lottchen und Lenchen, die ließen ihre Tante Jetta nun schon gar nicht fort. Fräulein Wohlgemut war lange nicht so lieb und so lustig, die sah mit ihrem Kneifer auf der Nase immer so ernst und streng aus. Nein, Tante Jetta gaben sie nicht her.

Unter dem Nußbaum ging es heute recht lebhaft zu. Trotzdem Feierabend war, ruhten die Hände noch nicht. Da wurden Tannengirlanden gebunden, leuchtend rote Transparente mit allerlei Inschriften und bunte Papierballons aus großen Paketen ausgepackt. Die Kinder waren in begreiflicher Aufregung. Morgen war Erntefest auf Lüttgenheide. Da wurde die Tenne gefegt, mit Fähnchen und grünen Gewinden zum Tanzsaal geschmückt. Da standen unten in der Vorratskammer bei Mamselling wohl an zwanzig wohlgeratener Erntekuchen. Große Fässer Bier waren bereits abgeladen. Groß und klein hatte nur den einen Gedanken, ob's auch morgen nicht regnen würde. Wer ein weißes Kleid besaß, hatte es für diesen Tag aufgespart. Es war, als ob die Gänse, Enten und Hühner sich ebenfalls des wichtigen Tages bewußt waren. Sie schnatterten und lärmten durcheinander, nicht viel anders als die Gören.

Und nun war er da, der ersehnte Tag. Schon morgens um vier, bald nach Hahnenschrei, hatte Hansing herumgegeistert und den Schläfern mittels eines bumbernden Faustschlages gegen die Türen die frohe Kunde zugeschrien: „Die Sonn' is all da!"

Ja, die Sonne tat heute ihr möglichstes, dem Lüttgenheider Erntefest allen Glanz zu verleihen. Sie gleißte auf den Trompeten der Dorfkapelle. Sie flimmerte auf dem strohfarbenen, schön gekreppten Haar der Großmagd Dörting, daß es wie Gold schimmerte, als sie mit der bebänderten Erntekrone dem Gutsherrn ihren mühsam gelernten Spruch herleierte. Sie spiegelte sich in all den erwartungsvollen Kinderaugen.

Lange, blumengeschmückte Tafeln waren auf dem großen Grasplatz, die sonstige Wäschebleiche, aufgestellt. Obenan saßen Großvating und Großmutting. Daran schloß sich der Gutsherr Peter mit der Großmagd Dörting und Frau Lising mit dem Großknecht Krischan. So wollte es die gute alte Sitte, der man noch auf Lüttgenheide treu geblieben. Für das Tropenkind Marietta war dieses ländliche, ungezwungene Beieinander der Arbeitgeber und Arbeitnehmer ein Anblick erfreulichen sozialen Zusammenhaltens. Ihr Vater hatte seinen Plantagenarbeitern ebenfalls Feste gegeben. Auch Donna Tavares und ihre Töchter waren dabei erschienen. Sie hatten einmal die Runde gemacht, die Fröhlichkeit der Arbeiter zu scheuer Ehrfurcht gedämpft und waren dann wieder verschwunden, in dem Gefühl, gestört zu haben. Hier war das ganz anders. Man hatte Arbeit und Mühe miteinander geteilt, man teilte jetzt auch die Lustbarkeit.

Marietta machte an dem Görentisch mit einer Kaffeekanne von riesigen Dimensionen die Runde. Lotte half ihr dabei. Die Lütten ließen es sich schmecken. Großmuttings Blick folgte der schlanken Mädchengestalt mit dem goldig schimmernden Kraushaar und den schwarzen Samtaugen. „Könnt' mein Jung' nu nich auch dabei sein!" murmelte sie vor sich hin. Ob sie das aber in irgendeinem Zusammenhang dachte, wußte sie wohl selber nicht. Denn bei jeder Gelegenheit, ob man nun fröhlich beisammen saß, oder ob ein besonders guter Happen auf den Tisch kam, das war ihre stehende Redensart. Merkwürdigerweise dachte sie dabei niemals an ihre beiden andern auswärts lebenden Söhne, nur immer an ihren Jüngsten.

Die Kirschallee entlang kam der Landbriefträger mit seinem Ledersack und dem Krückstock. Der Postbote war eine wichtige Persönlichkeit auf allen Gütern. Verband er doch die Landbewohner mit der Welt da draußen. Heute ging er schneller als sonst. Erntekuchen und Erntebier winkten auf Lüttgenheide. Er brachte Zeitungen und Päckchen, die sich dieser oder jener aus der Stadt bestellt hatte, und einen ganzen Berg Briefe. Da war einer, der eine überseeische Marke und eine charakteristische Handschrift trug, und der von Großmutting freudestrahlend in Empfang genommen wurde. „Von unserm Jung', Vating, ein Brief von unserm Jünging!" Da waren Briefe und Karten, teils mit ungelenker Handschrift, die waren an die Berliner Kinder von daheim und wurden ebenfalls freudig begrüßt.

„Fräulein Marietta Tavares“ – das war der letzte Brief, den der Postbote aus seinem Sack zog. Großmamas Handschrift trug er. Aber irrte sich Marietta? Die Schriftzüge kamen ihr gar nicht so sicher und fest vor wie sonst. Eiligst entwischte sie unter den Nußbaum, um dort in Ruhe zu lesen. Dabei kam ihr zum Bewußtsein, daß sie über eine Woche nichts aus Lichterfelde gehört hatte. Es war nur ein kurzes Schreiben.

„Meine Jetta! Es wird mir schwer, diese Zeilen an Dich zu richten. Du bist so befriedigt von Deinem Landaufenthalt, daß es mir grausam erscheint, einen Schatten auf die hellen Sonnentage, in denen Du dort schwelgst, zu werfen. Und doch – es muß sein. Wie habe ich Dich in der vergangenen Woche herbeigewünscht, mein Liebling. Sie hat uns Schweres gebracht. Unser Großpapa, der in letzter Zeit immer mehr über seine Augen klagte, hat plötzlich seine Sehkraft verloren. Da steht es nun auf dem Papier, das Furchtbare.“

Marietta konnte nicht weiter lesen. Ein Schleier legte sich auch auf ihre Augen – Tränen brachen unaufhaltsam hervor. Barmherziger – das war ja nicht denkbar! Sie vermochte es noch nicht zu fassen, das Grausige, Grausame, das da so plötzlich in das friedliche Leben der alten Großeltern gegriffen hatte. Nichts mehr sehen – blind? Sie schloß die tränenverdunkelten Augen. Keine goldene Sonne, keinen Wolkenhimmel, keinen grünen Baum, nicht mehr seine lieben Rosen, an deren Farben sich der Großpapa jeden Morgen gefreut – nichts – nichts mehr – alles leer – – alles dunkel. Gequält, wie ein angeschossenes Wild, schrie Marietta auf. Es sprengte ihr die Brust, unertragbares Weh, unermeßliches Mitgefühl.

Vom Grasplatz drüben kam ein schmetternder Trompetentusch und übertönte den wehen Schrei. Gesang und Lachen klang herüber – Herrgott, war es denn möglich, daß sie noch vor wenigen Minuten dort eine der heitersten gewesen? Der Boden war ihr plötzlich unter den Füßen fortgezogen. Es war ihr, als ob auch sie im Dunkeln, im Leeren taste. Nur einen Gedanken vermochte sie zu fassen: Du mußt zu ihnen. Gleich – sofort! Du mußt den Großpapa stützen, dem Ärmsten sein schweres Schicksal tragen helfen, ihm, wenn es möglich ist, seine Dunkelheit zu erhellen suchen. Zur Großmama mußte sie – da war es wieder mit ihrem Denken zu Ende. Lautloses Schluchzen schüttelte den zarten Mädchenkörper. Wie würde die Großmama es ertragen, ihn, für den sie seit Jahrzehnten lebte, ausgeschlossen zu sehen von dem, was dem Ärmsten, dem niedrigsten Wesen zuteil wird – dem Sonnenlicht.

Drüben von der Tenne her klangen lustige Weisen. Da tanzte der Gutsherr mit der Großmagd und Frau Lising mit dem Großknecht den ersten Walzer. Da drehten sich Mining und Stining, Lowising und Mariken mit Jochen und Krischan, mit Korl und Johann. Da traten unter Händeklatschen und Jubel Großvating und Großmutting sogar noch zum Tanze an und tanzten ihre Runde mit altmodischer Grandezza besser als die Jungen. Da sprangen die Gören wie Böcklein und Zicklein munter mit Jauchzen und Kreischen dazwischen. Da hatte keiner Zeit und Acht, daß einer fehlte, daß abseits einer weinte.

Marietta versuchte die Tränenflut zu dämmen, weiter zu lesen: „Es wird dich, mein Liebling, so jäh und unbarmherzig treffen, wie es uns traf. Und ich kann dich nicht schonen, ich muß selbst den Streich führen. Aber wir siedeln bereits morgen in die Augenklinik von Professor Haase über. Er will sogleich operieren. Großpapa hat das größte Zutrauen zu seiner Kunst – aber, ich darf es Dir nicht verhehlen, er hat mir nicht volle Hoffnung machen können. Der Ausgang ist zweifelhaft. Trotzdem müssen wir tun, was nur irgend noch helfen kann. Der Ertrinkende klammert sich ja auch an einen Strohhalm."

Marietta griff sich an die hämmernden Schläfen. Während sie hier saß, während man dort drüben tanzte, geschah es vielleicht gerade in Berlin. Da wurde über Sein oder Nichtsein entschieden. Und sie war nicht bei der Großmama in dieser furchtbaren Stunde. Wann ging der nächste Zug? Was war jetzt. Vor- oder Nachmittag? Die Zeiten wirbelten in Mariettas Kopf durcheinander.

„Tante Jetta – Tante Jetta – Tante Jetta, wo bist du?" Suchende Stimmen drangen bis in Mariettas Gedankenabwesenheit. Das waren die ihr anvertrauten Kinder, die sie verlassen wollte – mußte – auch durfte? Das Verantwortlichkeitsgefühl, eine der ausgeprägtesten Eigenschaften des jungen Mädchens, stand plötzlich in seiner ganzen Schwere, Gehör heischend, vor ihr: Du darfst die dir anvertraute Kinderschar nicht verlassen!

Lising würde sie vertreten, für das körperliche Wohl der Kinder sorgen. Den Tag über konnte Fräulein Wohlgemut sich ihrer annehmen. Aber hatte sie auch genügend Autorität für die wilden Jungen? Die Kinder mochten die Dame nicht besonders, wer weiß, ob sie gehorchten. Fünfzig Kinder allein beim Baden zu beaufsichtigen, das war eine Aufgabe – wenn da was passierte? Alle diese Gedanken durchzuckten Mariettas aufgestörtes Denken, nicht nacheinander geordnet, sondern durcheinander, kaum gedacht, schon wieder vor einem anderen Bilde verdrängt. Und zu dem drückenden Verantwortungsgefühl gesellte sich mahnendes Pflichtbewußtsein: Unmöglich, die übernommenen Pflichten im Stich zu lassen.

Aber war ihre Pflicht den Großeltern gegenüber nicht die stärkere? Wie schon manchmal, befand sich Marietta in einem Konflikt der Pflichten. Und dabei noch das schneidende Weh, das ihr das Herz zerriß. Ihr Empfinden trieb sie zu den Ärmsten, ihr Denken hielt sie hier zurück. Die Großmama, die sonst im Widerstreit ihrer Pflichten meist ausschlaggebend gewesen war, konnte sie nicht befragen. Die bedurfte diesmal selbst ihrer, sehnte sich nach ihr, erwartete sie am Ende schon heute. Dabei kam es ihr zum Bewußtsein, daß sie den Brief in ihrem Schmerz ja noch gar nicht zu Ende gelesen hatte.

„Großpapa ist ruhig und gefaßt. Er tröstet mich noch. Denn ich muß zu meiner Schande gestehen: Diesmal versage ich. So hat mich noch nichts getroffen. Wäre ich es selbst, ich könnte mich damit abfinden. Aber ihn so zu sehen ... Verzeih' mir, mein Liebling, daß ich Dir so das Herz zerreiße. Deine alte Großmutter ist diesmal egoistisch. Ich mußte es mir von der Seele schreiben. Einem Menschen muß ich es sagen. Und Du bist mir der nächste. Selbstverständlich bleibst Du ruhig dort. Du kannst hier nicht helfen. Großpapa braucht die größte Ruhe. Ich selbst bin nur für ihn da. Und dort hast Du übernommene Pflichten. In unserem Fühlen, in unserem Schmerz sind wir ja doch vereint. Gebe der Himmel, daß ich bald Besseres melden kann. Und wenn es nicht sein soll, gebe er uns die Kraft, es zu tragen. Leb' wohl, Seelchen. Deine Großmama."

Aus der Ferne selbst half die Großmama, dachte an Mariettas nächste Pflicht.

„Hoch sollen sie leben – hoch sollen sie leben – dreimal hoch!" schrillte es vom Festplatz herüber. Dort brachte man ein Hoch auf die Gutsherrschaft aus.

Marietta hielt sich die Ohren zu. Der Jubel tat ihrem wunden Herzen weh. Sie konnte sich nicht wieder unter die fröhliche Menge mischen, sie war heute nicht mehr imstande dazu. Auch mochte sie die Festfreude nicht stören. Die Verwandten erfuhren morgen früh genug noch das Entsetzliche. Fräulein Wohlgemut, die mit den Grotgenheidern zum Erntefest geladen war, würde sie vertreten, wenn sie sich wegen Kopfschmerzen zurückzog. Tatsächlich, in ihren Schläfen hämmerte es, die furchtbare Aufregung knickte ihr die Beine. Als sie sich erhob, mußte sie sich an dem Tisch festhalten.

„Tante Jetta – Tante Jetta, wo bist du?" Das war Lenchens Stimme. Ganz nahe klang sie schon. Marietta hatte gerade noch Zeit, den Brief in ihre Tasche gleiten zu lassen, da war sie entdeckt. Lenchen stand mit heißen Backen vor ihr. Gleich darauf erschien auch Lotte.

„Tante Jetta, komm doch zum Erntetanz. Es ist so fein. Großvating und Großmutting tanzen auch." Das Kind wollte sie mit fortziehen.

Aber Lotte, die ältere, verständigere, sah, daß da nicht alles in Ordnung war. „Fräulein Jetta, sind Sie nicht wohl? Sie sehen so blaß aus. Haben Sie geweint?" Ordentlich erschreckt schaute Lotte drein.

„Nein, Lottchen, ich habe nur heftige Kopfschmerzen. Das Beste wird sein, wenn ich mich hinlege. Ich lasse Fräulein Wohlgemut bitten, sich unserer Kinder anzunehmen. Und du selbst, Lottchen, du bist ja ein vernünftiges Mädel. Du sorgst gewiß dafür, daß alles in Ordnung zugeht."

„Freilich, Fräulein Jetta, seien Sie nur ganz unbesorgt. Ich will schon aufpassen. Soll ich Ihnen nicht ein Glas Zitronenlimonade bringen. O Gott, eiskalte Hände haben Sie bei der Hitze. Daß Sie auch gerade beim Erntefest Kopfweh kriegen mußten!" Lottchen war wie ein Erwachsener um ihr liebes Fräulein Jetta besorgt. Von beiden Kindern sorgsam geführt, erreichte Marietta unbemerkt ihr Zimmer. Es lag nach der Gartenseite heraus. Nur gedämpft drang die Musik bis hierher.

Den Kopf in die Kissen vergraben, nichts mehr hören, nichts mehr sehen. Aber Marietta konnte es trotzdem nicht hindern, daß sich vor ihrem inneren Auge Bild um Bild filmartig abrollte. Der Großpapa, tastend im Dunkeln = die Großmama, das liebe heitere Antlitz voller Verzweiflung = das Operationszimmer = = = = da fuhr sie plötzlich wieder hoch.

Vier Uhr nachmittags = ein Telegramm konnte bereits auf der Bahnpost liegen. Aber ob es überhaupt heute noch bestellt wurde? Die breite pommersche Gemütlichkeit hier zeigte sich auch im Postwesen. Der alte Landbriefträger war unterwegs. Jochen, der sonst die Abendpost holte, fuhr heute des Erntefestes wegen nicht zur Bahn. Sie mußte hin telephonieren, ob ein Telegramm für sie dort lag.

Nein = es war noch nichts eingetroffen. Jawohl, man würde ihr ein Telegramm sofort hinausschicken. Marietta versuchte aufs neue, die Augen zu schließen. Aber sie fand vor den sie bedrängenden Bildern keine Ruhe. Wieder sprang sie auf. Sie hielt diese Untätigkeit, dieses Warten nicht aus. Lieber sich unter die Fröhlichen mischen, sich Zwang auferlegen müssen. Nur nicht mehr denken.

Lenchen kam ihr jubelnd entgegengesprungen. „Tante Jetta, wie schön, daß du wieder gesund bist.“

Lottchen streichelte zärtlich ihren Arm. „Sie hätten ruhig noch liegen bleiben sollen, Fräulein Jetta, ich passe schon auf die Gören auf“, meinte sie mit stolzer Wichtigkeit.

Großvating und Großmutting hatten sich unter ihren Nußbaum zurückgezogen, Großvating mit seiner geliebten Pfeife, Großmutting mit ihrem Brief. Den las sie nun schon zum soundsovielten Male. Auf dem Festplatz war den alten Herrschaften doch zu viel Trubel, da die Lütten heute wie vom Bändel waren.

Jettas Anwesenheit dämpfte ein wenig das allzu laute Kreischen und Johlen der Kinder. „Tante Jetta hat Kopfweh, ihr dürft nicht solchen Radau machen“, verkündete Lenchen besorgt. Und wirklich, auch die wildesten Buben dämmten ihre Ausgelassenheit Tante Jetta zuliebe ein wenig, wenigstens – solange sie daran dachten.

Der Gutsherr Peter trat auf Marietta zu. „Darf ich Donna Tavares zu einem Tanz – – –“ da unterbrach er sich erschreckt – „Dirn, Jetta, was ist passiert? Du siehst ja ganz verstört aus!“

„Nichts, Peter, ich habe nur etwas Kopfschmerzen“, gab Marietta ausweichend zur Antwort, um seine Feststimmung nicht zu beeinträchtigen.

„Dann mach', daß du hier aus dem Radau raus kommst, Kind. Setz' dich zu Vating und Mutting unter den Nußbaum. Da hast du Ruhe“, schlug ihr der Vetter freundlich besorgt vor.

Marietta befolgte seinen Rat. Sie hatte sich doch zu viel zugemutet. Unter dem Nußbaum hatte sich inzwischen noch ein Gast eingefunden, Tante Marlene aus Grotgenheide. Auch ihr stand der Sinn nicht nach lauter Fröhlichkeit. Das Grotgenheider Erntefest würde weniger freudig ausfallen. Ein großer Teil des Getreides war bereits im Halm verkauft.

„Jetta“, rief Großmutting Ilse der sich langsam Nähernden lebhaft zu, „Kind, was sagst du zu dem Brief?“

„Zu dem Brief?“ wiederholte Marietta tonlos. Es gab für sie heute nur einen Brief.

„Ja, der Brief hier aus Amerika von unserm Jünging. Hast ihn wohl noch gar nicht gelesen, Jetta? Ja, freilich, junges Volk will tanzen. Also hör' zu, Dirn." Das ließ sich die Mutter nicht nehmen, den Brief ihres Sohnes selbst vorzulesen.

„Meine lieben Eltern und Geschwister! Das wird der letzte Brief vom anderen Erdteil. Ich habe genug von Amerika. Die Millionenstadt Neuyork ist nichts für uns von der Waterkant. Vating hat recht, wir sind zu bodenständig dazu. Inmitten des rasendsten Geschäftstrubels, mitten in der elegantesten Geselligkeit war ich einsamer als auf unsern Dünen. Ich schäme mich, es zu gestehen, aber ich sehne mich nach unserm guten Heimatswind, nach dem kräftigen Erdgeruch unserer Scholle. Nach unserm Nußbaum und all denen, die darunter sitzen. Milton Tavares hat es mir freigestellt, seine in Neuyork begründete Filiale, die sich recht gut eingeführt hat, zu leiten oder in Deutschland, Berlin oder Hamburg, eine Zweigstelle für den Import nach Europa ins Leben zu rufen. Ich habe nicht geschwankt. Mein Billett für das nächste nach Europa gehende Schiff habe ich bereits. Ende September werde ich in Genua landen. Von dort sind es nur noch Stunden bis zu Euch. Hoffentlich sehe ich Euch – – –"

„Der Postbote – da – da kommt er!" Marietta, die sonst für die Briefe aus Amerika von Brauns Jüngsten größtes Interesse gehabt, vermochte heute kaum den Sinn zu erfassen. Mitten im Satz sprang sie auf und jagte die Kirschallee hinunter. Dort war ein Radler aufgetaucht, den ihr scharfes Auge als Postboten erkannte. Da hielt sie auch schon das ebenso sehnlichst erwartete wie gefürchtete Telegramm in Händen. Einen Augenblick zauderte sie – sie war zu feige, es aufzureißen.

Die Buchstaben tanzten vor ihren Blicken. Schließlich entzifferte sie: „Operation gut verlaufen. Erfolg bleibt abzuwarten. Gruß Großmama."

An einem Kirschbäumchen lehnte Marietta und versuchte sich den Inhalt des Telegramms klar zu machen. Die Operation war vorüber – Gott sei Dank! Das war immerhin für die Großmama eine Befreiung aus herzbeklemmender Besorgnis. Und sie hatte ihr nicht zur Seite sein können in dieser Schicksalsstunde.

„Erfolg bleibt abzuwarten" – eigentlich war also alles noch wie zuvor. Aber ein Hoffnungsfünkchen war doch wenigstens entfacht, es konnte doch jetzt wieder besser werden. Über dem jungen Menschenkind, das da allein den schwersten

Tag seines Lebens durchleiden mußte, zwitscherten jubelnde blaue Schwalben. Waren sie nicht Glücksverkünder? Ach, ein geängstigtes Herz glaubt ja so gern.

Ein Schatten fiel auf den Sonnenweg. Tante Marlene stand vor Marietta. Gütig faßte sie nach Mariettas zitternder Hand.

„Kind, was ist? Du hast schlechte Botschaft? Du schienst schon vorhin unter dem Nußbaum verändert. Sprich dich aus, Jetta. Ich kann Leid verstehen." Sie zog den Arm des jungen Mädchens durch den ihren und schritt mit ihr feldwärts.

Da löste sich der beklemmende Reif, der Mariettas Kopf und Brust umspannte, sie fand Worte und Tränen. Sie sprach sich das große Weh von der Seele.

Tante Marlene war eine gute Zuhörerin. Kein Wort unterbrach die Sprechende. Kein Laut verriet, wie stark der Schicksalsschlag, der die Jugendfreundin betroffen, auch sie erschütterte.

„Wir müssen auf den da oben bauen. Weiter bleibt uns nichts übrig, Kind. Will's Gott, wird's wieder gut werden. Deine Großmama ist in all ihrem Jammer noch beneidenswert. Sie hat noch Hoffnung, und sie hat vor allem noch ihren Mann. Wie glücklich wäre ich, wenn ich in ihrer Lage wäre."

Eine große Wahrheit ging der jungen Marietta hier in der Feldeinsamkeit auf: Kein Mensch ist so bemitleidenswert, kein Leid ist so groß, daß nicht noch etwas Gutes daran zu finden wäre. Nur auf die Einstellung dazu kam es an.

Tage schweren Sorgens folgten, reichten einander die Hände zur drückenden Kette. Tage, an denen der Himmel nicht mehr blau schien, die Sonne nicht mehr golden. Nur spärlich liefen die Nachrichten ein, stets Enttäuschung auslösend. Der Professor sei nicht unzufrieden, aber irgendwelche Hoffnung könne er noch nicht machen. Der Großvater begänne schon ungeduldig zu werden. Die Großmama müsse ihren ganzen Humor zu Hilfe rufen, um seine Stimmung zu bessern. Ach, und ihr sei so wenig zum Scherzen zumute. Dann wieder tagelang gar kein Schreiben, keine Zeile.

Marietta litt unsagbar in diesen Tagen des Hangens und Bangens. Ihre Erholung, ihre strahlende Frische war dahin. Blaß und übernächtigt tat sie ihre Pflicht. Nicht frohen Herzens wie sonst, sondern wie ein Automat, dessen Seelenleben ausgeschaltet ist. Die Verwandten waren rührend gut zu ihr. Immer wieder versuchte Peter, sie zu einem Spazierritt zu bewegen – vergebens. Lising pflegte und päppelte sie, aber die Kehle war Marietta oft wie zugeschnürt. Selbst Onkel Klaus suchte all die Schnurren seiner Jugendtage wieder vor, um das

Nichtchen aufzuheitern. Am besten gelang es noch Tante Ilse, Marietta zu zerstreuen. Wenn sie von früher erzählte, von ihrem Jungenquartett und besonders gern und ausführlich beim Jüngsten verweilte, dann erwachte das Interesse ihrer jungen Zuhörerin. Und wenn sie dann bis zu dem letzten Brief gekommen war und Zukunftspläne schmiedete, sich das Wiedersehen mit ihrem Jünging ausmalte, dann vermochte Marietta sich sogar mit der Mutter zu freuen.

Auch die Kinder halfen ihr, die schweren Tage zu besiegen. Durch tausenderlei Anforderungen, die sie an sie stellten, durch Liebkosungen und durch Unarten. Das Froschschenkelchen mußte sie aus dem Teich herausfischen, in den es geplumpst. Walter fiel vom Pflaumenbaum und schlug sich ein Loch in den Kopf. Das nahm einen Teil der Gedanken und Sorgen in Anspruch.

An einem Landregentag war's, einem grauen, häßlichen.

Die Kinder, an Freiheit gewöhnt, waren nur schwer im Zimmer zu beschäftigen. Marietta war auch nicht wie früher mit dem Herzen dabei. Da ging plötzlich, den dicken Regenwolken zum Trotz, die Sonne auf. So strahlend und blendend, daß man glaubte, der Himmel hätte sich geöffnet. Und es waren doch nur drei Worte, die ihn erschlossen. Ein Fetzen Papier, auf dem nichts stand, als: „Großpapa Augenlicht wiedererlangt."

13. Kapitel. Kennst du das Land?

Tiefblau träumte der Gardasee, ein leuchtender Saphir, von schroffen Felsriesen bewacht. Der Monte Baldo, der gewaltige Bergkönig, hatte sich eine schlohweiße Neuschneekrone auf die Steinlocken gedrückt. Eitel spiegelte er sich in dem enzianblauen See. Segelboote, weißen Schwänen gleich, zogen still ihre blaue Straße. Aus dem Fischerboot drüben klangen italienische Volksweisen, schwermütig, sehnsuchtsvoll. Leise plätscherten blaue Wasser gegen sonnenweißes Ufer. Dunkle Zypressen ragten ernst und steil in lichtsilberne Luft.

„Wie ein Böcklinsches Bild", sagte eine Frauenstimme voll Andacht. „Nun sind wir doch schon in der dritten Woche hier in Riva, und immer noch erscheint mir der Gardasee, die ganze Landschaft hier unwirklich, ein Vineta, aus blauen Märchenwassern emporgestiegen. Es sollte mich nicht wundern, wenn die ganze Herrlichkeit eines Tages wieder versinkt."

„Fraule, du wirst hier zum Dichter. Auf Goethes Spuren – das scheint infizierend zu wirken. Aber lies weiter. Was schreibt Meister Goethe über die Ponalestraße? Soll mich halt wundern, ob es damals auch schon so staubig dort gewesen, oder ob wir das erst dem Fortschritt des zwanzigsten Jahrhunderts mit seinen luftverbessernden Autos verdanken." Geheimrat Hartenstein war von jeher dem Autoverkehr nicht hold. Und besonders beim Landaufenthalt räsonierte er über jedes vorübersausende, staubaufwirbelnde Gefährt.

Frau Annemarie hatte den Kopf mit dem noch vollen weißen Haar gegen den dunklen Pinienstamm gelehnt, der die Uferbank beschattete. Ihre Augen schienen so blau wie der See. Sie dachte nicht daran, die unterbrochene Lektüre, Goethes „Italienische Reise", wieder aufzunehmen. „Auf Goethes Spuren ...", wiederholte sie nachdenklich. „Ich wünschte, wir könnten seinen Spuren folgen, Rudi. Manchmal komme ich mir vor wie Moses, der das gelobte Land nur von weitem schauen darf."

„Auch Goethe hat das erstemal das gelobte Land Italia nur von weitem geschaut, Weible", tröstete der alte Herr. „Droben auf dem St. Gotthard hat er kehrtgemacht und ist wieder gen Norden gezogen. Aber du hast das nimmer nötig, Annemarie. Schau', ich bitt' dich halt, begleite das Kind, das Mariele, nach Genua hinunter. Bist doch erst ruhig, wenn du sie dort in Person bei den Verwandten ihres Vaters abgeliefert hast. Und den Jungen, den Horst, kannst gleich dabei feierlich einholen."

Genua – das Meer – die Riviera – – – lockende Bilder stiegen vor Frau Annemaries freudigem Blicke empor und – versanken sofort wieder. Ihr Auge suchte das schmale, noch immer bleiche Gesicht ihres Mannes mit den vergeistigten Zügen und der blauen Brille – nein, unmöglich, ihn zu verlassen. Nie hatte er mehr ihrer bedurft als jetzt.

„Du scherzest nur, Rudi, denn im Ernst kannst du doch nicht daran denken. Ich sollte dich jetzt allein lassen – dazu waren die letzten Wochen zu schwere. Die ketten mich fester an dich als die Jahrzehnte, die wir gemeinsam durchwandert. Ich hätte nicht einmal volle Freude von all den neuen Natur- und Kunsteindrücken. Mein eigentlicher Mensch bliebe doch bei dir zurück. Du wirst mich nun schon nicht mehr los für den Rest unseres Lebens, mein guter Alter." Es sollte scherzhaft klingen, und doch – ein heiliger Ernst wehte durch Frau Annemaries Worte, ein festes Gelübde.

Wortlos griff der alte Herr nach der vollen, weichen Frauenhand. Still zog er sie an die Lippen, die ihn gehegt, gepflegt und gestützt hatte, all die schweren, jüngst verflossenen Wochen. Galanterie war niemals Rudolf Hartensteins Art gewesen, und auch jetzt war dieser Handkuß nur der Ausfluß inniger Dankbarkeit. „Du bringst mir Opfer über Opfer, Annemarie“, sagte er leise.

„Ach was – Opfer! Ist das etwa ein Opfer, hier mit dir an dem märchenhaft schönen Gardasee sitzen zu dürfen? Doppelt zu genießen in dem Bewußtsein, daß deinen Augen alles neu geschenkt ist. Wer mir das noch vor einem Monat gesagt hätte. Und da sprichst du von Opfer! Wer weiß, ob die Sehnsucht nach Italien nicht wertvoller und bereichernder ist, als die Erfüllung. Ich will gar nichts anderes, als hier Hand in Hand mit dir, mein Alter, ins gelobte Land schauen.“

Still saßen sie beide, die alten Leutchen, blickten über die tiefblaue Wasserfläche, auf die sich rosenrot färbenden Schneekuppen, bis Frau Annemarie in die Ferne wies: „Der Dampfer – gleich legt er in Torbole an. Hoffentlich benutzt Jetta ihn für den Rückweg. Man merkt, wie die Tage kürzer werden. Daran erkennt man den mit Macht nahenden Herbst. Komm, Rudi, ich führe dich ins Haus. Sobald die Sonne hinunter ist, wird es kühl. Und du sollst dich vor Erkältungen schützen.“ Vorsorglich legte Frau Annemarie das auf die Banklehne geglittene Plaid um die Schultern ihres Mannes und griff nach seinem Arm. Die verflossenen Leidenswochen hatten ihn unbeholfen gemacht. Er hatte sich daran gewöhnt, sich führen zu lassen, sich auf den Arm seiner Frau zu stützen. Auch später, als er sein Augenlicht wieder erlangte, war eine Schwäche, eine Unselbständigkeit der Bewegungen zurückgeblieben. Langsam schritten sie unter Palmen, Olivenbäumen, Pinien und Zypressen, unter Orangen- und Zitronenlaubgängen dem Hause zu.

Das Parkhotel, ein ehemaliger Palazzo mit Bogengängen und Steingalerien, empfing sie licht und wohnlich. Aber kaum hatte Frau Annemarie es ihrem Manne im Lehnsessel bequem gemacht und die Berliner Zeitung zum Vorlesen bereit gelegt, als sie auch schon wieder unruhig nach der Tür blickte.

„Weißt du, Rudi, ich möchte ganz schnell zur Dampferanlegestelle hinunter. Die Zeitung läuft uns ja nicht fort. Und das Kind – – –“

„'s Mariele läuft auch nit fort. Das findet den Weg zum Hotel auch ohne dich. Aber nur zu, Fraule! Eher hast ja nimmer Ruh' zur Zeitung. Ich halt' ganz gern für mich Dämmerstündle. Wie soll das nur werden, wenn's Mariele uns in einigen Tagen auf und davon geht nach Genua?“

Ja – wie sollte das nur werden? Das fragte Frau Annemarie sich selbst, als sie jetzt die weiße Landstraße entlang den in der Bucht an steilabfallender Felswand angeklebten Häusern Rivas zuschritt. Es war kein Opfer für sie, auf Italien zu verzichten – o nein – aber das Kind, die Jetta, allein in die Welt hinaus zu schicken, das bedeutete ihr ein Opfer. Und doch – sie mußte lernen, die Enkelin allein ihren Weg gehen zu lassen.

Trotz ihrer Vornahme schloß die Großmama die nur für die Nachmittagsstunden mit einigen Hotelgästen fern gewesene Enkelin so erfreut in die Arme, als ob dieselbe zum zweiten Male aus Brasilien einträfe.

„Wie hübsch, Großmuttchen, daß du am Dampfer bist! Es war ein herrlicher Nachmittag. Der Weg durch die Olivenhaine über St. Giacomo nach Varone war etwas heiß, wenigstens für die anderen. Mir macht ja solch ein bißchen Wärme nichts. Tropensonne brennt anders. Der Wasserfall ist harmlos, ich habe ihn mir gewaltiger vorgestellt. Aber in Torbole haben wir die Goethetafel über dem Säulenbrunnen gesehen. Sie trägt Goethes Worte aus der Italienischen Reise: „Heute habe ich an der Iphigenie gearbeitet. Es ist im Angesicht des Sees gut vonstatten gegangen.“

„Freilich, das habe ich dem Großpapa ja erst gestern vorgelesen“, stimmte Frau Annemarie erfreut bei.

„Ihr müßt es sehen. Wir können ja einen Wagen nehmen, wenn der Weg für Großpapa zu anstrengend ist. Torbole ist sehr malerisch. Es scheint noch genau so zu sein, wie damals am 12. September 1786, als Goethe diese Zeilen dort schrieb. Ein Fischerort, noch nicht von der Hotel- und Fremdenkultur verseucht. Der Durchblick am Goethebrunnen durch den Torbogen auf den blauen See mit seinen Fischerbooten ist entzückend. Und wenn man denkt, daß Goethe vor mehr als einem Jahrhundert das genau so gesehen, dann fühlt man erst, wie geringfügig der Mensch in der großen Zeitenflut ist.“ Ganz lebhaft war Marietta bei ihrer Schilderung geworden. Was das Kind für zartrosige Farben bekommen hatte. Tat aber auch not. Der Aufenthalt an der Waterkant hatte trotz der guten Lüttgenheider Milch den seelischen Aufregungen, denen Marietta ausgesetzt gewesen, nicht standhalten können. Erst daheim in Lichterfelde, als sie den Großvater zwar noch geschwächt und hilflos, aber voll innerer Ruhe und Freudigkeit über das wiedererlangte Augenlicht, die Großmama voll glückseliger

Dankbarkeit sah, beruhigte sich Mariettas aufgewühltes Nervensystem. Sie genoß jetzt ihren Urlaub, der mit den anschließenden Oktoberferien sechs Erholungswochen bedeutete. Die Hälfte davon war für den Gardasee in Gemeinschaft mit den Großeltern festgelegt. Die zweite Hälfte sollte sie in Genua bei einer Tante väterlicherseits zubringen. Die italienischen Verwandten hatten ihren Sommersitz in dem unweit von Genua gelegenen St. Margherita an der ligurischen Küste. Dort würde sie Meer und Gebirge, südländische Natur sowohl wie die Schönheit und die Kunst Genuas genießen können.

Die Tage flogen. Frau Annemarie hätte sie gern festgehalten. Es schien ihr die schönste Zeit ihres Lebens in Gemeinschaft mit dem genesenden, die herrliche Umgebung neu in sich aufnehmenden Gatten, mit ihrem Herzblatt Marietta.

Aber schließlich rückte der Tag doch heran, da der Dampfer ihr den Liebling entführte. Bis Gardone gaben die Großeltern der Enkelin das Geleit. In Mailand wollte sie Signor Sanini, der Schwager von Mariettas Großmutter Tavares, in Empfang nehmen. Das war immerhin eine Beruhigung.

„Jetta, sobald du in Mailand eingetroffen bist, telegraphierst du. Vergiß es nur nicht, Seelchen. Und jeden Tag eine Postkarte, mehr verlange ich nicht – – –"

„Ist halt schon mehr als zuviel", lachte ihr Mann sie aus. „Sag' auch dem Jungen, dem Horst, ein herzliches Grüß Gott in der Heimat von uns!" rief der Großvater nach, während Marietta von dem sich vom Ufer entfernenden Schiff Grüße zurückwinkte.

„Besser auf drei Wochen nach Genua, als für ein ganzes Leben nach Brasilien", tröstete Frau Annemarie sich selbst. Unwillkürlich war wohl die Erinnerung in ihr wach geworden an jene schweren Augenblicke, da ihre Jüngste sich für immer von der Heimat gelöst hatte.

„'s Mariele kommt wieder, das hat halt in Deutschland Wurzel geschlagen." Ein langes, gemeinsames Leben, das Denken eines für den andern hatte jedem der beiden die Fähigkeit verliehen, in der Seele des andern zu lesen.

„Und wenn sie dort ihr Glück findet, wenn es sie dort festhält, müssen wir auch zufrieden sein, mein Alter." Frau Annemaries großmütterliche Gedanken folgten dem mit weißem Wellengischt davonrauschenden Schiff.

Marietta stand an der äußersten Spitze des Dampfers, schaute in das unergründliche blaue Wasser, in den tiefblauen, sich darüber wölbenden Himmel. Es war ihr zumute wie einem Vogel, der die Schwingen ausbreitet in unermeßliche, unbegrenzte Weiten. So stand jetzt auch einer auf dem großen Ozeandampfer und blickte der Heimat entgegen.

Und dann saß sie in einem Abteil erster Klasse des von Venedig kommenden Schnellzuges via Milano, und eine ziemlich eintönige graue Landschaft mit verstaubten Olivenbäumen, ab und zu von einem dunklen Pinienfleck belebt, flog an ihr vorüber. Das also war das gelobte Land Italia. Dem von Farbenfreudigkeit verwöhnten Auge des Tropenkindes erschien es grau und nüchtern. Aber dann Mailand. Der Großonkel, der gerade geschäftlich in Milano zu tun hatte, nahm Marietta in Empfang. Ein eleganter, alter Herr mit schwarzen, noch immer feurigen Augen unter dem weißbuschigen Haar. Das war Signor Enrico Sanini. Er war überrascht und entzückt von der lieblichen Schönheit seiner jungen Verwandten. Er überschüttete sie mit liebenswürdiger Ritterlichkeit und war begeistert, daß sie die italienische Sprache so gut beherrschte. Ja, die nonna, die Großmama, Signora Tavares, war als junges Mädchen eine gefeierte Schönheit in Genua gewesen. Die Augen hatte Marietta sicher von ihr. Nur sprühender, lebhafter hatte er die schwarzen Augen seiner Schwägerin in Erinnerung. Marietta, von der Eisenbahnfahrt ein wenig abgespannt, wurde es bei dem Wortschwall, der sich da in liebenswürdigster Weise über sie ergoß, ganz taumelig zumute. Sie fand erst wieder zu sich selbst zurück, als sie auf der Piazza del Duomo vor dem Mailänder Dom stand. Ah – da war sie mit einem Schlage dem vorüberflutenden Menschengetriebe, den mit lauter Hupe vorbeirasenden Autos, dem Redeschwall ihres Begleiters entrückt. Wie auf einer Insel stand sie allein diesem gewaltigen Bauwerk gegenüber. Märchenhaft, ganz unwirklich geisterten die weißen Steinfiligran-Türme in die Abenddämmerung. Wie ein zartes Spitzenmuster standen sie gegen den lichtgrün-orange zerfließenden Abendhimmel. Höher, immer höher – diese wunderbare Gotik zog einen mit empor, bis in die nadelscharfen Türmchen, bis in die feinsten Spitzen des fabelhaften Kunstwerkes. Marietta fühlte sich erhoben, emporgetragen – zum dritten Male mußte der Großonkel seine Aufforderung, mit ihm hinüberzugehen zur Galleria Vittorio Emanuele, um dort im Caffe Biffi eine Schale gelato zu nehmen, wiederholen. Eis essen – wie konnte man jetzt daran denken, wo ein so überwältigendes Architekturwerk einem Erlebnis für alle Zeiten wurde.

Signor Sanini sagte der Mailänder Dom nichts mehr. Er war ihn gewöhnt wie das davorstehende Reiterstandbild des Königs Vittorio Emanuele II., wie die Säulenhöfe mit umlaufenden Galerien in den altitalienischen Häusern, von denen seine junge Begleiterin auf dem Wege gefesselt worden war. Ihn verlangte es an dem heißen Tage nach einem gelato, nach Musik und vorüberziehenden Menschen.

Caffe Biffi – Verdi-Musik – glutäugige Italienerinnen, lebhaft gestikulierende Jünglinge mit langem, schwarzem Haarschopf, Fremde in Reisekleidern, den roten Bädeker in der Hand, Namen von Geschäftsfreunden des Onkels, die bewundernde Blicke auf die schöne Fremde warfen, alles das zog wie auf einer Bühne, bei der sie selbst nur Zuschauer war, an Marietta vorüber. Dann Ristorante Orologgio mit seinen buntschirmigen, wie schimmernde Riesenschmetterlinge in weiches Nachtdunkel hinausglänzenden Lampen. Aalglatte, immer wieder der Gabel entgleitende spaghetti mit parmigiano – Parmesankäse –, zu deren Vertilgung es erst eines besonderen Studiums zu bedürfen schien. Voll Staunen sah Marietta, wie der Onkel und die Umsitzenden diese ihr so schwerfallende Kunst beherrschten, wie sie mit bewunderungswürdiger Geschicklichkeit die feinen spaghetti um die Gabel wickelten und Unmengen davon mit dem beliebten Parmesankäse oder vielmehr „ parmigiano“ verzehrten.

„ Bene – benissimo –, sehr geschickt!“ ermunterte der Onkel Marietta zu ihren noch zum Teil mißglückenden Versuchen, es den Italienern bei ihrem Nationalessen gleich zu tun.

Dann noch einmal den jetzt in Silberflut des Vollmondes getauchten Dom, Autofahrt zum Hotel, und dann ein wohliges Hineingleiten in einen festem Schlaf vorangehenden Dämmerzustand.

Der nächste Tag war der zwanzigste September, ein historischer Nationalfesttag für Italien. Mailand hatte sich geschmückt. Blumengewinde umkränzten Häuser, Säulen, Bildwerke, Fahnen und Teppiche aus jedem Hause. Weiß, grün, rot, die Nationalfarben, wohin man blickte.

„Du hast es gut getroffen, Marietta“, sagte der Onkel beim Frühstück. „Milano zeigt sich im Festschmuck nicht jedem Fremden. Solch einen Festzug hast du sicher noch nicht gesehen.“

Marietta dachte, daß ihr viel mehr an der Innenbesichtigung des Domes gelegen sei, an der Brera, der berühmten Kunststätte Mailands, an der Kirche Maria delle Grazie mit dem Abendmahlbild des Leonardo da Vinci. Hatte sie doch in den Ferientagen am Gardasee in Gemeinschaft mit der Großmama die Kunstgenüsse, die ihrer in Mailand und Genua warteten, verständnisvoll studiert. Aber sie mochte den liebenswürdigen alten Herrn nicht verletzen. Sicher war es auch interessant, ein typisches Volksbild in einem fremden Lande zu bekommen.

Der Domplatz, der heute im grellen Sonnenlicht nichts geisterhaft Unwirkliches mehr hatte, zeigte filmartig malerische Bilder, echt italienischen Volkscharakter. Die den Festzug erwartende Menge befand sich in großer Aufregung. Auch der alte Signor Sanini war von jugendlicher Lebhaftigkeit.

„Sie kommen – sie kommen!" Die Erregung erreichte ihren Höhepunkt. Voran die Musikkapelle, die Nationalhymne blasend, welche das Publikum mitsang, dann jubelnde Zurufe des Volkes: „ Evviva – evviva – die Garibaldi – hoch – hoch – – –" Zwei blumengeschmückte Wagen mit greisen Veteranen in roten Jacken, die mit blühenden Zweigen die Menge grüßten, zogen vorüber. Es hatte etwas Rührendes, diese verwitterten, weißhaarigen alten Männer unter blühenden Blumen. Befremdet sah Marietta, wie das Volk die Vorüberziehenden durch begeistertes Händeklatschen und Emporheben des rechten Armes ehrte. Jedes Land hat seine besonderen Sitten, dachte sie.

„ O bella – bella!" Ein rotjackiger Weißkopf grüßte mit unglaublicher Grazie begeistert zu Marietta herüber.

„Du bist gemeint, Marietta." Der Onkel war stolz auf seine schöne Begleiterin. Signor Sanini war trotz seiner zweiundsiebzig Jahre nicht weniger feurig, als die jungen Leute. Wenn Marietta an ihren Großpapa dachte, an die abgeklärte Ruhe des alten Geheimrats, war es kaum denkbar, daß die beiden Altersgenossen waren. Auch die noch heute lebhafte und für alles Schöne begeisterte Großmama wirkte anders. Sie bewahrte bei aller Lebhaftigkeit doch stets eine gewisse Würde.

Das ganze Militär, in malerischen Farben, war inzwischen an der begeisterten Volksmenge mit Musik, Fahnen und Zurufen vorübermarschiert. Marietta begann der Zug allmählich zu ermüden.

„ Le madre – die Mütter!" Schwarzgekleidete, tiefverschleierte Frauen – ein langer Zug – das waren die Mütter der fürs Vaterland Gefallenen. Die Menge entblößte ehrfürchtig das Haupt. Schweigend ließen sie die Heldenmütter vorüber. Aber der nun folgende Zug griff noch stärker an Mariettas Herz. Die Krüppel folgten, die fürs Vaterland ihre gesunden Glieder eingebüßt. Im Rollwagen wurden sie gefahren, Blinde wurden geführt. Und die Menge hob den Arm oder klatschte. Dieses krasse Bild tat Marietta weh. Unter italienischer

Sonne, mitten aus Blumen, Musik und Festtumult mußte sie an das elende Dasein ihres blinden Patenkindes in Lichterfelde denken. Ob auch Lottchen in ihrer Vertretung gut für den blinden Maler sorgen würde?

Schulkinder, Knaben und Mädchen, alle gleich blauweiß gekleidet, machten blumengeschmückt den Schluß des Zuges.

„Nun essen wir Mittagbrot", sagte Signor Sanini, wie nach einer Arbeit aufatmend.

„Jetzt schon – ist denn schon Zeit zum Mittagessen?" Marietta war enttäuscht. „Ich wollte doch noch in die Gemäldegalerie der Brera und vor allem das Abendmahl von Leonardo sehen."

„Da hättest du dir nicht le venti Settembre – den zwanzigsten September – dazu aussuchen sollen. Heute, am Nationaltag, ist alles geschlossen, tutto. Du wirst ja noch öfter nach Milano kommen. Das bleibt dir per la volta prossima – für das nächstemal. Avanti!" Er steuerte auf ein ristorante zu.

„Nein, Onkel Enrico, das ist nicht dein Ernst. Ich sollte in Mailand gewesen sein und dort die größten Kunstgenüsse versäumt haben? Das wäre banausenhaft." Mariettas zarte Wangen hatten sich vor Erregung gerötet.

Der Onkel schien augenblicklich leibliche Genüsse den Kunstfreuden vorzuziehen. Er studierte eifrig la lista – die Speisekarte. „ Risotto alla Milanese oder spaghetti?" erkundigte er sich angelegentlich bei der jungen Signorina. Ohne diese Vorspeise, Reis oder Makkaroni war ein italienisches „ pranzo" – Mittagessen – nicht denkbar.

„So muß ich mich bis auf morgen mit der Brera und dem Abendmahl gedulden." Marietta war mit ihren Gedanken noch bei der Enttäuschung.

„Marietta, der Kellner wartet. Das Mittagsmahl ist augenblicklich wichtiger." Und nachdem die junge Dame sich für risotto entschlossen hatte, fuhr er fort: „Das Cenacolo – das heilige Abendmahl Leonardos – ist überhaupt nur eine Modetorheit der Fremden. Das Bild ist arg von der Zeit mitgenommen. In einer Kopie kannst du das viel besser sehen. Und in Genova sollst du in den alten Palazzi genug Bilder bewundern." Damit machte sich der alte Herr an seine spaghetti.

„Interessierst du dich nicht für Malerei, Onkel?" fragte Marietta ganz verblüfft. Wie hatte die Großmama und auch der Großpapa schon vorher mit ihr in dem Meisterbild Leonardos geschwelgt, sie auf alle Schönheiten, auf die sie achten mußte, aufmerksam gemacht. Marietta hatte angenommen, alle Italiener seien kunstfreudig, in dem Lande der Kunst mache keiner eine Ausnahme.

„Musik ist mir lieber als Farbenkleckserei“, meinte der Onkel gemütlich und ließ es sich schmecken. „Schade, daß die Scala, die große Mailänder Oper, noch nicht wieder eröffnet ist. Da hättest du heute abend einen Genuß haben sollen – superbo!“

„Nun, mir wird die Farbenkleckserei von Leonardo da Vinci morgen einen nicht geringeren Genuß bereiten“, lächelte seine junge Begleiterin.

„ Domani – morgen, was denkst du, Marietta! Um diese Zeit sind wir morgen bereits in Genua.“

„Ich nicht, Onkel Enrico.“ Marietta lachte schelmisch. „Ich fahre nicht aus Mailand fort, ohne das Abendmahl und die Brera gesehen zu haben.“ Das klang bei aller Bescheidenheit fest und energisch.

„ Non c'è possibile, Marietta. Es ist wirklich unmöglich. Ich muß den Morgenzug nehmen, da ich am Nachmittag eine geschäftliche Unterredung habe. So gern ich einer so schönen Signorina den Gefallen – – –.“

„Aber Onkel, ich brauche doch noch nicht morgen mittag in Genua zu sein“, unterbrach ihn Marietta. „Ich komme dir nach – – –.“

Der Onkel blätterte im Kursbuch. „Du könntest den Mittagszug nach Genua benutzen. Dann hast du den Vormittag noch für deine Kunst“, räumte er nachgiebig ein. „ C'è bene? “

„ Bene – benissimo! “ Marietta war einverstanden.

Als der Onkel am andern Morgen davongedampft war, durchflutete Marietta ein nie gekanntes Gefühl der Selbständigkeit. Allein in einer fremden Stadt – ihre sonstige Scheu und Schüchternheit war fröhlichem Unternehmungsgeist gewichen. Also zuerst zur Kirche Maria delle Grazie, einem frühromanischen Bau mit schönem Klosterhof, die das Wandgemälde des großen Meisters Leonardo barg. Wie lange Marietta vor dem teilweise durch die Jahrhunderte gelittenen Bilde gestanden, wußte sie nicht. Das, was man sah, war von so überwältigender, erhabener Schönheit, in Gestaltung, Ausdruck und Farben, daß sie ganz hineintauchte, sich vollständig versenkte in das wunderbare Werk. Losgelöst war sie von Zeit und Umgebung.

„ Beg your pardon. “ Englische Laute rissen sie aus ihrer Versunkenheit. „Ist dies das berühmte Bild von Mister Leonardo da Vinci?“ Ein großer blonder Engländer konnte sich nicht denken, daß man um dieses verblichene, teilweise schon schadhafte Gemälde solch ein Aufhebens machte.

Marietta bejahte kurz und wandte sich zum Gehen. Da durchzuckte es sie – dieser blonde Hüne erinnerte an Horst Braun. Eine plötzliche Unruhe ergriff sie. Ob Horst bereits in Genua war? Der Onkel wußte nur, daß die Patria, das Schiff, das er benutzte, in den nächsten Tagen erwartet wurde. Marietta sah seiner Ankunft mit gemischten Gefühlen entgegen. Beklemmung und Freude hielten sich die Wagschale. Ob er noch immer unter Anitas Handlungsweise litt? Würde er sie wieder gleichgültig übersehen wie vor Jahren? Und doch, sie wollte die Erste sein, die ihn auf europäischem Boden begrüßte, die ihm die Heimatsgrüße von der Waterkant brachte. Verlor sie hier nicht kostbare Minuten, während er vielleicht schon in Genua landete?

Die Brera mit ihren Kunstschätzen, den Bildern von Luini, dem herrlichen Raffaelschen Gemälde „Die Vermählung der Maria“ und vor allem eine Pieta von Bellini, eine Beweinung Christi, gaben ihr Ruhe und Andacht zurück. Der Schmerz der ganzen Welt sprach aus diesem Mutterantlitz – was bedeutete ihr kleines Einzelschicksal dagegen.

Noch einmal in den Dom hinein, hinauf durch das Spitzengewirr bis zur höchsten Turmgalerie, ein Blick nordwärts, wo die Schneehäupter der Alpen grüßten, dann flog Auge und Sinn gen Süden.

Eine Stunde später saß Marietta im Zuge nach Genua.

14. Kapitel. Unter Palmen

„Welchen Palazzo gedenkt Signorina Marietta heute zu besichtigen?“ neckte der Onkel, als man bei der colazione, dem ersten Frühstück, auf der Gartenterrasse am Ligurischen Meer saß.

„Heute wollte ich mit Marietta nach Portofino Culm hinauf“, nahm die Tante statt ihrer das Wort. Man wird heute von dort oben eine herrliche Fernsicht haben. Schicke uns das Auto zurück, Enrico.“ Tante Eugenia, die Schwester der alten Donna Tavares, war eine stattliche Dame mit einem stattlichen Bärtchen über der Lippe.

Marietta, die angestrengt auf das mit kleinen, weißen Wellenköpfchen gegen das Ufer sprudelnde Meer hinausgeblickt hatte, schüttelte den Kopf. „Vielen Dank, Tante Eugenia, aber heute geht es nicht. Ich möchte Onkel Enrico bitten, mich mit nach Genua hinein zu nehmen – – –."

„Aha – sagte ich es nicht? Palazzo rossooder Palazzo bianco, welcher von beiden hat es dir angetan?" lachte der alte Herr.

„Heute keiner von beiden, Onkel. Nicht einmal der Palazzo Doria trotz seiner herrlichen Murillos. Habt ihr denn ganz vergessen, daß heute die Patria einläuft? Ich glaube, man sieht sie bereits ganz hinten am Horizont." Marietta hatte heiße Wangen. Sie konnte sich nicht vorstellen, daß jemand heute einen andern Gedanken haben konnte. Der Onkel bewaffnete sich mit dem Fernglas. „Die Patria – nein, mein Kind, die Patria ist gerade noch mal so groß. Ein japanisches Schiff ist dies, man erkennt die Farben." Er reichte ihr das Glas.

„Die Patria kommt erst gegen Abend", bestimmte die Tante. „Wir können ruhig unseren Ausflug unternehmen. Und überhaupt, der Signore wird schon zu uns nach St. Margherita hinausfinden. Er hat sicherlich Empfehlungen von meiner sorella, deiner Großmama, und bringt uns Grüße."

„Horst Braun kommt aus Neuyork. Er ist schon seit Monaten aus Sao Paulo fort. Wer weiß, ob er eure Adresse hat. Die Großmama wird ihm gewiß nur eure Stadtadresse in Genua angegeben haben. Und – ich habe es seinen Eltern versprochen, falls ich bei seiner Ankunft in Genua bin, ihm sogleich ihre Grüße zu übermitteln." Die Stimme des jungen Mädchens klang erregt. Undenkbar, einen Ausflug zu unternehmen, während Horst unweit landete.

Der Onkel, stets galant gegen die junge Großnichte, kam ihr zu Hilfe. „Fahrt morgen nach Portofino Culm. Man erwartet die Patria gegen Mittag. Und ich kann es verstehen, daß Marietta sogleich die Grüße von ihren Eltern in Empfang nehmen und die ihr aufgetragenen ausrichten will. „ Presto – rasch – mach' dich bereit."

Marietta sah den Onkel dankbar an. Maledetto – hatte das Mädel ein paar Augen im Kopf. Anders als die schwarzen Flammen der Italienerinnen. Tief, unergründlich tief wie das Meer da vor ihnen.

Tante Eugenia meinte zwar, daß morgen die Schneiderin vorgehe, aber Marietta hatte schon mit entschuldigendem „Pardon, wenn ich aufstehe", den Frühstückstisch verlassen.

Unter hohen Palmenwedeln, zwischen Kakteen und Lorbeerbüschen eilte sie den terrassenartig vom Meer zum Hause hinaufkletternden Garten empor. Die weiße, sonnenbeschienene Villa mit ihren Säulen und Galerien erinnerte an ihr Vaterhaus in Sao Paulo. Auch der Garten mit seiner südländischen Vegetation. Und doch – ein Lindenbaum, der sich in den Rivieragarten verirrt hatte, war ihr vertrauter, grüßte sie heimatlicher als all die Palmen und exotischen Pflanzen.

Kühl war es im Hause, die schwarz-weiß gequaderten Marmorfußböden waren spiegelblank. Altitalienische Bilder schauten von den Wänden. Aus hohen Terrakottvasen dufteten Rosen. Vornehmheit und Reichtum atmete die Villa. Und doch – wie mit dem Lindenbaum draußen im Garten, erging es ihr auch mit dem Hause und seinen Bewohnern. Wenn sie an das Lichterfelder Rosenhaus dachte mit seiner altmodischen Behaglichkeit, an das harmonische Miteinander der Großeltern, dann erschien ihr das Haus hier kalt und bei all seiner Gastlichkeit unwirtlich, die neuen Verwandten, trotz ihrer Liebenswürdigkeit, nicht von Herzenswärme durchpulst.

Das Fremdenzimmer zeigte dieselbe Eleganz wie die übrigen Räume des Hauses. Über dem Bett bauschte sich weißer Tüll zum Moskitonetz. Von den Fenstern, die auf eine Galerie mündeten, blickte man weit hinaus auf das Meer. Irgendein dunkler Punkt am Horizont ließ Marietta ihre Überlegung, welches Kleid sie zur feierlichen Einholung von Horst anlegen solle, rasch beenden. Wenn dies schon die Patria war ... mit fliegender Hand griff sie nach einem schlichtweißen Sommerkleid. Eine zartrosa Teerose bildete den einzigen Schmuck.

O Gott, kroch das Auto heute. Sonst war sie im Fluge in Genua gewesen. Heute währte es eine Ewigkeit bis nur der felsige Strand von Nervi mit seinen weißen Hotelpalästen sichtbar wurde. Durch die Riviera di Levante – zur Rechten die mit Oliven-, Feigen- und Maulbeerbäumen bepflanzte ligurische Alpenkette, zur Linken das blaue Mittelländische Meer, das sie stets aufs neue entzückte. Wie mochte Horst beim Anblick des europäischen Festlandes zumute sein?

Genua – endlich! Niemals war es Marietta herrlicher, malerischer erschienen als heute, da sie es schon mit den Augen des Heimkehrenden schaute. In Terrassen baute es sich vom Meere an grünen Bergen auf. Vornehme Paläste, hohe Palmen. Weiße Villen in Weinberge geschmiegt. Autodurchraste Großstadtstraßen, fremdländisches Hafengetriebe. An der Via Baldi verabschiedete sich Signor Sanini von seiner Begleiterin.

„Marietta, falls du noch nach Pegli hinaus willst, die Giardini der Pallavicini anzuschauen, steht dir das Auto zur Verfügung. Du hast noch mehrere Stunden Zeit, bis die Patria einläuft.“

„ Grazie tante – vielen Dank, Onkel Enrico. Ich gehe lieber zu Fuß. Dabei lerne ich Land und Leute besser kennen. Die Gärten kann ich ein andermal besichtigen. Heute wollte ich la lanterna, den Leuchtturm, besteigen.“

„ A rividerci – auf Wiedersehen, Marietta! Um siebzehn Uhr fahre ich nach St. Margherita zurück, falls du mit dem hoffentlich inzwischen eingetroffenen Signore mit hinausfahren willst.“

Siebzehn Uhr – das war fünf Uhr nachmittags. In Italien zählt man die Stunden bis vierundzwanzig.

Der Onkel grüßte noch einmal mit der Hand zurück, mit einer Grazie, wie sie nur dem Italiener eigen. Dann stand Marietta unter verstaubten Palmen allein auf dem Bahnhofsplatz neben dem Standbild des großen Genuesen Columbus.

Zum Hafen hinunter – Marietta eilte, als ob das Schiff bereits vor Anker gegangen. Auf den Bänken sonnten sich heftig gestikulierendes und ungeniert spuckendes, braunes Volk. Schiffsmannschaft aller Länder, weiß, gelb und schwarz. Große, vielmastige Ozeanfahrer, Schiffsstraßen im Hafen bildend. Hier mit riesigen Kränen ausgeladen, dort aus den Speichern mit Tonnen und Kisten befrachtet.

„ Barca, Signorina – barca per la lanterna – – –“ von allen Seiten sah sich Marietta von dunklen Gestalten umdrängt.

„Wann läuft die Patria ein?“ erkundigte sich die junge Dame.

„ Domani, morgen – questa sera, heute abend –.“ Die Angaben widersprachen sich.

„Rudern Sie mich zur lanterna.“ Entschlossen wandte sich Marietta einem der braunen Burschen zu. Dort am Leuchtturm würde sie Genaueres erfahren, vielleicht die Patria schon sichten können.

Durch das Schiffsgewirr hindurch suchte die barchetta mit dem im Stehen rudernden Bootsmann ihren Weg zu dem weit hinausgebauten Leuchtturm. Der schwarzäugige Bursche unterhielt die junge Dame mit einer Lebhaftigkeit, wie nur je ein Tischherr bei einer Gesellschaft. Er machte sie mit Stolz auf all die Schönheiten seiner Heimat aufmerksam. Marietta war es sonst eine besondere

Freude, mit dem italienischen Volk in seiner angeborenen Anmut Fühlung zu nehmen. Heute stand ihr Sinnen nur nach dem Leuchtturm.

„Ecco la lanterna." - Die Barke hielt. Ein grauhaariger Leuchtturmwächter nahm sie in Empfang. Freilich würde man die Patria von oben sichten können. - Avanti - avanti!"

Stufen, Stufen - und wieder Stufen. Marietta hatte geglaubt, bei der Besteigung des Mailänder Doms schon Erhebliches geleistet zu haben, aber der Leuchtturm schien ihn noch zu übertreffen. Endlich trat sie herzklopfend, sturmumweht hinaus auf die Plattform. Sie schaute nicht auf das weiße Häusergewirr Genuas, nicht auf das malerische Hafengetriebe zu ihren Füßen. Nur das Meer, das unendliche, fesselte ihren Blick.

Was - dieser Punkt, selbst ihren jungen, scharfen Augen ohne Fernglas kaum wahrnehmbar, das war die gewaltige Patria? Ihre Hand zitterte, als sie jetzt das Fernrohr darauf richtete. Aber sie sah nichts weiter als ein Schiff mit Masten und Takelwerk wie viele andere Schiffe.

„Wie lange kann es dauern, bis es im Hafen ist?" erkundigte sie sich angelegentlich.

„Sie fährt mit Volldampf - in einer, höchstens zwei Stunden."

Ebenso erstaunt wie erfreut blickte der Leuchtturmwächter auf das überreiche mancia, das Trinkgeld, das ihm die junge Signorina in die Hand drückte.

Ein Wunder war es, daß Marietta mit heilen Gliedern unten anlangte. Sie jagte die ins Endlose gehende Treppe hinab. „Zurück in den Hafen!" rief sie dem gemütlich in der heißen Sonne faulenzenden Burschen zu. „Schneller - können Sie nicht schneller rudern?" Marietta kannte sich selbst nicht wieder. Eine nie gefühlte Unruhe trieb sie vorwärts.

„Piano - piano - wir haben Zeit!" Der schwarzhaarige Begleiter lachte, daß seine weißen Zähne blitzten.

Viel zu früh erreichten sie wieder den Hafen. Marietta faßte an der von weißem Wellengischt umbrodelten Steintreppe Posto. So stand sie wogenumrauscht, winddurchflattert und schaute dem Heimkehrenden entgegen. Kein Gefühl der Ermüdung, des Hungers kam ihr. Wie würde Horst zur Heimat zurückkehren? Als ein Enttäuschter, Müder?

Von dem Japanfahrer, der unweit lag, klang fremdländischer Gesang. Gelbhäutige, schlitzäugige Schiffsjungen, halbnackt, wuschen singend ihre Wäsche. Menschen fanden sich im Hafen zum Empfang der Patria ein, in allen Sprachen durcheinander redend.

Größer und größer wurde der Punkt. Er nahm Form an, er kam näher und näher. Marietta begann es vor den Augen zu flirren und zu schwirren. Sie unterschied kaum noch etwas.

Und dann war er plötzlich da, der Riesenkoloß. Menschengewirr, Zurufe, Winken und Tumult.

Horst Braun war einer der letzten, die das Schiff verließen. Es drängte ihn nicht, es erwartete ihn keiner, wie die andern. Groß, breitschulterig und blond, so ragte er aus der erregten, größtenteils dunklen Menge heraus. Unverwandt blickte er der europäischen Heimat entgegen. Sein Auge trank die Schönheit des ihn grüßenden Genuas.

Marietta hatte ihn sofort erspäht. Sie wollte rufen, winken, sich bemerkbar machen, wie die andern es taten. Weder Stimme noch Arm gehorchten ihr. Und als sie ihr stürmisch klopfendes Herz endlich einigermaßen zur Ruhe gezwungen, da war Horst bereits von dem Menschenknäuel verschlungen.

Marietta lehnte abseits an einer Palme. Sie sah den blonden Riesen wieder aus dem Wirrwarr auftauchen. Er schien nur Augen für die Schönheit der italienischen Hafenstadt zu haben. Achtlos glitt sein Blick über sie hinweg – wie schon so manches Mal.

Da löste Marietta, die scheue, zurückhaltende, die Rose aus ihrem Gewande. Im Bogen flog sie zu seinen Füßen. Ein gelbhäutiger Tropenjüngling bückte sich flugs und drückte die Rose an sein Herz. Gleichgültig schritt Horst Braun weiter.

Es ward Marietta weh zumute, bis ins innerste Herz hinein. Wo war die tiefe Freude hin, die dem Ankommenden entgegengeflogen? Er hatte sie nicht einmal erkannt – grenzenlose Enttäuschung kroch in Mariettas warmem Herzen empor. War es nicht das Vernünftigste, sie fuhr mit dem nächsten Zug nach St. Margherita zurück und erwartete dort den Besuch des Vetters?

Aber der Vernunft pflegt man ja selten zu folgen, wenn das Herz Entschuldigungsgründe anführt. Unmöglich konnte er sie hier in Genua vermuten – er hatte sie ja überhaupt nicht angeschaut – war ihre Empfindlichkeit nicht kindisch? Während diese Gedanken mit Blitzesschnelle hinter Mariettas

Stirn für und wider stritten, folgte sie seiner hohen Gestalt. Jetzt winkte er einem facchino, Gepäckträger, und übergab ihm das Handgepäck. Noch größer als früher erschien er Marietta, oder lag das an der meist kleinen italienischen Bevölkerung, die er überragte. Sein Gesicht war stark gebräunt, stach seltsam ab gegen die hellen Augenbrauen, das lichtblonde Haar. Aber die Augen, die leuchtend blauen, das waren dieselben Augen, wie sie aus dem lieben Gesicht der Großmama strahlten. Er blickte auf das Wiedersehensglück ringsum, und seine Stirn furchte sich. Nein, er würde es doch nicht mehr ein paar Tage in Genua aushalten, so wunderbar die Stadt schien, und so sehr er gewünscht hatte, sie kennenzulernen. Jetzt, wo er wieder Europa betreten, trieb es ihn zurück in die Heimat, an die Waterkant zu den alten Eltern. Das Gescheiteste war, er ließ das Gepäck gleich zum Bahnhof schaffen und gab den geplanten Besuch bei der Schwester der alten Donna Tavares auf. Was gingen ihn fremde Menschen an? Er hatte einen dicken Strich unter den Lebensabschnitt „Brasilien" gemacht.

Da trat ihm ein Mädchen in den Weg. Eine junge Dame, weiß gekleidet. Er wollte höflich ausweichen, plötzlich - durchzuckte es ihn. Goldigbraunes Kraushaar, tiefschwarze Samtaugen, ein zartes Blumengesicht, das konnte nur - - - das war - - -

„Willkommen in der Heimat!" Deutsche Laute, weich und warm, klangen wie Musik an sein Ohr. Aber die schmale Hand, die sich ihm entgegenstreckte, war kalt trotz italienischer Mittagsglut. Die kleine Hand zitterte.

„Marietta - Jetta, Kind, bist du's denn wirklich? Wie freue ich mich! Doch eine vertraute Seele am heimatlichen Gestade. Das ist ein gutes Omen, daß du mir als erste den Willkommen bringst." Er hatte auch ihre andere Hand ergriffen und schüttelte sie freudig. Irgend etwas hielt ihn ab, sie, wie es sein erster Impuls gewesen, verwandtschaftlich in die Arme zu schließen.

„Ich bringe dir Grüße, Horst, von der Waterkant. Von deinen Eltern, besonders von der Mutter."

„Und ich dir von der deinigen. Wenn meine Grüße auch nicht mehr ganz so frisch und warm sind wie deine. Ich glaubte nach Muttings letztem Brief, du seist noch immer an der Waterkant mit deinen Feriengören. Statt dessen treffen wir uns hier in Genua. Das ist wirklich eine famose Überraschung!" Etwas Strahlendes, Leuchtendes ging von Horst Braun aus. Wieder erschien er Marietta wie ein Held aus nordischer Sage.

„Also was nun zuerst? Wo wohnst du? Wo werde ich wohnen?“ erkundigte er sich mit einem Blick auf den wartenden Gepäckträger. Er hatte es vergessen, daß er noch soeben ohne Aufenthalt weiterreisen wollte.

„Ich bin bei Saninis, der Schwester von Großmama Tavares. Sie wohnen jetzt draußen in St. Margherita-Ligure. Es ist angenehmer, dort zu wohnen, als hier in der heißen Stadt. Ich dachte, du nimmst vielleicht auch dort Wohnung in einem Hotel oder in einer Pension“, schlug Marietta vor. Die unbefangene Freude des Vetters gab auch ihr Ruhe und Unbefangenheit zurück. Nur ihre dunklen Augen sprachen eine andere Sprache. Die verschwiegen nichts von dem Wiedersehensglück, das sie durchflutete.

„Vortrefflich – einverstanden. Das Gepäck werden wir inzwischen am Bahnhof lassen. Und dann sollst du mein Cicerone hier in Genua sein. Jetta, Dirn, was bin ich glücklich, daß ich den amerikanischen Staub von den Füßen geschüttelt habe. Mir ist zumute wie früher als Schuljunge, wenn es zu den Ferien heim ging. Am liebsten würde ich meinen Hut in die Luft werfen, wie ich es damals mit der bunten Gymnasiastenmütze getan.“ Rührend wirkte diese kindliche Freude des großen, blonden Mannes. So sah einer nicht aus, der noch unter einer Enttäuschung litt.

Vom Bahnhof ging es zur Stadt. In verwandtschaftlicher Selbstverständlichkeit schob Horst seinen Arm in den Mariettas. Sie gab sich redlich Mühe, mit seinen langen Beinen Schritt zu halten. Ebenso ihrem Posten als Cicerone – Fremdenführer – Ehre zu machen. An Zitronenverkäufern, die mit lautsingender Stimme ihre „ limona – limona“ ausriefen, vorüber, zur Via Baldi. Marietta machte ihren Begleiter auf alles aufmerksam, was sie selbst begeistert hatte. Die engen, echt italienischen, zum Hafen hinunterführenden Gäßchen mit ihren malerischen Wäschestücken. Mit den wenig einladenden Osterien, in denen singende und lärmende Matrosen aller Länder und aller Rassen bei der Polenta – Maiskuchen – und den am offenen Herd gerösteten Maroni zechten. Dort unten der Waschhof, an dessen rundem Brunnen bronzefarbene Wäscherinnen mit edler Grazie Wäsche spülten. Schwarzäugige, schmutzige Barfüßchen, die bettelnd den Fremden ihre braunen Händchen entgegenstreckten.

Marietta, deren mitleidiges Herz ganz besonders armen Kindern entgegenschlug, hemmte den Schritt. „Warum bettelt ihr?“ fragte sie, als soziale Jugendfürsorgerin den Dingen gleich auf den Grund gehend. – Die Kinder sahen sie verwundert an.

„ Denaro – Geld –, prego, un soldo – bitte, fünf Pfennige!“ Das kleine, schwarze Volk umringte die schöne Signorina durcheinander schreiend.

Horst Braun blickte belustigt auf das malerische Bild. „Wozu wollt ihr Geld?“ forschte Marietta weiter.

„ Abbiamo fame – wir haben Hunger!“ log ein kleiner Schlaukopf. Denn in dem reichen Genua hungert kein Kind.

Marietta wußte das nicht. Aber Geld gab sie keinem Kinde. Dazu war sie schon zu lange sozial tätig. „So kommt mit!“ Sie wandte sich einer Bäckerei zu. Der schwarze, kleine Schwarm hinterdrein. „ No, panino, – nicht Brötchen – pasta fine – Kuchen“, verlangten die Leckermäulchen. Man schien mit den Weißbrötchen, welche die Signorina in die sich ihr entgegenstreckenden braunen Händchen legte, nicht zufrieden, „ Denaro – un soldo! “ – Wieder ging die Bettelei los.

Horst zog Marietta lachend aus dem sie noch immer verfolgenden Kinderschwarm in ein ristorante. „Ich habe auch fame“, sagte er lustig. „Hast du denn schon zu Mittag gespeist?“

„Nein“ – das hatte Marietta vollständig vergessen. Sie empfand weder Hunger noch Durst, noch Hitze. Aber dann mundeten die Riaviole alla Milanese, ein mit Fleisch gefüllter, in Tomatensoße servierter Teig, ein typisches italienisches Nationalessen, so gut, wie ihr noch nichts in Italien geschmeckt hatte. Sie saßen sich an blumengeschmücktem Tisch gegenüber und tranken sich den im Kelchglas schäumenden „ Asti spumante“ zu. „Denn meine Heimkehr und unser Wiedersehen müssen wir gebührend feiern“, meinte Horst froh. „So, nun laß dich mal anschauen, mein Dirn. Du kommst mir heute ganz anders vor als vor drei Jahren. So – so – ja, wie soll ich sagen – fremd und doch vertraut.“

Mariettas zartes Gesicht hatte sich unter dem prüfenden Blick ihres Gegenübers mit feiner Röte überzogen. „Das will ich glauben. Du bist auch nicht mehr derselbe wie damals, Horst. Drei Jahre verändern den Menschen.“

„Für mich zählen die drei Jahre, fern von der Heimat, doppelt. Ich bin tatsächlich ein anderer geworden. Ich weiß jetzt erst zu würdigen, was ich damals achtlos hinter mir gelassen habe.“ Es klang sehr ernst.

„Mancher kommt als ein Schiffbrüchiger heim. Du bist noch gut daran, Horst. Du kehrst bereichert an Erfahrung zurück“, tröstete Marietta.

Wie reif dieser junge Mund sprach. Und wie fraulich mütterlich Marietta vorhin unter der sie umdrängenden Kinderschar gewirkt hatte. Dieser zarte, von innen heraus verschönende Liebreiz – unwillkürlich mußte Horst Braun vergleichend an die Zwillingsschwester, die stolzschöne Anita, denken. Er runzelte die hellen Augenbrauen.

Marietta sah es, und mit Herzenstakt fühlte sie die Ursache nach. „Jetzt kommt es ihm zum Bewußtsein, daß ich ihre Schwester bin", dachte sie bedrückt. Und die Frage nach den Eltern und Geschwistern, nach all ihren Lieben drüben, die ihr auf den Lippen brannte, unterblieb.

„Woran hast du soeben gedacht, Jetta?" fragte Horst nach minutenlanger Pause, ihr im Ausdruck wechselndes Gesicht betrachtend.

„An Sao Paulo", sagte Marietta errötend. Und mit der ihr eigenen Gradheit setzte sie hinzu: „Ich hätte so gern etwas von meinen Angehörigen gehört, wenn – wenn es dir nicht unangenehm ist, davon zu sprechen." Warm und teilnahmsvoll, wenn auch ein wenig zaghaft, klang es.

„Unangenehm – nein, Jetta. Das ist vorüber. Amerika liegt hinter mir." Und nach einem kleinen Zögern: „Einem Mädchen wie Anita trauert man nicht nach, sobald man wieder klar sehend geworden."

Wieder eine Pause. Marietta fühlte sich identisch mit ihrer Zwillingsschwester, mitverantwortlich für ihr leichtfertiges Spiel.

Horst dagegen dachte: „Wie ist es nur möglich, daß Schwestern, noch dazu Zwillinge, so verschieden, so ganz entgegengesetzt sind. Dort alles lebhaft sprühend, auf Äußerlichkeit, auf Wirkung eingestellt. Hier bescheidene Zurückhaltung, alles verinnerlicht, durch ernste, verantwortungsvolle Tätigkeit gereift." Daß er das nicht früher erkannt hatte.

Er fuhr sich mit der Hand über die Stirn und begann von Sao Paulo zu erzählen. Von Mariettas Mutter, die ihm geholfen hatte, so lange drüben auszuhalten. „Ihre warmherzige, heitere Art hat mich immer wieder aufgerichtet, wenn ich drauf und dran war, meine Brücken hinter mir abzubrechen. Es ist wunderbar, wie diese Frau dort ihre Heimat in der Liebe der Ihrigen gefunden hat." Von der Opferfreudigkeit der Mutter sprach er Marietta, die, trotz der Sehnsucht nach ihrem Kinde, auf dasselbe verzichtet, weil es zu seinem Glücke sei. Was für ein fabelhafter Unternehmungsgeist in ihrem Vater stecke, geradezu ein kaufmännisches Genie sei er mit seinem weiten, sicheren

Blick. Die Filiale des Exporthauses in Neuyork habe sich glänzend eingeführt. Nun wolle Horst versuchen, hier in Deutschland, Hamburg, Bremen oder auch in Berlin, eine Importfiliale des Tavaresschen Unternehmens zu begründen. Es läge eine große Aufgabe mit starker Verantwortung auf seinen Schultern, aber er freue sich auf die Arbeit im Vaterlande. – Wie merkwürdig, daß er Marietta, die ihm früher kaum beachtenswert erschienen, gleich in der ersten Stunde von seinen Plänen und von den ihn dabei bewegenden Empfindungen sprach. Er war doch sonst ein echter Sohn der nordischen Waterkant, der nicht viel Worte über das, was ihn bewegte, machen konnte. Es lag wohl daran, daß er niemals eine verständnisvollere Zuhörerin gehabt, die ihn mit keinem Wort unterbrach und doch sprechenden Blicks seinen Ausführungen folgte.

„Und Juan, bitte, erzähle mir noch von meinem kleinen Juan, Horst. Von ihm und auch von – Anita“, bat Marietta.

„Nun, Juan ist ein Prachtkerlchen, nur sollte er in festere Hände kommen. Vater und Mutter verziehen den Jungen – es ist schade um seine guten Charakteranlagen. Ein paar Jahre in Deutschland in energischeren Händen täten ihm gut.“

„Der Vater gibt seinen Jungen nicht her, Horst. Von dem trennt er sich nicht“, lächelte Marietta. „Aber du hast recht. Ich habe bei dem letzten Besuch meiner Angehörigen Ähnliches gedacht.“ Sie schwieg. Zum zweiten Male mochte sie die Frage nach der Schwester nicht tun.

Horst schien ihre Gedanken zu erraten. „Bleibt nur noch von Anita zu berichten. Ich hoffe, daß sie glücklich geworden ist. Sie wird bewundert und verwöhnt – mehr bedarf es wohl für sie nicht zum Glücke.“

Marietta warf einen prüfenden Blick auf Horsts ruhiges, keinerlei Erregung zeigendes Gesicht. Hatte er wirklich ganz überwunden?

„Nun bist du dran, Dirn. Erzähle von Tante Annemarie und Onkel Rudi, und auch von meinen beiden Alten“, verlangte der Vetter.

Und Marietta berichtete. Von den Sonnentagen an der Waterkant, von dem herzerfrischenden Leben auf Lüttgenheide. Wie Horsts Mutting nur in den amerikanischen Briefen ihres Jungen gelebt und sein Vating pfeifequalmend auf Brasilien räsoniert habe. Wie wohl sie sich selbst an der Waterkant gefühlt habe, bis das Furchtbare kam. Horst wußte bereits durch seine Mutter von der Augenoperation des Onkels. Aber als Marietta in knappen Worten die

Schreckenstage schilderte, griff er mitleidig nach ihrer Hand. „Ihr Ärmsten, was müßt ihr gelitten haben!"

„Die Großmama, Horst. Großmama ist eine Heldin. Ich bin damals unter der Nachricht, die wie ein Blitz aus heiterem Himmel kam, zusammengebrochen. Aber die Großmama hat ihre ganze Seelenstärke dabei offenbart." Sobald Marietta auf die Großmutter zu sprechen kam, wurde ihr Ton wärmer.

„Nun zu dir, Jetta. Von dir sprichst du gar nicht. Erzähle mir von dir", drängte der Vetter, dem kräuselnden Rauch der Zigarette nachschauend.

„Von mir – oh, da ist nicht viel zu berichten. Ich fühle mich durch meine Tätigkeit in der sozialen Frauenschule sehr befriedigt. Ich werde Jugendfürsorgerin. In einem Jahr mache ich mein staatliches Schlußexamen. Mein Zukunftsplan geht zur Waterkant – – –." Sie errötete und machte eine kleine Pause. Bisher hatte sie noch mit keinem Menschen, nicht einmal mit der Großmama darüber gesprochen.

„An die Waterkant – inwiefern?" Horst Braun rief es sichtlich erregt. Er runzelte die Stirn. Hatte Marietta es einem der umwohnenden Gutsbesitzer angetan? Ein Wunder wäre es freilich nicht bei ihrem Liebreiz.

„Ich will meinen Vater bitten, Grotgenheide zu erwerben. Sie müssen verkaufen. Der Kaufpreis ist für brasilianische Begriffe nicht allzu hoch. Und so käme das Gut doch wenigstens nicht in fremde Hände. Tante Margot könnte dort wohnen bleiben und Vera und ihr Mann als Pächter das Gut weiter bewirtschaften."

Horst Braun schwieg. Seine Stirn glättete sich nicht. Spukte der amerikanische Spekulationsgeist auch in diesem holden Geschöpf? "Zu welchem Zwecke willst du Großenheide erwerben, Jetta?" forschte er weiter.

„Ich möchte dort ein Erholungsheim für arme Kinder errichten. In dem sie nicht nur für kurze Ferienwochen, sondern eventuell für Jahre Aufnahme finden. Ich denke in erster Reihe an rachitische und tuberkulöse Kinder. Gerda Ebert hat mir viel von dem Kinderelend der Großstadt erzählt. Und ich selbst habe davon auch schon zur Genüge kennengelernt. Ich habe es mir zur Lebensaufgabe gestellt, diesen armen Kleinen Gesundheit und Jugendfrohsinn zu verschaffen – soweit es in meiner Macht steht." Das zarte Rot auf Mariettas Wangen hatte sich vertieft. Zum erstenmal offenbarte sie ihre innersten Wünsche.

Leuchtender blickten die blauen Augen des Vetters. Warm umfaßte sein Blick das selbstlose, holdselige Mädchen.

„Deine Lebensaufgabe, Jetta?“ fragte er bedeutsam. „Ein Mädchen wie du hat wohl noch eine andere Lebensaufgabe.“ Sein aufstrahlender Blick sprach weiter, was die Lippen verschwiegen. Er machte, daß Marietta sich verwirrt von ihrem Platze erhob.

„Wir wollen zahlen, Horst“, sagte sie ablenkend. „Ich möchte dir noch die Stadt zeigen. Um fünf Uhr wollen wir an der Piazza di Ferrari bei Sanini & Co. landen. Onkel Enrico nimmt uns in seinem Auto mit nach St. Margherita hinaus.“

Sie machten eine Rundfahrt am Meer und an den Bergen entlang und genossen den zauberhaften Anblick der herrlichen Stadt. Sie nahmen in der Galleria Mazzini bei Carmens feurigen Klängen den caffe ghiaccio – den kühlenden Eiskaffee. Sie sandten Kartengrüße an die Waterkant, an den Gardasee und nach Brasilien. Und ein jeder von ihnen hatte das sonderbare Gefühl, als hätte mit diesem Tage das Leben erst für ihn begonnen.

Tage an der lachenden Riviera – ihr seid wie farbenfrohe, duftschwere Blüten, die sich zum Kranze winden. Anfang- und endlos scheint ihr zu sein, jeder Tag neu emporgeblüht in nie geahnter Schönheit.

Horst dachte nicht mehr daran, daß er nur einen kurzen Aufenthalt in Genua beabsichtigt hatte, daß es ihn vorher zur Waterkant heimgetrieben. Er hatte sich in einem der Hotels in St. Margherita einlogiert und genoß nebenbei die Gastfreundschaft der Saninis, welche der Italiener in liebenswürdigster Weise gewährt. Er betrachtete es als selbstverständlich, daß er so lange in St. Margherita blieb wie Marietta. Unbedingt hatte er die Verpflichtung, sie zu den Großeltern nach Riva zurückzugeleiten.

Überall sah man die beiden zusammen, den blonden Hünen und das goldhaarige, schöne Mädchen mit den tiefschwarzen Augen. Sie wanderten am Meeresufer durch Orangen-, Zitronen- und Feigenhaine nach Rapallo. Sie saßen still an dem wogenumrauschten Castello, dem alten Schloß am Meer. Sie segelten nach Portofino und nach Nervis Luxusstrand. Sie schwelgten in dem Kunstreichtum der Palazzi zu Genua, in Pegli in den berühmten, exotischen Palmengärten der Pallavicini. Doppelt genossen sie all das Schöne in ihrer Gemeinsamkeit – einer mit dem andern.

So schwanden die Tage dahin, die sie gern festgehalten hätten. Marietta stand an ihrem Fenster und blickte über das Meer. Fünfmal würde sie noch die Sonne als glutroten Feuerball in das grünblaue Meer tauchen sehen. Dann war es zu Ende. Was war zu Ende? Nun, ihr Aufenthalt hier an der Riviera bei den Verwandten. Dann ging es mit den Großeltern wieder nach Norden, heim ins Rosenhaus, zurück zur Arbeit und zur Pflicht. Freute sie sich nicht darauf? Sie hatte geglaubt, es nicht erwarten zu können, wieder bei den Großeltern zu sein. Wieder die ihr liebgewordenen sozialen Pflichten zu übernehmen. Was war es denn nur, was da schmerzte, wenn sie an das Ende ihrer Rivieratage dachte? Der Abschied von den Saninis? O nein! Sie waren lieb und gut zu ihr, die Verwandten, aber ihr wesensfremd, hatten nur kaufmännische Interessen. „Sei ehrlich, Marietta!“ Und Marietta war, wie stets, auch heute sich selbst gegenüber wahr. Das Zusammensein mit Horst ging zu Ende, das war es, was sie schmerzte. Sie würden in Berlin doch weiter zusammenkommen – ja, aber anders. Dann war er wieder der Vetter Horst und sie eine der Kusinen, die er vielleicht, wie einst, kaum beachtete. Nein, das war unmöglich. Jetzt nicht mehr. Hundert kleine Geringfügigkeiten, und doch so bedeutsam, hatten ihr verraten, daß sie ihm mehr geworden. Und wenn er es ihr eines Tages sagen würde, dann – Marietta blickte starr in die fast schon im Meer versunkene Sonne – ja, dann war es erst recht zu Ende. Nein, niemals! Niemals würde sie den Platz einnehmen, an den er einst die Schwester gewünscht. Dazu war sie zu stolz. Etwas mußte sie doch auch von dem Tavaresschen Familienstolz haben. Hatte Anita damals nicht übermütig geschrieben: „Tröste du doch Horst. Für dich paßt er viel besser.“ Hatte nicht auch Onkel Hansi neckend Ähnliches vorgeschlagen? O nein, zum Lückenbüßer war sie sich selbst zu schade, wenn es auch noch so weh tat. Marietta fröstelte zusammen. Die Sonne war im Meer erloschen.

Für den nächsten Tag war ein Ausflug nach dem Righi, eine der weinbekränzten Höhen von Genua, und dem Campo santo, dem wegen seiner Kunstwerke berühmten Kirchhof, geplant. Die schon etwas bequem gewordene Tante war froh, daß Marietta jetzt so gute Gesellschaft hatte, daß sie ihre Terazza am Meer nicht zu verlassen brauchte. Der Onkel, den Kopf voller geschäftlicher Angelegenheiten, glaubte genug getan zu haben, wenn er seine junge Großnichte und den Signore im Auto mit nach Genua nahm. Dort benutzten sie den Funicolare, die zur Höhe gehende Drahtseilbahn zum Righi. Dann saßen sie hoch oben auf der Aussichtterrasse und freuten sich der herrlichen Rundsicht über Genua, den Hafen, das Meer und die ligurische Alpenkette. Der Gipfel des

Righi trug eine Festung. Auch der ganze Bergabhang, der steil in einen von schroffen Bergwänden eingefaßten Talkessel abfiel, war befestigt. Unten, ganz unten in der Tiefe lag der Campo santo mit seinen weißen Marmordenkmälern.

„Jetzt steigen wir ab in das Land des Todes“, sagte Horst scherzhaft.

„Er hat wirklich etwas Unheimliches, dieser Abstieg“, pflichtete Marietta bei. „Der Himmel bewölkt sich zum ersten Male, solange ich an der Riviera bin. Ich glaube, wir bekommen ein Gewitter. Es ist furchtbar schwül.“ Sie blieb erschöpft stehen.

„Bist du müde, Jetta? Dann rasten wir ein Weilchen. Der Weg ist steil und steinig, für zierliche Damenschuhe nicht sehr geeignet.“ Er verglich belustigt sein derbes Schuhwerk mit ihren eleganten Wildlederschuhen.

„Ich wußte nicht, daß wir eine Bergtour zu machen haben, Horst“, verteidigte sich Marietta. „Wir wollen lieber weiter. Sieh nur, von allen Seiten ziehen dicke Wolken auf.“ Sie mochte ihm nicht zeigen, daß sie vor einem Gewitter bange war.

Horst blickte prüfend in die sich schwer heranwälzenden Wolken. „Bei uns an der Waterkant kenne ich mich aus mit dem Wetter. Aber hier im Süden ist es wohl anders. Ein merkwürdig schwefelgelber Himmel. Wirklich schaurig wirkt der einsame Bergkessel in dieser Beleuchtung.“

„Kein Lüftchen weht. Kein Blatt bewegt sich an den Ölbäumen. Als ob die Natur den Atem anhielte. Bedrückend legt es sich einem auf die Brust. Wären wir doch nur erst unten!“ Marietta eilte wie gejagt, trotzdem die Steine des schlechten Weges durch den feinen Schuh ihr schmerzen bereiteten.

„Sing mir wieder ein Lied, Jetta“, bat Horst. Er liebte es, auf den Wanderungen ihre Stimme zu hören.

„Heute nicht, Horst. Ein anderes Mal. Mir ist die Kehle wie zugepreßt.“

„Du gehörst wohl auch zu den Menschen, die auf die Elektrizität in der Luft besonders reagieren, Dirn, – ein sogenanntes Gewittermedium.“

„Mag sein. Horst – was war das?“ Sie griff erschreckt nach seinem Arm. Aus den Bergen kam eine donnerartige Lufterschütterung. „Man hat gar keinen Blitz gesehen“ – ganz blaß war sie geworden. Oder war die schwefelgelbe Beleuchtung daran schuld?

„Wahrscheinlich eine Steinsprengung“, erklärte Horst sachlich.

Gott sei Dank, nun waren sie unten. Da waren wieder Menschen, Verkaufsbuden mit Blumen, Früchten und kühlen Getränken.

„Möchtest du dich erfrischen, Jetta?“ fragte Horst sorglich. „Der Abstieg war heiß und anstrengend.“

„Danke, nein. Es ist nur diese furchtbare, drückende Schwüle, die auf mir lastet.“ Am liebsten hätte Marietta gleich eine der elektrischen Bahnen, die zur Stadt zurückführten, benutzt, ohne den Campo santo gesehen zu haben. Aber sie schämte sich vor Horst, feige zu erscheinen.

Als sie den Kirchhof betraten, fielen die ersten Tropfen. Groß und schwer. „Wir bleiben in den Galerien. Da werden wir nicht naß. Auch sollen dort die schönsten Grabdenkmäler sein“, schlug Horst vor.

Die Stadt des Todes nahm die beiden auf. Marmortempel, weiße Marmorgestalten, überlebensgroß. Sie stellten die Verstorbenen dar, aber auch die Überlebenden, Trauernden. Hier nahm ein Gatte weinend Abschied von seiner Frau, die der Engel des Todes berührt hatte. Dort trug der Engel bereits ein Kind in den Armen empor, während die Eltern verzweifelt die Hände nach ihrem Liebling ausstreckten. Weinende Kinder, deren Vater unter dem Grabdenkmal ruhte, umdrängten die händeringende Mutter. Hier brachte ein Mägdlein im Steinschürzlein dem Verstorbenen frische Blumen dar.

„Findest du diese Grabkunst schön, Jetta?“ fragte Horst kopfschüttelnd.

„Nein, sie wirkt theatralisch. Wie kann man seinen Schmerz so vor aller Welt zur Schau stellen. Aber vom künstlerischen Standpunkt ist manches herrlich.“

„Auf mich wirkt dieser kleine korpulente Marmorherr dort mit der dicken Uhrkette, Handschuhe und Zylinder in der einen Hand, in der anderen das Schnupftuch zum Zeichen seiner Trauer, geradezu komisch. Selbst den Überzieher hat er auf dem Arm – wohl im Fall es abends kühl wird“, meinte Horst belustigt.

„Bitte nicht, Horst. Es ist nicht der Ort zum Scherzen“, bat Marietta. Sie empfand hier unter den Toten und unter den weißen Steinfiguren das beklemmende Gefühl in noch verstärktem Maße. „Sieh diesen Todesengel mit der gesenkten Fackel – wirkt er nicht wundervoll?“

„Ja, den lasse ich mir gefallen. Aber die trauernde Wittib da drüben, mit Spitzen, Ketten und Armbändern behangen, scheint mir nur ihren Schmuck hier ausstellen zu wollen. Am anspruchslosesten wirken noch die in den Grabstein gefügten Photographien der darunter Ruhenden.“

„Wer seine Toten im Herzen hat, bedarf keines Bildes von ihnen zur Erinnerung“, sagte Marietta leise. Wie warm, wie tief empfunden das klang.

Sie waren hinausgetreten auf den Friedhof. Es hatte aufgehört zu regnen. Aber die Luft stand immer noch schwer und bleiern. Merkwürdig, keine Grabhügel. Zu ebener Erde, von Rabatten eingefriedet, die blumengeschmückten Gräber.

„Sieh dort, Jetta, dort unter der großen Pinie – ein sonderbarer Leidtragender!“ Da lag in Stein gemeißelt der Hund des Verstorbenen auf dem Grabe, mit gesenkten Ohren und hängendem Schwanz.

„Vielleicht der treuste von seinen Freunden“, meinte Marietta nachdenklich.

„Die Bäckerfrau müssen wir noch sehen, Jetta. Es soll das eigenartigste Grabdenkmal hier sein. Sie hat sich ihr ganzes Leben lang geplagt und sich nichts gegönnt, nur um nach ihrem Tode hier mal ein schönes Denkmal zu bekommen. Mit ihren Kuchenkörben in der Hand, so hat man sie hier verewigt, erzählte mir ein Herr im Hotel.“ Aber die Bäckerfrau wollte sich nicht finden lassen. „Komm, Jetta, wir wollen zu dem Tempel dort oben hinauf, von dort hat man den besten Ausblick.“ Malerisch zog sich der Friedhof den Berghang hinauf.

Es war immer noch bedrückend schwül. Steil, unbeweglich und düster standen die Zypressen in dem schwefelgelben Licht. Da – wieder ein Rollen und Donnern wie vorhin, nur stärker, anhaltender – kam es aus den Lüften? – aus der Erde? Barmherziger – Marietta schwankte – der Erdboden unter ihnen hatte sich bewegt, erschütterte. Nein, es war keine Täuschung. Die Zypressen und Palmen vor ihnen erschauerten bis in ihre Wurzel hinein. Die großen Bäume schwankten, als wären sie aus einer Spielzeugschachtel. Dort der steinerne Sensenmann auf dem Grabe vor ihnen bewegte sich, er kam auf sie zu. All die weißen Marmorgestalten schienen plötzlich lebendig, sie tanzten auf den Gräbern, alles schwankte – alles – – –

Marietta sah nichts mehr. Sie fühlte nur noch, daß ein starker Arm sich stützend um sie legte, sie fortriß von den neben ihr wankenden Tempelsäulen. Horsts beruhigende Worte verschlang ein neuer donnernder Erdstoß – sekundenlang, und doch eine Ewigkeit. In den Lüften begann es zu heulen, als ob alle Geister der Luft und der Erde plötzlich entfesselt wären. Wirbelwind trieb

Wolken von Staub vor sich her. Selbst Horst, der Hüne, hatte Mühe, sich aufrecht zu erhalten.

Marietta hatte nur das eine Gefühl: „Wir sterben zusammen." Und das hatte nichts Schreckliches für sie.

„Jetta, liebe Jetta, das Erdbeben ist vorüber. Armes Kind, wie bleich du bist! Du bebst ja stärker als die Erde. Du kannst die Augen wieder öffnen, Jetta." Wie beruhigend, wie liebevoll seine Stimme klang. Nein, sie machte die Augen nicht wieder auf. Sie hatte trotz der furchtbaren Erschütterung ein Gefühl des Geborgenseins in seinen Armen – ach, wenn sie doch die Augen niemals wieder zu öffnen brauchte.

Da vernahm sie wieder seine Stimme, inniger noch: „Jetta, aus dieser Todesstunde, die wir hier zusammen durchlebt, soll neues, gemeinsames Leben für uns erstehen. Wir gehören zusammen – – –!"

„Niemals!" tonlos kam es von ihren Lippen.

„Kind – Jetta – du weißt nicht, was du sprichst. Das Erdbeben hat dich verwirrt. Ich selbst habe dich erschreckt. Verzeih mir, ich hätte noch schweigen sollen – später – – –"

Marietta wollte ihm sagen, daß auch später ihr Stolz „nein" sagen müßte. Aber sie brachte keinen Ton mehr über die erblaßten Lippen. Ihr Stolz – wo war er hin? Wie klein, wie lächerlich klein erschien er Marietta in diesen Augenblicken, wo die Natur so gewaltig gesprochen, wo Horsts Worte ihr innerstes Herz nicht weniger gewaltig erschüttert hatten.

Konnte sie wirklich in einer Stunde, da der Tod an ihnen vorübergeschritten, so klein denken?

„ Terremoto – terremoto – Erdbeben – Erdbeben!" Erregte Stimmen – bleiche Gesichter – entsetzte Augen.

„Wir wollen zurück, Jetta. Komm." Sanft griff er nach dem Arm der Versunkenen. „Jetta, liebe, liebe Jetta, darf ich später meine Frage wiederholen, ja, darf ich?"

Da nickte Marietta stumm.

15. Kapitel. Goldene Abendsonne

Die alte Linde in Geheimrats Rosengarten steht in goldenem Blätterschmuck. Jeder Ast, jeder Zweig, ja jedes Blättchen hat heute sein güldenes Gewand angelegt. Septembersonne wirft goldene Strahlenbüschel durch das Geäst, als sei es über und über mit Goldblüten behangen. In den Zweigen der alten Linde zwitschert und jubiliert das heute, als ob der lachende Frühling vor den Toren stände und nicht würdevoller Herbst. Die Finkenfamilie, die in der Linde seit Jahren ihr Quartier aufgeschlagen, fühlt sich heute als Hauskapelle. Sie schlagen und jubeln, all die Finklein, daß eine verschlafene Spätrose ganz erstaunt die Samtaugen aufschlägt.

Schwalben durchschneiden, schon zur Winterreise sammelnd, die klare Herbstluft. Sie halten im Bogenflug inne. Nanu, was ist denn heute da unten im Rosengarten los? Alle Blüten des Spätsommers haben ihre Kelche weit geöffnet in ganz besonderer Farbenfreudigkeit. Schmetterlinge, die letzten des Jahres, flattern gegen die Fenster des Rosenhauses. Aber sie verraten nichts von dem, was sie dort erspähen.

An dem Fenster des Biedermeierzimmers steht eine alte Frau, weißhaarig, mit merkwürdig jung leuchtenden Augen. Still versonnen blickt sie in den goldenen Herbsttag. Fünfzig Jahre – fünfzigmal hat sie die Linde dort drüben in ihrem Goldkleid geschaut. Ist es denkbar, daß sie das ist, sie, Doktor Brauns einstiges goldlockiges Nesthäkchen, die heute ihre goldene Hochzeit feiert? Ist es ihr nicht, als wäre es gestern, allenfalls vorgestern, da sie als junge, glückliche Frau hier mit ihrem Manne sich das Nest gebaut? Fünfzig Jahre – Frau Annemarie schüttelt wehmütig lächelnd den weißen Kopf. Wo sind sie geblieben?

Die Tür geht. Sie hat dessen nicht acht. Ihre Gedanken weilen in der Vergangenheit. Erst als sich ihr ein Arm um die Schulter legt, kehrt sie zur Gegenwart zurück.

„Nun, meine gute Alte, da wären wir halt soweit. Annemie, Fraule, daß wir diesen Tag gesund miteinander begehen können, das ist halt eine Gnade, die nur wenigen zuteil wird.“ Er pflegt sonst nicht mehr viel Worte zu machen, der alte Herr. Um so rührender wirken sie.

Frau Annemarie streicht liebevoll über das runzlige Gesicht ihres Mannes, rückt ihm gleich dabei die etwas schiefsitzende weiße Krawatte zurecht.

„Wir können zufrieden sein, Rudi, denke ich. Wenn du auch manchmal ein bißchen geknurrt und gebullert hast, das war nur auswendig. Im Grunde haben wir doch immer nur dasselbe gewollt, das Glück des andern. Der Himmel gebe, daß unser Kind, unsere Jetta, einmal so auf den heutigen Tag zurückblicken kann, mit derselben dankbaren Befriedigung, wie wir es heute tun.“ Alte Lippen finden sich in innigem Kuß.

Droben, gerade über Großmamas Biedermeierzimmer, nimmt Marietta Abschied von ihren Mädchentagen. Sie schaut sich in dem lieben Raum, der ihr zehn Jahre lang Heimat geworden, feuchten Auges um. Hier ist sie glücklich gewesen, umsorgt von der Liebe der Großeltern, befriedigt durch Arbeit, Streben und Pflichterfüllung. Heute zweigt ein anderer Weg, als der bisher gegangene, ab. Eine neue Straße liegt vor ihr, hell, sonnenhell in unbekanntes Zukunftsland führend. Wie wird die Wanderung sein? Marietta zagt nicht – sie hat einen guten Weggenossen, eine feste Stütze zur Seite, wenn der Pfad auch einmal mühevoll werden sollte. Das Band, das unter Italiens blauem Himmel sich geschürzt, ist in vier Jahren erstarkt und befestigt. Reife Menschen sind es, die heute den Lebensbund miteinander eingehen. Der treu ausharrenden Liebe Horsts haben alle Bedenken, die Mariettas Stolz dagegen emporgetürmt, nicht standgehalten. Er hat ihr Zeit gelassen, sich und ihn zu prüfen. Zeit gelassen, auch ihre soziale Arbeit zu vollenden. Mariettas Kinderheim in Grotgenheide beherbergt seit dem Frühling zahlreiche kleine Gäste. Gerda Ebert hat ihr ganzes Organisationstalent eingesetzt, um in Gemeinschaft mit Marietta alle Schwierigkeiten, die bei der Inbetriebsetzung eines großen Unternehmens nicht ausbleiben, zu überwinden. Sie ist die Oberin des neuen „Nesthäkchen-Heim“, das die Großmama so getauft hat. Gerda zur Seite arbeitet sich die nun bald zwanzigjährige Lotte in den sozialen Wirkungskreis ein. Für den wirtschaftlichen Betrieb hat Marietta Lottes Tante, Frau Neumann, eingesetzt. Großmutter Liebig und Lenchen haben ebenfalls in Grotgenheide eine neue Heimat gefunden. So hat Marietta für alle, deren Wohl ihr am Herzen gelegen, getreulich gesorgt. Und sie wird es weiter tun. Sie wird ihre sozialen Pflichten mit den neuen Herzenspflichten zu vereinigen wissen.

Wenn nur die Trennung von dem lieben Rosenhaus nicht wäre! Aber sie geht ja nicht weit fort, sie bleibt ja in der Nähe. Liebevoll hat Horst ihre Wünsche erraten und hier draußen in Lichterfelde ein kleines Landhaus erworben. Wie ganz anders mußte ihrer Mutter damals zumute gewesen sein, als sie von diesem Raume Abschied genommen.

„Jetta, Kind – die Gäste versammeln sich bereits. Horst kann jeden Augenblick da sein. Und seine Braut steht hier und denkt sicherlich über irgendein soziales Problem nach, anstatt das Brautgewand anzulegen“, schilt Frau Ursel lachend durch die geöffnete Tür. „Warte, ich helfe dir, mein Herz.“ Frau Ursel ist bereits in voller Hochzeitstoilette. Donna Tavares ist immer noch eine wunderschöne Frau. Kein Silberfaden schimmert in dem Goldton des Haares, obgleich sie seit drei Jahren zur Großmutter avanciert ist.

Liebevoll ordnet sie den weißen, duftigen Schleier auf dem goldbraunen Haar des geliebten Kindes, legt ihm das grüne Myrtenreis um die Stirn. Nein, das überläßt sie keinem Fremden.

Marietta zieht der Mutter liebe Hand an ihre Lippen. „Mammi, meine kleine Mammi“, sagt sie zärtlich. „Wie schön, daß du heute da bist. Daß ihr alle gekommen seid.“ Und dann bittend: „Ich möchte noch hinunter zur Großmama, bevor Horst kommt.“

Noch einen Abschiedsblick: „Leb' wohl, du liebes Zimmer!“ Dann schließt sich die Tür hinter Mariettas Mädchenjahren.

Drunten im Biedermeierzimmer auf dem grünen Ripssofa sitzen die greisen Großeltern Hand in Hand. Sie sprechen nicht viel miteinander, die beiden alten Leutchen. Aber sie fühlen dasselbe: Dankbarkeit, herzerhebende Dankbarkeit für ein reiches, erfülltes Leben.

Da tritt die Jugend zu den beiden Altgewordenen, die Enkelin, bräutlich geschmückt.

„Seelchen ...“, sagt die Großmama und nichts weiter. Schweigend zieht sie ihren Liebling an das Herz. –

Die Finken da draußen in der Linde müssen sich fast die Köpfchen aus dem Halse drehen. Nein, was gibt es hier heute alles zu sehen und zu bewundern. Auto um Auto rollt vor das weiße Gartengitter. Festliche Menschen ziehen in das Rosenhaus. Dort den blonden Riesen – oh, den kennen sie gut. Mit dem hat ihre Freundin Marietta so manches Mal hier unter der Linde gesessen. Sogar geschnäbelt haben sie sich, die beiden – nur die Finken haben es mitangesehen.

Horch – Musik. Aus den weitgeöffneten Fenstern klingen Harmoniumweisen. Und jetzt eine Frauenstimme, weich und voll „Lobe den Herrn meine Seele“ – Frau Ursel singt den greisen Eltern, singt ihrem Kinde den Brautgesang.

Ein neugierig fürwitziges Finklein hält es nicht mehr im grünen Blätterhaus. Es wagt sich auf die Steinterrasse, ja, sogar bis auf die Fensterbrüstung. Es kommt gerade zur rechten Zeit. Soeben betritt das goldene Paar den blumengeschmückten Raum, von Kindern und Kindeskindern, von Verwandten und Freunden empfangen. Hinter ihnen schreitet das junge Paar. Horst Braun mit warmem Leuchten in den blauen Augen. Marietta tiefbewegt, blumenhaft zart im Brautgewand, wie die Teerosen in ihrer Hand.

„Mein Urselchen!" sagt Frau Annemarie leise, als der letzte Ton verklungen. Aber sie kommt nicht dazu, der Tochter zu danken, jetzt noch nicht. Ein kleines, schwarzlockiges Mädchen im weißen Spitzenkleidchen, graziös wie ein Elfchen, tritt vor. Anitas Töchterchen Rosita, das erste Urenkelchen, bringt der Großmutter den goldenen Myrtenkranz. Ein wenig zittert Frau Annemaries Hand, als sie jetzt den Ehrenschmuck auf das weiße Haar drückt, als sie ihrem Manne die Goldblüten an den schwarzen Rock heftet. Dann wieder Harmoniumklänge. Sie geleiten das greise und das junge Paar hinaus durch den Garten. Die Spätrosen glühen und duften, die Linde rauscht leise mit den Blättern, und die Finken bringen den Brautleuten einen Jubeltusch. So schreiten sie durch ihren lieben Rosengarten zu den Wagen, die sie zur Kirche führen.

Es ist dieselbe Kirche, in der Doktor Brauns Nesthäkchen vor fünfzig Jahren den Bund fürs Leben geschlossen. Mit den alten Großeltern zugleich empfängt das junge Brautpaar den Segen Gottes.

Alle sind sie zu dem seltenen Doppelfest erschienen, all die Lieben, aus Nord und Süd, aus Ost und West. Brasilien ist vollzählig vertreten. Milton Tavares, ein wenig gealtert, aber immer noch stattlich. Selbst ihren Mann hat Anita zur europäischen Reise bewogen, ihn den Großeltern und der Schwester zugeführt. Marietta hat mit dem Schwager Freundschaft geschlossen, als er ihr erzählt hat, wie sich die sozialen Verhältnisse auf seinen Farmen gebessert, daß er bemüht sei, gesunde Lebensbedingungen für seine Arbeiter einzuführen. Anita, eine blühendschöne, elegante Frau, hat den Arm um ihre Zwillingsschwester geschlungen. „Mir verdankst du dein Glück, Jetta, mir ganz allein", flüstert sie ihr übermütig ins Ohr. Bruder Juan ist ein sehnig schlanker Junge geworden, vollständig amerikanisch, bis auf sein helles Äußere. Nein, wie hat sich der Junge verändert. Ganz ritterlich benimmt er sich schon gegen die ihm fremd gewordene Schwester. Da sitzen die Lüttgenheider, einen frischen Meereshauch mit sich bringend. Vating, heute ganz friedfertig neben den Brasilianern. Mutting Ilse strahlt über das ganze Gesicht: ihr Herzenswunsch ist heute in

Erfüllung gegangen. Selbst Tante Marlene hat nach langen Jahren Grotgenheide verlassen, um dem goldenen Ehrentag der einstigen Jugendfreundin beizuwohnen. Da sind die Zehlendorfer, Onkel Hans, immer noch auf Neckfuß mit seinen hübschen Nichten, die Mädel inzwischen zu jungen Damen erblüht. Tante Vronli mit leicht ergrautem Scheitel neben Onkel Georg, der noch den eigenen, freilich etwas zu eng gewordenen Hochzeitsfrack trägt. Gerdas kluges Gesicht nickt Marietta durch Blumen und Kerzen herzlich zu. Selbst Kunzes sitzen heute mit an der Tafel, anders hat es Frau Annemarie nicht getan. Sie haben es um Geheimrats verdient, sie gehören dazu. Oh, es ist ein stattlicher Kreis Getreuer, der sich heute voller Verehrung um das greise Jubelpaar schart.

Depeschen und Blumen – die Glocke steht nicht still. Woher haben sie es nur erfahren, all die ehemaligen Patienten, daß ihr lieber, alter Geheimrat heute das goldene Fest begeht? Der alte Herr schmunzelt, er fragt zwar den Kuckuck nach solchen Anerkennungen, aber freuen tut's ihn halt doch, daß man ihn noch nicht vergessen hat. Die Gläser klingen, Instrumente und Stimmen erschallen. Manch humorvoll Liedchen besingt das lange Beieinander des greisen Paares, gibt dem jungen ein fröhlich Geleit. Reden auf alt und jung, auf Gold und Grün, auf Brasilien und auf die Waterkant. Die in Berlin von Horst begründete Importfirma Tavares & Co. vivat, crescat, floreat! Ja selbst das neue Nesthäkchen-Heim zu Grotgenheide bekommt sein Hoch.

Die Kerzen sind beinahe heruntergebrannt, da schlägt der alte Geheimrat mit zitternder Hand an sein Kelchglas. Mäuschenstille. Großpapa will sprechen.

„Meine geliebte Frau, liebe Kinder!“ Ein wenig heiser klingt die Stimme des alten Herrn, aber immer noch fest und markig. „Auf langer, gemeinsamer Wanderung machen wir heute Rast, wir zwei Alten. Von hoher Warte schauen wir zurück, halten Umschau. Durch Täler zieht sich unser Lebensweg, Täler der Arbeit, der täglichen Pflicht. Hinauf zu Höhen strebt er, Wissen zu erforschen, Kunst und Schönheit zu erringen. Nimmer sind wir müd geworden. Bäume haben wir gepflanzt auf unserem Wege, haben sie behütet, gepflegt und gestützt. Sie haben uns unsere Mühe gedankt, sind grad' und stark emporgewachsen, haben Äste und Zweige getrieben. Heute können wir in ihrem Schatten ruhen. Und ist ein Bäumlein auch in fremdes Erdreich verpflanzt, es hat uns Alten doch seinen Ableger geschickt, daß wir unsere Freude an ihm haben sollen. Aber wie das halt so ist, ein anderer Gärtner hat Gefallen an unserem Ableger gefunden, will seinen Garten mit ihm schmücken. Wir müssen's dulden, dulden's auch gern. Rot ist der Weg gezeichnet, den wir Alten zurückgelegt, den ihr Jungen heut beschreiten wollt. Liebe sind seine Wegmarken. Aller Witterungsunbill zum Trotz sind wir nicht von unseren Wegzeichen abgeirrt. Und heute ist das Ziel erreicht, die Höhe, von der es sich lohnt, Umschau zu halten. Die Sonne steht nicht mehr im Zenit, goldene Abendsonne strahlt schon milde. Ihr wißt es, wer meine Sonne gewesen ist auf der Lebenswanderung. Wer mir den Weg erhellt hat, wenn es auch noch so dunkel um mich wurde. Wer mir nicht nur Licht, sondern vor allem Wärme, innige Herzenswärme gespendet hat. Mir und all denen, die sich um uns scharten. Wer sonnige Heiterkeit ausgestrahlt, Schönheit und Glanz auf unser Leben ausgeströmt hat. Mein geliebtes Weib, Sonne meines Lebens, dir, treuer Weggenossin, danke ich heute für all deine Liebe, all deine Aufopferung. Möge es uns vergönnt sein, noch eine Strecke Hand in Hand in goldener Abendsonne weiter zu wandern."

Stille herrscht, heilige Stille, als der Greis geendet, als er sich jetzt hinunter zu seinem Weibe neigt.

Durch das Fenster zittert letzter Abendsonnenstrahl und läßt die Goldblüten in Frau Annemaries weißem Haar aufleuchten.

CPSIA information can be obtained
at www.ICGtesting.com
Printed in the USA
LVHW051454071222
734629LV00030B/939